書下ろし

菩《ぼ》薩《さつ》花《ばな》

羽州ぼろ鳶《とび》組⑤

今村翔吾

祥伝社文庫

目次

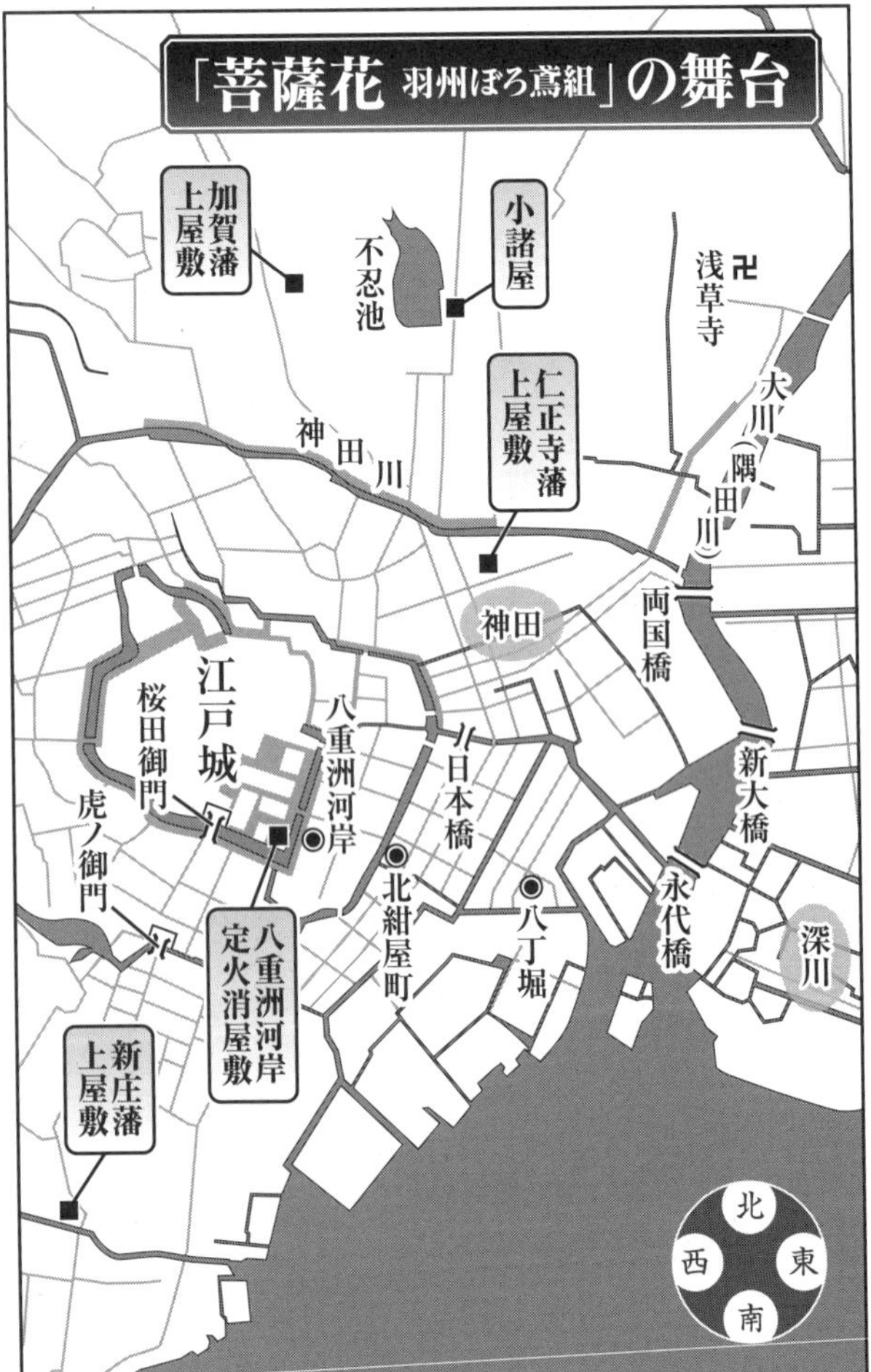
「菩薩花 羽州ぼろ鳶組」の舞台
加賀藩上屋敷
不忍池
小諸屋
浅草寺
仁正寺藩上屋敷
神田川
大川（隅田川）
両国橋
神田
江戸城
桜田御門
八重洲河岸
日本橋
新大橋
虎ノ御門
北紺屋町
八丁堀
永代橋
深川
八重洲河岸定火消屋敷
新庄藩上屋敷
北
西
東
南

序章

与市《よいち》は、米搗《こめつ》き飛蝗《ばった》のように畳に額《ひたい》を擦《こす》りつけ続けた。

「ご家老《かろう》……何卒……御再考のほどを……」

喉《のど》の奥から絞り出す。

「当家が火消《ひけし》につぎ込む費《つい》えの割合が、他家に比べ多いことはお主も知っておろう。これを他家同様にするというのだ」

家老、日野伝兵衛《ひのでんべえ》の声色《こわいろ》は変わらない。与市は頭を勢いよく上げ、縋《すが》るように言った。

「それは永昌院《えいしょういん》様の御遺言《ごゆいごん》に叛《そむ》くことになります」

「元禄《げんろく》の頃とは勝手が違うのだ。永昌院様も御理解下さるだろう」

与市は諦《あきら》めなかった。いや、諦めるわけにはいかない。

「火消こそ市橋《いちはし》家の象徴。その考えは先代の直挙《なおたか》様も踏襲《とうしゅう》なされております」

「直挙様がご隠居されて十四年。殿も苦渋《くじゅう》の決断をなされたのだ。得心《とくしん》せよ」

「いえ、引き下がる訳にはいきません。百十六名の鳶《とび》を三十名にするなど……その家族はいかに年を越せばよいのです！」

仁正寺《にしょうじ》藩の石高《こくだか》は一万八千石。通常四十ほどの鳶を抱えていれば十分である。しかし仁正寺藩は元禄の頃より、常時その三倍からの鳶を抱え込んでいた。これを定めた人こそ、先ほどから話題に上《のぼ》っている永昌院で、今より三代前、四代藩主市橋信直《のぶなお》公の法号である。一度増やせば戻すことは簡単ではない。それぞれに家族がおり、その者の双肩《そうけん》に暮らしが掛かっているのである。

唸《うな》る伝兵衛に、与市はさらに捲《まく》し立てた。

「元禄の頃より、先達《せんだつ》たちが命を賭《と》して仁正寺の勇名を轟《とどろ》かせてきました。それにより商いも上手《うま》くいってきたではありませんか」

「確かにそうだ。それが永昌院様の狙《ねら》いでもあった……。が、その勇名、昨今《さっこん》はどうだ。殿も嘆《なげ》かれておる」

「……と、仰《おっしゃ》いますと？」

昨今もお役目で失敗はなく、火消の中では古豪《ここう》仁正寺藩として名は通っている。これ以上何を求めているのか、与市には計《はか》りかねた。

「番付《ばんづけ》よ。お主の祖父、柊《ひいらぎ》古仙《こせん》が関脇《せきわけ》に名を連《つら》ねたが、それ以降、三役《さんやく》に入った者がいない」

「ば——」

馬鹿な、と言いかけたのをぐっと呑《の》み込んだ。抱えの力士を、成績が芳《かんば》しくないからと解雇するのとは訳が違う。管轄《かんかつ》に暮らす庶民の安全も掛かっているのだ。

「ご家老……見立《みたて》番付などお遊びでございます」

「当家は火消大名として一躍《いちやく》名を揚げたのだ。殿が気にされるのも無理はなかろう。それに……今の番付はあながち馬鹿にも出来まい」

存外《ぞんがい》よく知っている。火消番付は年始に発表され、庶民の関心もかなり高い。いい加減なものを発行しようものなら、読売《よみうり》の信用を無くしてしまうと、府下《ふか》十名の有名読売書きの審議を経《へ》て決められている。

「幕府の面子《めんつ》を立てるため定《じょう》火消が、庶民からの人気の高い大大名や町《まち》火消がやはり有利なのです……申し開きをする訳ではございませんが、当家のような……」

与市は眉間《みけん》に皺《しわ》を寄せつつ俯《うつむ》いた。己《おのれ》にも忠義心はある。自《みずか》らの藩を貶《おとし》めるようなことは口にしたくなかった。それでもどうしても翻心《ほんしん》してもらわねばならない。

「小大名では無理と申すか」

「は……」

「小藩では無理というならば、新庄《しんじょう》藩はどうなのだ。大関《おおぜき》を始め、六人も番付に入っているというではないか。しかも三人はお主より上とか」

やはり伝兵衛はよく知っている。正直痛いところを突かれて狼狽《ろうばい》した。

「初物《はつもの》好きの庶民の歓心《かんしん》を得るため、番付は初出の火消に甘《あも》うございます。それに松永《まつなが》様は元大関の定火消……武蔵《たけぞう》は辰一《たついち》に次ぐ町火消として——」

「もうよいではないか」

遮《さえぎ》られると、与市は肩を落として項垂《うなだ》れた。伝兵衛は一転して優しい声になって話しかけてきた。

「士分《しぶん》は今の知行《ちぎょう》を維持する。お主は武芸指南役《ぶげいしなんやく》に任じてもよい」

「それは私に火消を止《や》めよと」

与市は視線を落としたまま低く答えた。

「天武無闘《てんむむとう》流《りゅう》を修《おさ》めたお主を、火消頭《がしら》のまま置いておくのは忍びないと殿も仰《おお》せである」

——何を今更《いまさら》……。

畳に吐息を落とした。呆《あき》れと悲哀《ひあい》が押し寄せて頰《ほお》を歪《ゆが》め、とても顔を上げることが出来ない。

柊家は百二十石取りである。藩の財政が苦しいからと毎年のように借り上げられ、暮らしは決して豊かではない。与市は当年二十五になるが、未《いま》だ妻を娶《めと》っていない。二人の弟、三人の妹を育て上げるだけで精一杯であった。

父は与市が十四歳の時、火事で殉職《じゅんしょく》した。母も一年後、末妹のお晴《はる》を産んだ翌日に他界《たかい》した。

与市は父ではなく、隠居していた祖父に火消のいろはを叩《たた》きこまれ、同時に武芸にも精を出して育った。藩の武芸指南役に任じられれば、石高が上乗せされるからである。藩の誰と立ち合っても負けぬ自信はあるが、その機会もなく今に至っている。

「拙者《せっしゃ》だけの話を申しているのではありません。当家の鳶は年雇《ねんやと》いではなく世襲《せしゅう》。故《ゆえ》に一丸《いちがん》となって戦ってこられました。鳶は皆家族と申しても過言《かごん》ではありませ
ん……」

「当家を世に知らしめるにあたり、火消ではもう力不足ではないかというのだ」

「永昌院様の真意はそこにありませぬ！」

人寄せとまで言い切られて、与市も思わず言葉を荒らげた。苦虫を噛《か》み潰《つぶ》したような顔になった伝兵衛は、観念して吐露《とろ》するかのように言った。

「火消の費用を減じ、殿は力士を雇うと仰せだ」

無名小藩の哀《かな》しさである。仙台《せんだい》や加賀《かが》のような大藩と違い、何かで名を売り続けなければならない。どうでもよいことのようだが、これが案外重要であると与市も知っている。

小さくは商い。無名の藩が生み出す品は商人に買い叩かれる。

大きくはお家の存続。大袈裟《おおげさ》に思われるが、幕府にどうでもよい存在と思われていたとしか思えぬほど、即日切腹改易《せっぷくかいえき》となった徳山《とくやま》藩のような例もある。

与市はようやく顔を擡《もた》げ、伝兵衛をじっと見つめた。

「御家老……殿は何と」

「昔の威勢《いせい》を取り戻せぬならば、火消は他家の規模に倣《なら》うとのこと」

「つまり……」

「番付を上げろと」

——無理だ。

咄嗟《とっさ》に過《よぎ》った。すでに葉月《はづき》（八月）も終わろうとしている。残り三月《みつき》で大手柄を立てろなど無謀《むぼう》極《きわ》まりない。何より管轄で火事が起きないかもしれず、こればかりはどうしようもなかった。そこまで考えた時、与市の脳裏《のうり》にふとある男の姿が思い浮かんだ。

——火を求める。

これしか方策はあるまい。与市は覚悟を決めた。

「どこまでいけばよいと」

「殿は次の番付で三役にならねば潮時《しおどき》と……」

「承《うけたまわ》った。年明けの番付、ご照覧《しょうらん》あれ」

与市は礼をするとさっと立ち上がった。

「与市……お主どうするつもりだ」

「火を消す。それだけでございます。御家老、殿にお伝え下され。この柊与市、身命《しんめい》を懸けて仁正寺の名を揚げてみせますと」

止めようとする伝兵衛を置き去りに、与市は屋敷を出た。外に出ると、長屋の陰から見慣れた顔が湧《わ》き出してきた。心配して近くで身を隠して待っていた配下たちである。

「御頭……俺たちは……」

鳶の一人が堪《たま》らず口を開く。

「顔が暗《くれ》えぞ。心配するな」

与市はにかっと笑い肩を小突《こづ》いた。

「御頭は弟御、妹御を食わせていかなくちゃならねえ……無理はしねえで――」

別の鳶が言いかけるのを、与市は首を振って制した。

「馬鹿野郎。当たり前だ。あいつらの可愛《かわい》さにお前らが勝てるかよ」

深刻な雰囲気が和《やわ》らぎ、噴き出す者もいた。

「だが……血は繋《つな》がってなくとも、お前らも家族さ」

そっと付け加えると、嬉しそうに頷《うなず》く者、思わず涙する者もいた。

「うちの大旦那《おおだんな》は俺たちが怠《なま》けていると思っておられるようだ」

そのように主君を呼ぶのは不敬《ふけい》であろう。だが配下の顔を見れば、これくらいの皮肉も言いたくなる。

「火消を守るためには、仁正寺藩火消の精強さを知らしめねばならねえ……」

噛んで含めるように一人ずつを見る。

「どうするので……？」

一人が恐る恐る尋《たず》ねる。与市はふうと天に向けて息を吐く。そしてゆっくりと視線を降ろし短く言い放った。

「三役を獲る。大物喰いだ」

全員が示し合わせたかのように力強く頷いた。

加賀の烏《からす》、馬喰《ばくろちょう》町の龍、八重洲河岸《やえすがし》の菩薩《ぼさつ》、そして新庄の火喰鳥《ひくいどり》。その道のみならず、府下で知らぬ者のいない火消の猛者《もさ》。三役に名を連ねる男たちの顔を一人ずつ順に思い浮かべつつ、与市はぴしゃりと両頬を手で挟んだ。

第一章　番付火消《ばんづけびけし》

一

今宵《こよい》、月は眠っている。夜空に目を凝《こ》らしても輪郭《りんかく》さえ覚束《おぼつか》ない。提灯《ちょうちん》を持たなければ、却《かえ》って怪《あや》しまれるような深い夜である。間《ま》もなくその提灯も吹き消すこととなる。その前に再び左右を見渡した。

このあたりには比較的大きな柿葺《こけらぶ》き屋根の商家が軒《のき》を連《つら》ねている。

人影が無いことを確かめると、ゆっくりと懐《ふところ》に手を伸ばした。取り出したのは茄子《なす》の形に似た小壺。大きさは掌《てのひら》に乗るほど。持てば誰もが薄く作られていると判《わか》るはずである。口は布でしっかりと封がされている。

これも取り出した懐紙《かいし》を紙縒《こよ》りのようにした。

——やるのだ。

そのような陳腐《ちんぷ》な表現で己に言い聞かせたのは、やはり緊張しているからであろう。己も火消《ひけし》の端《はし》くれである。罪悪感は僅《わず》かなりともある。それでもやらねばならないのだ。

提灯の火に近づけた懐紙に、ちろちろと幼火が踊る。そこで短く息を吹きかけて提灯の明かりを消した。

周囲から見れば子どもの鬼火《おにび》のように見えるかもしれない。そのような愚《ぐ》にもつかぬことを考えたのも束《つか》の間、小壺の封である布に幼火を移し、一気に腕を振り抜いた。

幼火が小さな車輪の如《ごと》く宙を舞い、狙《ねら》い通り屋根の僅か下に当たり、高い音を立てた。出番を待っていたとばかりに炎が拡散して外壁に纏《まと》わりついた。やがて天を求める炎は屋根を屠《ほふ》ってさらなる力を得て、風の気儘《きまま》に任せて横へと広がるだろう。

並ぶ屋根の一つ一つに人々の営《いとな》みがある。安らかな寝息が間もなく恐怖の叫喚《きょうかん》に変わる。されど心配することはない。

――すぐに助け出す。

自分で火を付けて、そのように念じる。他者に話せば気が狂《ふ》れたのではないかと思うに違いない。

ただ間違いではない。これでいいのだ。月が姿を現さず、我が世の訪れとばかり瞬《またた》く星を見上げつつ、足早にその場を後にした。

二

文五郎《ぶんごろう》は息を切らして四谷塩町《よつやしおちょう》に辿《たど》り着くと、辺《あた》りを見渡した。早くも屋根を炎が横断しようとしている。

月は無いが雲も無い。落雷の可能性は皆無《かいむ》であった。それ以外に屋根から出火することはあり得ない。つまりは火付けの線が濃厚である。

眠れずに起きていた者がいたのだろう。普通ならまだ気付かずに眠りこけていてもおかしくないが、すでにずらりと並んだ商家から人が飛び出してきており、どこも蜂《はち》の巣を突《つつ》いたような騒ぎとなっている。余程《よほど》のことが無い限り逃げ遅れる者はいないだろう。

「一番か」

文五郎はそう呟《つぶや》くと少し離れたところに腰を下ろし、往来《おうらい》に胡坐《あぐら》を搔《か》いた。

火消より早い一番乗りであった。文五郎は府内の各地に塒《ねぐら》を構えている。その一つに滞在していた時、すぐ傍《そば》で偶々《たまたま》火事が起こったという訳である。

火事に気付いていない者がいれば、叩《たた》き起こすが、すでに人が逃げ出している今、火消でない己に出来ることは無い。

腰の矢立てから筆を取り出し、皺《しわ》の付いた数枚の紙を無造作《むぞうさ》に懐から摑《つか》み出す。文五郎は己の「役目」に専念するつもりである。

「太鼓《たいこ》は鳴った。半鐘《はんしょう》も同じく。子《ね》の刻《こく》（午前〇時）……か？」

紙に筆を走らせつつ空を見上げた。月が無いため時刻を摑みにくい。代わりに鼓星《つづみぼし》が出ており、その位置から大凡《おおよそ》の時を割り出した。

「一番乗りはどこだ。松平佐渡守《まつだいらさどのかみ》様、永井肥前守《ながいひぜんのかみ》様……それとも町方《まちかた》のく組か」

府内の火消は全て諳《そら》んじている。この管轄《かんかつ》において最も早く駆け付けるであろう火消はどこか。その予想を立てつつ筆を動かした。

「いや、方角《ほうがく》火消の線もある。方角火消といやあ……火喰鳥《ひくいどり》だろうな」

文五郎は火事専門の読売《よみうり》書きである。いかなる火事場にも顔を出し、克明《こくめい》にその詳細を記す。江戸を縦断《じゅうだん》することになろうとも、すでに消火が終わっていようとも同じである。火事場に間に合わずとも野次馬《やじうま》たちから聞き取りをして、出来得る限り正確なことを府下に報《しら》せる。それが己の使命だと自認していた。

聞き取りを終えると府下の各地に点在する塒、といっても襤褸《ぼろ》長屋の一室であるが、そこに籠《こも》って紙面を書き上げる。時には夜でも版木彫《ほ》りを叩き起こし、すぐに読売を完成させる。情報というものは一日遅れればその分、価値を下落させる。読売とはその早さも重要なのだ。

府下の有名読売書きが一堂に会し、年始には様々な見立番付《みたてばんづけ》が決められる。その中の一つ、火消番付には文五郎が最も影響を与えるのだ。

見立番付は庶民の歓心を買うための遊びの側面もある。しかし文五郎は火消番付には別の意味があると考えていた。有名火消に憧《あこが》れ、鳶《とび》を志《こころざ》す子ども、若者は確かにいる。その者たちがいつか火消となり、番付の上位を目指して切磋琢磨《せっさたくま》する。次世代の火消を育てる大きな一因《いちいん》となっていると誇りを持っていた。

もっとも火消には危険が伴《ともな》う。人気があり、華やかな存在であるが、軽い気持ちで務まるようなものではない。故《ゆえ》に文五郎は誰々が火事場で死んだ。炎に巻かれて寝たきりとなったなどの火事の恐ろしさも漏《も》らさずに伝えている。それを承知でこの世界に踏み込んでくる勇者こそ、火消に向いていると思うのだ。

——恰好いいな。

幼い時、狂乱する焰《ほのお》に立ち向かう火消を見て、文五郎は素直にそう思った。

鳶を志してあちこちの組に応募したが、己が虚弱非力《きょじゃくひりき》であったことでその夢は叶《かな》わなかった。こうして文五郎は火事読売の書き手となった。火事の恐怖、火消の勇壮さ、これを庶民に伝えることで、己も江戸を守ることが出来ると思ったからである。

「きたか」

こちらに向かって走ってくる火消の一団を認めた。羽織《はおり》や半纏《はんてん》の色で大凡《おおよそ》の見当《けんとう》はつくが、今宵は新月《しんげつ》。火明《ほあ》かりが届く距離に入るまでは、流石《さすが》にどこの火消かは判らない。

「え……」

文五郎は筆を止めた。現れた火消が意外だったからである。

「我らが来たからにはもう心配いらぬぞ！」

先陣の者がそう叫ぶと、野次馬は沸《わ》き上がった。確かに実力のある火消である。これ以上の延焼は無いと安堵《あんど》の息を漏らす者もいた。

「半数は火除《ひよ》け地を、残りは炎を生み出す火元を叩く」

頭《かしら》が宣言すると配下はすかさず分かれる。見事に統制が取れている。皆がその鮮やかさに見惚《みほ》れ、手を叩いて喝采《かっさい》を送ったが、文五郎だけは腑《ふ》に落ちないものを感じていた。

――これで火元が判るか？

恐らく何者かが屋根に火を付けた。それが横に広がり、六軒に亘《わた》って屋根を焦がしている。あまり見かけぬ火事といえよう。

文五郎は年に二百以上の火事場を見てきており、そこらの火消に負けないほど炎の知識に長《た》けると自負《じふ》している。それでも駆け付けた時点でどこが火元なのかは判らなかった。さらにその後に到着した火消が、いくら熟練といえども、一見《いっけん》で見破ることを奇異《きい》に感じたのだ。

「早い……」

文五郎は我に返って筆を動かす。屋根から上に燃え移るものがないため、竜吐《りゅうど》水《すい》や水鉄砲《みずでっぽう》の放水だけで十分に対抗出来る。しかも使っているのは「水工《すいこう》」と異《い》名《みょう》を取る一流の水絡繰《からく》り師、平井利兵衛《ひらいりへえ》工房《こうぼう》の竜吐水である。最新の七式竜吐水が一機。これもまだ新しいといえる六式が四機、一般の火消に広く普及している五式が四機、やや旧型の四式が三機。

――多すぎる。

これも奇妙である。この人数の規模で出動する場合、五機持ってくるのがせいぜいである。それがわざわざ旧型の四式まで引きずり出して来るとは、まるでこの火事が放水で押し切れると、予《あらかじ》め知っていたようではないか。

「命を懸けて民を守れ！　釣瓶《つるべ》落としの陣だ！」

頭が叫ぶと、配下は応と声を上げ、まだ半《なか》ば火の残る屋根へ上っていく。そして下から水の入った手桶《ておけ》を送り、至近距離で浴びせていく。

——わざわざこんな危険を冒《おか》す必要はないだろう……。

文五郎には、わざと派手に演出しているように映った。

これらのことから導かれる仮説が頭を過《よぎ》り、文五郎は唇《くちびる》を噛《か》んだ。

まさかとは思う。いや、思いたい。しかし文五郎の火事読売書きとして鍛《きた》えた勘は、その仮説はあり得ると告げている。つまり自《みずか》ら火を放ち、自ら消しに現れたということである。

——何が目的だ。

先ほどからずっと己に語り掛けている。仮にその予測が正しいとすれば、こいつらは何のためにこのようなことをするのか。

文五郎は矢立てに筆をしまい、まだ墨《すみ》の乾かぬ紙を懐に捻《ね》じ入れ立ち上がった。直接問い質《ただ》す。そう決めたのである。

本来ならば知られぬように探るべきであろう。しかし文五郎が憧れる火消という存在を信じたい。その想いが躰《からだ》を突き動かした。何故《なにゆえ》火元が判ったか、何故これほどまでに竜吐水を持って来たか、出来るならば理路整然《りろせいぜん》と説明してもらい、納得させて欲しかった。

頭の顔は勿論《もちろん》知っている。先ほどから配下を鼓舞《こぶ》し、労《ねぎら》いつつ、的確な指揮を執《と》っている男。文五郎はその元へと近づいていく。

「もし……」

火消が長い相手のことである。当然、己のことも知っている。こちらを見て僅《わず》かに微笑《ほほえ》んだ。

「お尋ねしたいことが……」

声を低くした。野次馬に聞かせるような話ではない。間違いであって欲しい。文五郎の胸にはその一念がずっと渦巻《うずま》いていた。

三

源吾《げんご》は床几《しょうぎ》に腰かけ、茫《ぼう》と教練の様子を眺めていた。

「はい、そこ！　息が上がっていますよ」

新之助《しんのすけ》の軽快な声が教練場に響き渡る。最近はこのように新之助に任せることも多くなった。新之助を成長させる意味合いもあるが、ここのところどうも何事にも身が入らなかった。

「彦弥《ひこや》さん、もっと速く！」

立てた長梯子《ながばしご》を上《のぼ》る彦弥を叱咤《しった》する。

「うるせえ。これ以上速く上れたら化物《ばけもの》だ」

彦弥は振り返って悪態《あくたい》をついた。相手は仮にも頭取並《とうどりなみ》、仮にも士分であるが遠慮が無い。

「化物並の脚をお持ちでしょう？　もてますよ」

「へいへい。十三枚目！」

竹の軋《きし》む音と共に、彦弥は飛ぶようにして梯子を上り詰めていく。十三枚目とは新之助の番付の位で、主だった者の中で最も低い。

「もうすぐそう呼べなくなりますよ」

新之助はふふんと鼻を鳴らした。

「鳥越《とりごえ》様、気合いが入っていますね」

星十郎《せいじゅうろう》が眉《まゆ》を開いて顔を覗《のぞ》き込んでくる。

「そう簡単に上がるもんかよ。下がるってのもあるぜ」

年が明ければ新たな火消番付が発表される。上がる者もいれば下がる者もいる。また新たに名が載る者もいれば消える者もいる。源吾とて大関《おおぜき》に上がるまで一度位を下げたこともあった。

「彦弥さんも上げてみせると息巻《いきま》いているようです」

「あれは女にもてたいからな」

源吾は苦笑すると、腿《もも》に肘《ひじ》を掛けて頰杖《ほおづえ》をついた。

「寅次郎《とらじろう》さんも案外気にしておられるようで」

「番付と聞くと血が滾《たぎ》るんだろうよ」

目が痒《かゆ》くなって親指で荒く搔《か》く。横で星十郎が微《かす》かに唸《うな》るのが聞こえた。

「私は気になりませんが」

「俺も若い頃は気になって仕方なかったさ。だが逸《はや》ると碌《ろく》なことがねえ」

番付から名が消える者には二通りある。働きが芳《かんば》しくない、何か不祥事を起こすなどして降格する者。もう一つは火事場で命を落とす者である。今まで名を揚げようと無茶をして、命まで燃やした火消を幾人も見て来た。

「気を引き締めねばなりませんね」

「最初が出来過ぎなんだ。あまり気にしねえことさ」

現在新庄藩火消は六名が番付入りしている。源吾はいわば出戻り。武蔵は元々小結《こむすび》の実力者であるが、他四名はいわば「初物《はつもの》」であった。

江戸の庶民というものは何かにつけ初物が好きで、初めて大きな活躍をした者は、大々的に番付に載ることが多い。しかしそれが実力に裏打ちされていないと解《わか》ると、たった一年で番付から外されることも珍しくはない。

「他に二つ、お前らがいい位につけた理由がある」

試した訳ではないが、星十郎は考え込む時の髪を弄《いじ》る癖《くせ》を見せた。一つはすぐに答えが出たようで手を降ろす。

「大火……ですね」

「ああ。あの大火で死んだ番付火消は実に二十一人だ」

昨年の明和《めいわ》の大火で多くの優秀な火消が殉職《じゆんしよく》した。例えば、に組の宗助《そうすけ》の父親である「不退《ふたい》」の宗兵衛《そうべえ》は明和九年の番付では小結であったが、大火で奮戦して散った。

この他にもここ数年は特に名を消した者が多い。彦弥の幼馴染《おさななじみ》で同じくに組の纏番《まといばん》であった甚助《じんすけ》は、西の前頭《まえがしら》三枚目であったし、一橋《ひとつばし》の奸計《かんけい》に嵌《は》められて腹を切った奥平《おくだいら》家の「一刀《いっとう》」和間久右衛門《わまきゅうえもん》も西の前頭十枚目であった。少し前にはなるが、新之助の父で殉職した蔵之介《くらのすけ》も東の前頭七枚目である。

「俺が知っている限り、これほどまでに『空き』の出来た年はなかった」

「あと一つはなんでしょうか」

星十郎は再び癖を出して考え込んだが、こればかりは解るはずがない。

「文五郎って奴のお陰さ」

「と言うと、読売書きの？」

「へえ。お前が知っているとは、奴も有名になったもんだ」

文五郎は不忍池《しのばずのいけ》の近く茅町《かやちょう》に住む読売書きである。腕のいい書き手であるが、特に火事や火消に関しての報は、どこよりも早く伝えると言って憚《はばか》らない。その執念《しゅうねん》は凄《すさ》まじく、火事場に泣いて嫌がる版木彫りを引きずって来て、炎を目の前に版木を作らせたほどである。

互いに駆け出しの頃からの知り合いで、まだまだ浸透《しんとう》していなかった「火喰鳥」という異名を初めて読売に載せたのも文五郎であった。

「その文五郎さん、火事場で会いませんね」

「いたさ。何度か見かけた」

「では何故《なぜ》お話しにならないので？」

「火事場で見聞きしている時は、火消とは馴《な》れ合わねえ。それが奴の読売書きとしての矜持《きょうじ》なんだとよ」

これは昔から変わらない文五郎の掟《おきて》である。昨今《さっこん》、出鱈目《でたらめ》を面白《おもしろ》おかしく伝える読売も多いが、文五郎のものはそれらとは一線を画《かく》している。真実のみを伝えるため、火事場での無用な接触は一切しない。

火事場以外では人懐《ひとなつ》っこく話しかけてきたものだが、源吾が江戸の南端を縄張りとしている今、中々出会うこともない。

「ともかく奴は昔から何故か俺を買ってくれた。皆の番付も祝儀《しゅうぎ》のようなもんだろうよ」

「なるほど」

「そろそろ終わりにしようか。皆が潰れちまう」

新之助の猛特訓で皆の顔に疲れが見え始めている。終了を告げて皆を集めた。

「ご苦労だったな。明日は非番だ。ゆっくり休め」

「御頭こそ、疲れ顔ですよ。京から戻った疲れが抜けてないんじゃあ……」

眉を下げる寅次郎の肩から湯気が上がっている。巨軀に似合わず心優しい男なのである。

京から東海道《とうかいどう》をゆるりと歩いて江戸に戻ったのはまだ二十日ほど前、長月《ながつき》（九月）の初め頃であった。

「心配ねえ。それよりもおっ母《か》さんは――」

言いかけて言葉を止めた。目を閉じ、耳に意識を向ける。

皆の顔に緊張が走る。源吾が咄嗟に片目を瞑《つぶ》る時、それが何であるかを熟知している。

「どこですか」

流石《ちけ》魁《さきがけ》の異名を持つだけあって、武蔵はすでに駆け出さん勢いである。

「近えな……虎《とら》ノ門《もん》外あたりか」

「よし、皆出ますよ」

新之助が号令を掛け、皆が一斉《いっせい》に応じたが、源吾は躊躇《ためら》った。

虎ノ門外は大名屋敷がひしめき合っている。つまりは多くの八丁《はっちょう》火消が湧いて出るということである。御城を守る方角火消としては出ぬ訳にはいくまいが、後方支援で十分であろう。

「うちは後詰《ごづめ》だ」

「何故ですか⁉」

新之助は身を乗り出して迫り、彦弥は苦々しくこめかみを掻いている。寅次郎でさえ薄く不満の色が浮かんで見えた。それらと違ったのは星十郎と武蔵で、互いに目配《めくば》せをしながら、皆を落ち着かせようとした。

「先着することはあり得ねえ。それで十分さ」

「そんなの行かなければ分かりませんよ。今までだって……」

「まずは行きましょう。話はそこからです」

武蔵が間に入って取りなす。源吾の心中を察しつつも、新之助が正論と目で訴えているように思えた。

「分かった……出るぞ」

「御頭はてめえらの逸る心を制しただけだ。ぐずぐずするな！　行くぞ！」

間髪入れずに武蔵が続き、皆の顔から不安が払拭《ふっしょく》された。このあたりの妙は星十郎といえども及ばない。一手の頭を長年務めて来た武蔵だからこそである。

それでも新之助は不満が残るようで頰を膨《ふく》らませていた。

虎ノ門外に向かう途中、いつもならば先頭を走る武蔵だが、碓氷《うすい》に跨《またが》る源吾の傍を走っていた。

「御頭、あれはまずい」

武蔵は皆に聞こえぬほどの小声で言った。

「すまねえ」

「お気持ちは分かりますがね」

武蔵はやはり源吾の迷いに気付いている。それは星十郎も同様のようで、たどたどしく手綱《たづな》を扱いながらこちらをちらりと見た。

「まずは目の前の火事のことを考える」

「それがいい。まあ、だが本当に後詰になりそうだ」

避難してくる人々と逆行して進んでいる。その者たちに尋ねると火元は芝口《しばぐち》久保町《くぼちょう》の質屋。仔細《しさい》は不明だが、客との諍《いさか》いから出火に至ったという。

「よくある話だ」

江戸では年に三百回以上の火事がある。素人《しろうと》は意外に思うかもしれないが、その原因の大半は火付けに因《よ》るものである。一口に火付けといっても様々で、怨恨《えんこん》からの火付けもあれば、火に魅入られた者が愉悦《ゆえつ》を満たすための火付け、喧嘩《けんか》などで激高《げっこう》しての突発的な火付けもある。他にも千羽一家《せんばいっか》のように火付けを用いて押し込みに及ぶ場合もある。

この中で最も火消が難儀するのが突発的なもので、事前に何の対処も出来ず、また下手人《げしゅにん》が錯乱している場合も多いため見境《みさかい》が無い。今回も諍いなどから火付けに及んだならば、突発的なものに分類出来るだろう。

「久保町ならば、最も近きは稲葉伊予守《いなばいよのかみ》様ですね」

新之助が轡《くつわ》を並べて来た。

「淀《よど》藩。弾馬《だんま》の同輩《どうはい》だな」

「弾馬？」

新之助は聞き覚えの無い名が出たので怪訝《けげん》そうにしている。

淀藩稲葉家は火消の雄藩《ゆうはん》である。この稲葉家は大名火消の祖《そ》といっても良い。稲葉宗家《そうけ》三代にして老中《ろうじゅう》も務めた稲葉正則《まさのり》は、江戸初めての大火である明暦《めいれき》の大火において府下の火消を率《ひき》いて大いに活躍した。しかしこの時はまだ奉書《ほうしょ》を用いた大名火消しかおらず、江戸城天守まで被害を受け、それ以降天守は再建されていない。

この苦難の経験から、定《じょう》火消を制定したのも、哀しみに暮れる庶民を勇気づけるために出初式《でぞめしき》を始めたのも、この稲葉正則であった。

その稲葉家、当時の領地は小田原《おだわら》であったが、今では淀に転封《てんぽう》となり京都常火消を務めている。そこの頭こそ「蟒蛇《うわばみ》」の異名を取る野条《のじょう》弾馬であった。源吾が京で奔走《ほんそう》していた時、この弾馬に大いに助けられた経緯《いきさつ》がある。

「へえ、面白《おもしろ》そうな御方ですね」

「お前みたいにうるさい奴さ」

「口だけでないことを見せますよ」

「淀藩の主力は京。江戸は手薄だ」

「一柳《ひとつやなぎ》、田村《たむら》、木下《きのした》、土方《ひじかた》の諸侯の屋敷も近い。負けていられませんね」

新之助はやはり逸っている。そのような姿を見ていると、また心配が頭を擡《もた》げて来る。武蔵が横から口を挟《はさ》んだ。

「町火消は、あ組百十七名です」

「適《あつぱれ》あ組。晴太郎《せいたろう》の野郎だな」

源吾が言うと、新之助は敏感に反応した。

「西の十三枚目！　私の一つ下ですね。いよいよ負けてられない」

驚異的な記憶力を誇る新之助は番付を全て諳んじている。逸る心にさらに火を付けたと後悔したが、もう後の祭りである。流石の武蔵もこれは予想していなかったようで苦笑いを浮かべている。

程《ほど》なくして火事場へと辿り着いた。まだ類焼《るいしょう》は両隣だけらしいが、火事の規模の割に火消が多く現場がごった返している。これでは統制が取れずに無暗《むやみ》に被害が大きくなる。

「当家が指揮を執りましょう！」

新之助が進言《しんげん》してきた。芝口は方角火消の指揮権が及ぶ。それに大関である源吾ならば大抵《たいてい》の火消が従うだろう。近くにいるあ組の鳶に呼びかけた。

「あ組だな！」

「松永様！」

出戻りとはいえ、寿命の短い火消では古参の類に入る己を、知っているようである。

「晴太郎はどこだ？」

「それが……頭は牡蠣《かき》に当たって寝込んでやして……」

「外れの日か」

晴太郎は源吾と同年代の火消で付き合いも長く、こちらを一方的に好敵手と思っている。この晴太郎、とにかく間が悪いことで有名で、十回のうち九回は何かしらの事情で手柄を逃す。それなのに何故番付入りしているかというと、残る一回で決まって皆が驚くほどの大手柄を立てるからであった。

「指揮は誰だ？」

おそらく稲葉家か田村家であろうと思い、重ねて尋ねた。

「たった今、到着された御方が指揮を譲《ゆず》り受けられました」

「加賀か？」

どの大名も意地があり、そう簡単に指揮権を明け渡すことはない。辰一が出張ることはあるまいし、仮に出たとしても武家火消が町人においそれと譲らないだろう。唯一考えられるのは加賀鳶である。

「いえ……菩薩です」

「内記《ないき》の野郎が何でここに」

源吾は舌打ちした。普段《ふだん》は濠《ほり》の内側に籠っており、滅多《めった》に外には出てこない男である。

「北に向けて風が吹いており、御城にも危難が及びかねないので出張ったと」

確かに鶯《うぐいす》色の羽織、半纏が躍動しているのが見える。

「鶯色半纏。八重洲河岸定火消ですね」

武蔵は恐る恐るこちらを仰《あお》ぎ見た。己が彼らに、厳密に言えば彼らの頭にどのような感情を持っているのか、この古《ふる》馴染みは知っているのだ。

「うちが執るぞ」

「え？」

先ほどまでやる気がなかったのに、どうしたことかと新之助は目を瞠《みは》った。

「あいつだけは別さ」

源吾は号令をかけると火事場に向けて突入した。

「ぼろ鳶だ！　うちが指揮を執る！」

そう喚《わめ》いたが、すでに配置まで終えられており、遅きに失した感がある。稲葉、田村などの諸藩の火消は困惑しているが、当の相手だけは堂々と待ち受けている。

「誰かと思えば、松永殿。大関への返り咲き、実にめでたい。流石でございますな」

内記はただでさえ細い目を糸のようにして微笑を浮かべた。

「進藤《しんどう》……」

八重洲河岸定火消は鉄砲組に属し、四千二百六十石を食《は》む本多大学《ほんだだいがく》という旗本が任じられている。

そこの火消頭こそ、この進藤内記であった。過去、飯田町《いいだまち》定火消、松平隼人《はやと》家で源吾が務めていた立場と同じといえよう。

——胡散臭《うさんくせ》え野郎め。

暫《しば》くぶりに会っても印象は何一つ変わらなかった。当初より己でも解らないが本能的に嫌っていた。ある火事場でそれが決定的となり、今もこの男とは相容《あいい》れないでいる。

「うちが指揮を執る」

源吾が凄《すご》むと、内記は肩をすくめてみせた。

「相変《あいか》わらず猛々《たけだけ》しい目をなさる。私のような下っ端《ぱ》では身が震えてしまうではありませんか」

「お前も三役《さんやく》だろうが」

内記の番付は辰一と肩を並べる関脇《せきわけ》である。歳は源吾より三つ上の三十六。身《み》丈《たけ》は己とほぼ同じ高さの五尺《しゃく》八寸《すん》（約一七四センチメートル）。乱暴な者が多い火消の中で、優《すぐ》れた人格者として通っており「菩薩」の二つ名を持っている。さらに目が細く穏やかな表情、眉間に測ったかのようにある黒子《ほくろ》も、菩薩を彷彿《ほうふつ》とさせる要因に違いない。

「そうそう。指揮をお譲り致しましょうか？」

内記は思い出したかのように手を打った。

——出来ねえと知っているくせに……。

源吾はぎりと奥歯を鳴らした。布陣を見て、指揮を執ることが無理と考えを改めている。

素人には全て同じに見えるだろうが、消火法というのは実は奥が深く、組ごとに少しずつ遣《や》り口が変わってくる。それぞれの頭が得意として好む手法というのが存在するのである。

例えば大音勘九郎《おおとかんくろう》は竜吐水と壊し手の連携を重要視する。謂《い》わば王道ともいえる手法であるが、火事に応じて臨機応変に対処するにはこれが最もよい。一番組から四番組は正攻法に、五番から八番は強襲に用い、これも配下に最精鋭を抱えているからこそ隙が一切無い。

他に辰一率いるに組は、竜吐水を後方支援と位置づけ、自らが先頭に立って神速で壊すことに特化している。異常なまでの破壊力を有し、炎にも怯《ひる》むことはない辰一らしいやり方である。

では源吾はどうしているかというと、鳶の練度を第一に考えている。例えば一口に壊し手といっても、個々の実力には隔《へだ》たりがある。怪力無双《かいりきむそう》の寅次郎と、昨日今日入った鳶を同様には扱えまい。つまり壊し手、水番、纏番と優秀な者を先鋒に、練度の劣《おと》る者を支援に振り分けていた。昔は勘九郎に近い手法を取っていたが、素人集団から始まった新庄藩火消ではこの方法を取らざるを得なかった。

ともかく火消にはそれぞれ癖というべきものがあり、それにより配置も大きく異なる。ましてや今回は各々《おのおの》が小陣形を組んで当たっているのではなく、他家も巻き込んだ大掛かりな陣形を布《し》いている。それを配置し直すのはかなりの時間を要するだろう。

「どうなされました？」

内記は笑みを浮かべて首を傾《かし》げた。今から配置換えをしていては燃え広がるのを待つばかりである。

「お前がやれ……」

「大関の御指名とあれば否応《いやおう》ないですな」

内記は小さく息を漏らした。

「うちはどこにつけばいい」

内記の指示を仰ぐつもりであった。恥も外聞《がいぶん》も当初から持ち合わせていない。少しでも早く火を止め、人々を安《やす》んじる。その一点だけが己の方針である。

「では、水番に」

「分かった」

「各々方！　火喰鳥率いる新庄藩方角火消の方々が駆け付けて下さいました！これで百人力ですぞ！」

内記が高らかに叫ぶと、火消だけでなく野次馬もどっと沸いた。

武蔵と竜吐水を前線に貸し出し、残りは堀から水を汲《く》むことになった。長蛇《ちょうだ》の列を三本作り、絶え間なく給水していくつもりである。源吾も碓氷から降り、自ら手桶を取って水を汲む。

「良い御方じゃないですか」

同じく手桶を扱う彦弥が話しかける。

「どうだかな」

源吾は手を休めずに愛想《あいそ》無く答える。

「うちの顔も立ててくれましたしね」

寅次郎は持ち手に縄を括《くく》りつけた玄蕃桶《げんばおけ》を堀に放り投げた。手桶十杯分にはなる玄蕃桶に水を満たし、先ほどから一人で引き上げていた。

「如才《じょさい》ない奴なんだよ」

これにもやはり吐き捨てるように返事した。

「それに……相当な手並みですよ。配下も加賀鳶並に動きがいい」

新之助はすでに半分ほどに勢いが削《そ》がれた炎を眺めつつ言った。

確かに内記の指揮は見事である。火の呼吸を感じ、それに合わせて、時に退いて守り、時に苛烈に攻める。経験だけではなく、火に向き合う天性の勘を持っていなければこうはいかない。

また配下の者たちも、内記の指示を的確に具現化する。それには新庄藩火消も舌を巻いていた。

「良い人材を集めているようですね」

星十郎は手桶一つでよろめきながら続けた。

「あいつは集めているんじゃねえ。足りない駒《こま》を作っているのさ」

「え？」

訊《き》き返す新之助に対し、源吾はもう何も答えなかった。確かに内記は一流の腕を持っている。それは確かなことであるが、源吾は内記を認めてはいない。湧き上がる感情を抑《おさ》えるように、源吾は黙々と脇役に徹《てっ》した。

火事は一刻（約二時間）で消し止められた。火元こそ全焼したものの、両隣は半焼、さらにその両隣は取り壊されて難は去った。

「やりました。皆々様のおかげです」

内記は穏やかな笑みを浮かべつつ、協力した火消を一家ずつ労っていた。

「帰るぞ」

源吾は早くも帰路に就こうとした。残り火が無いかを確かめるのは、主として消火にあたった火消が務める決まりとなっている。つまり新庄藩はお役御免という訳である。

「松永殿！」

内記は目敏《めざと》くそれを見つけて駆け寄ってくる。

「助かりました。おかげ様で怪我《けが》人一人無く終えることが出来ました」

「ああ。良かった」

もう少し愛想を良くすればどうかという意味だろう。新之助が袖《そで》を引いた。

「これは鳥越殿ですな。火消として日は浅いが、なかなかの腕と聞いています。

今後とも頼りにしています」

「ありがとうございます」

内記が深々と頭《こうべ》を垂れたことで、新之助は得意げににやけた。

「行くぞ」

源吾は言い残すと碓氷に跨《またが》った。いい気になっている新之助とは違い、武蔵の表情は厳しい。

「どう見る」

源吾が短く言うと、武蔵は首を捻った。

「今回だけでは何とも。ただあいつらの中にいると、まるで船の上にいるみたいに気分が悪くなります」

武蔵はやはり己と同じことを感じている。

「そうだろうよ」

碓氷も応じるかのように嘶《いなな》きを発した。どうやらこの相棒も好印象を持たなかったらしい。

「おかえりなさいませ」

家につくと丁度《ちょうど》、洗濯物を取り入れていた深雪《みゆき》が迎えてくれた。その腹は大きく膨らんでいる。あと二月《ふたつき》も経たずして子が生まれてくるのである。

「手伝おうか」

「いいえ。これは結構です。旦那《だんな》様が取ると何故か皺だらけになるんです」

「そうだな」

「火事だったようですね。御着替えを用意します」

「今日は大して働いてないさ」

自嘲《じちょう》気味に返事をして上がると、そそくさと煙草盆《たばこぼん》を摑んで縁側へ行く。沓脱《くつぬぎ》石を裸足《はだし》で弄《いじ》りつつ、懐から煙管《きせる》を取り出して丹念に刻《きざ》みを押し込んでいく。火《ひ》鉢《ばち》を持って来るのを忘れたと思い出して立ち上がろうとすると、丁度深雪が火鉢を抱えているところであった。

「今持っていきますね」

「重いものを持つな。俺がやる」

飛び上がって駆け寄り、奪うように火鉢を取った。

「旦那様は心配し過ぎです」

「万が一転んだらどうする。もうすぐなんだ」

「そうですね。気をつけます」

深雪は嬉しそうに笑いつつ腹を擦《さす》った。

京から戻ってまず驚いたのは深雪の腹が見違えるほど大きくなっていたことであった。いや、大きくなるのは当然解っている。しかし我が妻となると何故だか不思議に思えるのだ。

医者の見立てでは神無月《かんなづき》の末から霜月《しもつき》（十一月）の初め頃だという。つまりあと四十日もすればいつ生まれてもおかしくはない。

源吾は火鉢を縁側に運ぶ。火箸《ひばし》で灰を避《よ》けて残った炭を挟むと、咥《くわ》えた煙管の雁首《がんくび》に近づけた。煙草が囁《ささや》くほどの小さな音を立てる。ゆっくりと煙を口で転がした後、ふわりと宙へ浮かべた。

――長谷川《はせがわ》様……。

手の内の煙管を眺めた。唐草《からくさ》の模様が細工されている銀の煙管。先代長谷川平《へい》蔵《ぞう》の形見となってしまった一品である。

平蔵が京の町に隠れるように逝《い》ったのは三月《みつき》前、水無月《みなづき》（六月）二十二日のことであった。奇《く》しくもその日は京が惜別《せきべつ》に包まれる祇園《ぎおん》祭の終わりの日であり、源吾にとって生涯《しょうがい》忘れえない日となった。

新之助が食い下がったように、自分らしくないことは重々解っていた。

――もう誰も死なせたくねえ。

その感情が日に日に強まっている。とはいえ火消である以上、火事場には赴《おもむ》かなくてはならない。しかし皆が番付を意識して逸っている今のような時期、些細《ささい》なことが大きく歯車を狂わせ、火消を死に追いやることを源吾は痛いほど知っていた。

「明日は確か非番ですよね？」

深雪がこうして非番を確認してくることは珍しい。何か目的があることが容易《ようい》に推測出来て、段飛ばしの質問を投げかけた。

「ああ。どこだ？」

「日本橋《にほんばし》です。武生《たけふ》というお蕎麦《そば》屋さんに行きませんか？　越前《えちぜん》風の食べ方で美味《おい》しいらしいのです。信太《しんた》さんたちが教えてくれました」

新庄藩の鳶の大半は越前者である。当初、あまりの予算の少なさから、出稼《でかせ》ぎ先に困っている越前の百姓の次男三男を安価で呼び寄せた。もっとも今では御《ご》城使《じょうし》の折下《おりしも》左門《さもん》、江戸家老《がろう》の北条《ほうじょう》六右衛門《ろくえもん》が中心となって費用を捻出してくれ、並の鳶ほどの給金は払えるようになっている。故に江戸に骨を埋《うず》める覚悟を決めた者も多く出ており、信太もその一人であった。

「小諸屋《こもろや》から知らぬ間に浮気か？」

源吾は煙管を煙草盆に置いてからかった。

「京からお帰りになって非番の日もお忙しかったでしょう？　頭の方々を集めて、不在の時に起きた事の聞き取りをしたり、年末に向けての備えをしたりと」

「確かにそうだ」

「星十郎さんにとっては初めての非番です」

深雪は僅かにえくぼを浮かべた。

「なるほど。そりゃまずい」

ようやく深雪の言う意味を察して微笑んだ。

源吾が離れている間も、配下の鳶を色々と世話してくれていたと聞いた。

それこそ信太などは妹の嫁《よめ》入りが決まって傷心《しょうしん》だったらしく、深雪が幸せを喜んでやれと叱《しか》り、また会う気になれば会えると慰《なぐさ》め、源吾が戻った時にはすっかり元気を取り戻していた。早くに母を亡くしている信太であったから、ほとんど歳も変わらぬ深雪に、

「まるでおっ母《か》さんのようだ」

と、言って頭を小突かれたというおまけ話まで新之助から聞いた。

「では、明日は武生ですね」

「よし。行こう」

精一杯強がっているが、気落ちしていることが深雪には分かるのだろう。こうして外に連れ出して気を晴らそうとしてくれているのだ。ありがたさが込み上げて、台所に戻る深雪の背を見送った。

暫くすると武生、武生と訳の分からぬ鼻唄が聞こえて来た。案外己が行きたかっただけなのかもしれないと考え直し、源吾は苦笑して再び煙管を手に取った。

四

非番の日、星十郎は御徒町《おかちまち》の蕎麦屋「小諸屋」に向かった。

京から戻っても、江戸で山積みとなっていた諸事に追われ、ようやく小諸屋を訪れることが出来た。

暖簾《のれん》を潜《くぐ》ると、盛り蕎麦を運んでいる途中のお鈴《すず》が振り返った。

「あ、加持《かじ》様！　いらっしゃいませ」

「お久しぶりです」

星十郎は少し目を伏せながら答えた。もう昼時を過ぎた未《ひつじ》の刻（午後二時）というのに、店内には客が溢《あふ》れて実に繁盛《はんじょう》している。昨年火事により半焼した小諸屋であったが、一部を修復してすぐに商いを再開した。故にまだ新材の心地よい香りが漂《ただよ》っている。

「こちらのお席で。すぐに片付けますね」

お鈴は笑みを零《こぼ》すと、卓の上に置かれたままの蒸籠《せいろ》を手際よく片付けていく。

「もう秋だというのに、盛り蕎麦の注文があるのですね」

お鈴は星十郎にそっと耳打ちした。

「ええ。こちらのほうが通《つう》だって。本当に好きで召《め》し上がる方もいらっしゃいますが、半分は通人ぶっておられるのですよ」

「なるほど」

「加持様は掛け蕎麦ですね」

「御名答《ごめいとう》です。通人でもありませんしね」

「お腹が冷えるからでしょう？」

お鈴が悪戯《いたずら》っぽく笑うので、星十郎ははっとして視線を逸《そ》らした。

暫《しば》し待って運ばれてきた掛け蕎麦を、息を吹きかけながらゆっくり食す。自他《じた》共に認める猫舌《ねこじた》なのである。食事を共にする時、生粋《きっすい》の江戸っ子である武蔵などは、いつもまどろっこしそうに見ている。

これも無粋《ぶすい》というのだろう。今も隣の職人風二人がくすくすと忍び笑いを洩らしていた。

それでも星十郎は全く意に介《かい》さない。冷たい蕎麦が粋《いき》で、温かい蕎麦が無粋。一気に呑《の》み下せるのが粋で、持ち上げて冷ますのが無粋。あまりに非論理的ではないか。

半分まで食べた頃、店も些《いささ》か空《す》いて余裕が出てきたようで、お鈴が近づいてきて小声で囁いた。

「この後、お時間ございますか？」

「ええ」

淡《あわ》い期待が頭を擡げて即答したが、実際はもう少し込み入った話らしく、お鈴の顔がやや曇《くも》っていた。丁度食べ終わった頃を見計らい、お鈴は他の者に給仕《きゅうじ》を託して再び席へと来る。

「座ってはいかがですか？」

星十郎が促してもすぐには座らず、お鈴は女将《おかみ》に目で了承を得てから席に着いた。

「お話の前にこれを」

星十郎は懐から袱紗《ふくさ》を取り出し、目の前で開いた。京で買い求めた友禅《ゆうぜん》染めの巾着《きんちゃく》である。この京土産《みやげ》をお鈴に渡すために訪れたのだ。

京ではとても土産を買う気分にはなれなかったが、先代長谷川平蔵が、番方にして新庄藩の世話役を務めていた与力の石川《いしかわ》喜八郎《きはちろう》に、

「全て終わった後は、京土産の案内をしてやれ」

と、朗《ほが》らかに語っていたということであった。平蔵最後の命《めい》であるからと、喜八郎のたっての誘いにより、一日だけ京見物がてら土産を買い求めた。

「綺麗《きれい》……本当に頂いてもよろしいのですか？」

「ええ。粋な者に相談したので、無粋ではないかと」

武蔵はお鈴の特徴を聞いては、ああでもない、こうでもないと、共に土産を探してくれた。平蔵の死、嘉兵衛《かへえ》の死と思うところはあったろうが、いつにも増して笑っていたのが痛々しかった。

「でも……京に行かれたのは今年の初めでしょう？」

「実は再び行っていたのです」

星十郎はお役目を受け、とんぼ返りで京に行っていたことを手短《てみじか》に語った。

「それで暫く来られなかったのですね。安心しました」

「御心配をお掛けしました。皆からはひ弱とからかわれますが、病《やまい》に罹《かか》った訳ではありません」

躰を心配してくれていたことが嬉しく、星十郎は薄く微笑んだ。

「いえ、それもそうですが……何よりです」

歯切れ悪くお鈴が言うので、星十郎は顎《あご》を傾ける。お鈴は小さな溜息を零すと、仕切り直すようにぽんと手を叩いた。

「加持様にご相談が」

「何でしょう」

「実はうちのお客さんで読売書きを生業《なりわい》にしている方が……」

説明の最中であったが、星十郎はさっと掌を見せて押し止《とど》めた。

「……鐘が鳴っています」

同じく気付いた他の客には、首を激しく振って方角を確かめる者、そそっかしく蒸籠を持って外に出ようとする者までいる。

「御頭でないので確実とは言えませんが、察するに本郷《ほんごう》あたり。今の風向きは南西。ここに累《るい》が及ぶことはありません」

星十郎は鉢をそっと奥へ押して立ち上がった。

「行かれるのですね」

「申し訳ございません。お話の続きは後日必ず」

やり取りが聞こえたのだろう。先ほど忍び笑いしていた客の一人が声を掛けてきた。この野次馬根性は江戸ならではというべきか。人と適度な距離を置く京では考えられないことである。改めて江戸に帰ってきたという実感を得た。

「お侍《さむらい》さんは火消かい？」

声に嘲《あざけ》りが含まれている。嘘《うそ》をついていると思ったか、頭から爪先《つまさき》まで舐《な》めまわすように見てくる。

「ええ」

星十郎は袴《はかま》の股立《ももだち》を取りながら応じる。

「どこのお家ですかな」

「急ぐので失礼」

「加持様……」

わざわざ名乗る必要は感じられず、適当にあしらって行こうとした。それが男の癇《かん》に障《さわ》ったらしく、仲間に大声で呼びかけた。

「それほどお急ぎとは、大層《たいそう》ご活躍の御方らしい」

「おおよ。細身と侮《あなど》るなよ。実は古今無双《ここんむそう》の怪力かもしれぬぞ」

無礼極まりないが、昨今このように武士にちょっかいを掛ける町人は多い。お鈴が顔を赤く染めて口を開こうとするのを、星十郎は目で制した。

「私はそちらのほうはとんと」

「でしょうな」

一人が即座に相槌《あいづち》を打つと、残る一人も噴き出した。

「お鈴さん、お勘定は？」

星十郎は懐に手を入れて財布を取った。

「お急ぎでしょう。またで結構です。火消番付西の前頭筆頭《ひっとう》、赤舵《あかかじ》の加持星十郎様」

「げ……赤舵ってことは……」

お鈴はにこりと微笑み、星十郎は苦笑してしまった。

「ええ。ぼろ鳶組です」

お鈴は誇らしげにつんと鼻を突き出した。自慢の時にまで「ぼろ」と呼ばれるのだから複雑になってくる。しかしその名は効果覿面《てきめん》で、男たちはばつが悪そうに頭を掻いて俯いた。それほどまでに新庄藩火消の名は、今では江戸中に轟《とどろ》いている。

「では、また」

「いってらっしゃいませ」

胸を張って見送るお鈴に会釈《えしゃく》して、星十郎は駆け出した。自分でも鈍足《どんそく》であることを知っている。また先ほどの男たちは噴き出しているかもしれない。お鈴も思わず笑っているかもしれない。そのようなことを考えたのも一瞬で、星十郎の思考はすぐに彼方《かなた》の火事場へ吸い寄せられていった。

星十郎はすれ違った駕籠《かご》舁《か》きを慌《あわ》てて呼び止めた。

「乗せて下さい！」

「あいよ。どこまでですかい？」

「本郷の東。不忍池あたりだと思います」

「お侍さん。この鐘が聞こえねえのかい？」

半鐘の音はなおも鳴り、その数は増え続けている。

「その火元へお願いしたいのです」

五町《ちょう》（約五五〇メートル）走ったところで足がもつれて転びかけた。並の武士ならば恰好を付けて己の脚で駆け付けるだろうが、星十郎はその観念を持ち合わせていない。より速いものであればそれを利用する。ただそれだけである。渋《しぶ》る駕籠舁きに畳みかける。

「酒手《さかて》は弾《はず》みます。今は持ち合わせが少ないですが、新庄藩上屋敷に後で取りに来て下さい」

「げ。出た」

「出たとは？」

星十郎は息を弾ませながら首を捻《ひね》る。

「仲間内で有名なんですよ。新庄藩の方に捕まると火事場へ連れて行かれるとね」

「で、いいのですか？」

「どうぞ。早く乗ってくんなせえ」

星十郎が転がり込むように駕籠に乗ると、吊り紐《ひも》を摑む前に動き出して強《したた》かに頭を打った。やはり己の脚よりも倍から速い。

「どうして急に……乗せて……下さったので？」

揺れに声を遮られながら問うた。

「いやね。新庄藩の方を運ぶと、つきが回ってくるって話なんですよ」

とある新庄藩士の奥方様を運んだところ、一人は翌日に富《とみ》くじで大当たりをし、もう一人は間もなく意中《いちゅう》の女子《おなご》とよい仲になれたというのだ。それ以降、その奥方を運ぶと幸運が降ってくると言われているらしい。

「私はその奥方ではありませんが？」

星十郎は眉根を寄せる。

「誰が言い出したか知らねえが、それ以外でもご利益《りやく》に与《あずか》れるって言うんでね」

当初は奥方だけであったのが、恩恵に与りたいと枠《わく》を広げる。存外迷信《ぞんがいめいしん》というものはこのようにして出来上がっていくのかもしれない。そのようなことを考えつつ、星十郎は吊り紐にしがみついていた。

「お侍さん、見えてきましたぜ。えらい火事だ」

先ほどから煙《けむり》の臭いが漂っている。風上においてこの有様《ありさま》なのだから、風下は相当であるに違いない。

「近くで降ろして下さい」

「でもよ……お一人じゃあ……」

「私一人でも救える命があるかもしれない」

駕籠舁きは暫く間を空けて、からりとした声で答えた。

「気に入った。それでこそぼろ鳶だ。際《きわ》の際まで近づきますぜ」

「ありがとうございます」

さらに近づくと、木の爆《は》ぜる音まで聞こえてくるようになった。流石に玄人《くろうと》というべきか、逃げ惑う人々を縫《ぬ》うように駕籠は進む。

「陣取っている火消がいるぜ」

「どこですか⁉」

駕籠は横こそ開け放たれているが、前方は見えずに身を乗り出そうとした。しかしそれより早く前の駕籠舁きが答える。

「おたくの宿敵《しゆくてき》でさ」

「加賀鳶ですね」

豪華絢爛《ごうかけんらん》な衣装、最新で豊富な火消道具、江戸屈指《くつし》の人材を揃《そろ》えた加賀鳶。かれらは庶民から絶大な信頼と人気を誇っており、今まで他の火消がそれを模倣《もほう》して追おうとも並び立つ存在はいなかった。

初めてその人気に迫っているのは、加賀鳶に似るどころか、穴の開いた襤褸半纏、不細工な修理を施《ほどこ》した火消道具、素人の寄せ集めと何から何まで違うぼろ鳶組である。今の市井《しせい》ではこの二つの組を好敵手であるように持て囃《はや》している。

「ありがとうございます。ここで」

星十郎は滑り落ちるように駕籠から出た。

「気張《きば》って下せえ」

会釈して去る駕籠舁きを見送ると、星十郎は激しい揺れからくる酔いに少しばかりえずいた。光焔《こうえん》により辺りは赤々と照らされている。煙の悪臭は、どこかで咲く金木犀《きんもくせい》の香りと入り混じり、異様な臭気が渦巻いている。

風に煽られて、炎は無数に枝分かれし、細い火先が新たな地を求めて伸びてくる。しかし、火消も負けてはいない。

加賀鳶は竜吐水を十機以上並べ、一斉に放水を始めている。加賀鳶において多くの竜吐水を率いるのは四番組である。射手の一人がこちらに気が付いて叫んだ。

「ぼろ鳶！　何だその恰好は！」

星十郎は火消羽織を着用していない平服《へいふく》である。

「すみません。出先から来ました」

「見舞い火消じゃあねえのか。猫の手も借りたい時によ」

射手は慌ただしく筒先を動かし、水をもっと注《そそ》げと指示を出している。

「状況は？」

「俺らは目の前の火を抑えるだけだ。組頭に訊け」

射手は顎で竜吐水組全体の指揮を執る小兵《こひょう》の男を指した。男もこちらに気が付いたようで、小走りで近づいてくる。歩幅が狭い故かどこか栗鼠《りす》を思わせた。

「新庄か！　よいところに来た。南方から止《と》めどなく水を浴びせて、炎を西へと誘導しろとのお達しなのだが、些《いささ》か火勢《かせい》が強く、ほとほと困り果てておる。このままでは根生院《こんしょういん》にまで火が掛かってしまい、後々寺社奉行《じしゃぶぎょう》に叱られれば面倒と詠《なが》様は仰ってな。あいや、西側の榊原式部大輔《さかきばらしきぶたいふ》の屋敷は燃えてもよいという訳ではないので、誤解ないように。つまりそのようなことだから武蔵と竜吐水を貸してくれ」

まさしく言葉の濁流《だくりゅう》。息もつかせぬ早口である。

「福永《ふくなが》殿、ですな」

ようやく僅かな隙間を見つけて星十郎が一言だけ返した。

加賀鳶四番組頭、福永矢柄《やがら》。加賀鳶になるためには厳格な審査を潜り抜けねばならない。ある年などは、壊し手を補強したいからと身丈六尺三寸（約一八九センチメートル）以上の者のみを集めたこともあった。もっともそれは常時のことではないが、それでも五尺六寸（約一六八センチメートル）未満は無条件で撥《は》ねられている。矢柄の身丈はどう高く見積もっても五尺三寸（約一五九センチメートル）。しかしある一点が優れていたことで、勘九郎が特別に組に加えた。

「もそっと上じゃ。髪三本分ほどな。ほれ、行き過ぎよ。これくらい、これくらい」

矢柄は横の射手の腕を摑み、筒先を微々《びび》たる角度上に持ち上げさせた。それだけで三間《けん》（約五・四メートル）先まで伸びていた焔が、嘘のように退散する。

この圧倒的な竜吐水の取り回しこそ矢柄の特技である。いかに細い穴にでも百発百中で水を通すという意味から「千本針《せんぼんばり》」の異名で呼ばれていた。取り回しに関しては、自身より上と武蔵も認めるほどで、火消番付東前頭五枚目に名を連ねている。

「福永殿、先ほど詠様と仰ったな。大音殿ではないので？」

嵐のような言葉の中から、星十郎はその一点が気に掛かっていた。

「大頭《おおがしら》は国元《くにもと》加賀へ帰られた。そもそも皐月《さつき》（五月）の頃には発《た》たれるつもりでおられたが、そこもとの頭が京へ行くので、大頭に江戸を任されたであろう。万が一に備え、ご帰国を遅らせたのだ。ああ見えても大頭は火喰鳥を認めておる。む、これはまずかったか。大頭に怒られてしまう……あ――太助《たすけ》、もそっと左、蚯蚓《みみず》二匹分左じゃ」

もう何とも忙《せわ》しない男である。平常もこの調子だとすれば、まわりの者も大層疲れよう。ただ要点ははっきりと理解出来た。

「今は詠殿が指揮を執っておられるのですな。詠殿はどこに？」

「詠様はここより北西へ四町。湯島切通《ゆしまきりとおし》町《ちよう》の手前に消口を取っておいでだ。他に連れているのは小源太《こげんた》、仙助《せんすけ》、牙八《きばはち》。義平《ぎへい》は人々の退去に奔走しておる。一花《いつか》、清水《しみず》は大頭と共に国元へ帰っておる」

一を尋ねれば十が返ってくる。もっともその早口を聞き取れさえすれば、それで全容《ぜんよう》が解るから有益ともいえる。

星十郎はまだ何か口を動かそうとする矢柄に会釈し、北西に向けて走り出した。煙が往来に充満し視界が悪い。色は白と黒の間、灰青《はいあお》といったところか。まだまだ火に勢いが残り、獲物に喰らいついている証拠である。

福成寺《ふくじょうじ》の向かいまで来たところで、消口を取っている者たちが目に入った。屋根の上にはすでに纏師が上がり、ここで食い止める覚悟と見た。

元来《がんらい》であれば勘九郎が持つはずの指揮棒を手にして腕を組み、風に煽《あお》られて倒れかかってくる炎を睨みつけている者がいる。いや、厳密に言えば右目は眼帯《がんたい》で塞がれており、横顔ではきと判断しかねる。身丈は丁度御頭と同じ五尺八寸ほど。星十郎はかつて天文座談会で加賀藩に招かれた時に面識があった。

「詠殿！」

「加持殿か。援軍痛み入る。火付けである。竜吐水を拝借《はいしやく》したい」

「それが……」

出先から直行した旨《むね》を手短に話した。

「なるほど。当家もやや手駒が足りぬ」

そうは言うものの、言葉に動揺は一切見られない。

詠兵馬《ひょうま》。番付は西の小結。火消の王たる加賀鳶の頭取並にして、一番組頭を務める男である。そして大頭である大音勘九郎の年上の甥《おい》であると聞き及んでいる。有沢《ありさわ》流軍学を著名な有沢致貞《むねさだ》より直《じか》に学び、皆伝《かいでん》を与えられたほど兵法《へいほう》に通じており、隻眼《せきがん》であるからか「隻鷹《せきおう》」の二つ名で通っていた。

「いかに止めるので」

「圧殺《あっさつ》」

「え……」

矢柄と対照的に口数が少なく、その真意を計りかねた。

「茅町は九《く》尺二間の割《わり》長屋が多い。今、本柱のみを抜いている」

これでもまだ意図が汲めなかった。それを察してか、兵馬は塞がった右目を向けて付け加えた。

「蜷局《とぐろ》を巻くが如く将棋《しょうぎ》倒しに粉砕する」

「なんと――そのようなことが……」

出来るはずが無い。そう言おうとした時、丁度大鋸《おおが》を肩に担《かつ》いだ男が復命《ふくめい》に戻った。「狗神《いぬがみ》」牙八である。

「頭取並、今で半数です。火が移っている長屋は手を出しにくく、やや手間取っています」

「一花を欠いた三番組の動きが悪い。小源太と義平の配置を換えよ。義平の分銅《ぶんどう》でやれ」

そのような会話をしていると、牙八がこちらに気付いた。

「ぼろ鳶じゃねえか。てえことは、近くに火喰鳥も……」

「いえ、私だけです」

「なんだ、そうか。じゃあ指咥《くわ》えて見ていな」

牙八は頬の煤《すす》を拭《ぬぐ》って八重歯《やえば》を見せた。

「将棋倒しなど出来るのでしょうか……」

「心配ねえさ。隼鷹の名は伊達《だて》じゃねえ。まあ、そもそもうちは加賀なんだけどよ」

火事場で笑う余裕、誠に牙八は兵馬の策を疑っていない。無駄口を叩くなと兵馬に追われて、牙八は再び炎へと走り去った。

「隼鷹とは？」

先ほどの牙八の言いようならば、そこに答えがありそうな気がした。

「視《み》えるのだ」

「視える？」

鸚鵡返《おうむがえ》しに訊くと、兵馬は自ら話すのを少し躊躇う様子で答えた。

「空から視える」

建家を見れば、それを上空から見た絵図が脳裏《のうり》に浮かぶという。一方より二方、三方、四方と見れば見るほどその絵図の精度は高まっていくと話した。今回は到着するや否や、茅町の周囲をぐるりと騎馬で駆け回ったことで、自身がまるで鷹になって大空を翔《か》けるように鮮明な絵が見えているらしい。

「あと四半刻（約三十分）もすれば一気に圧《お》し潰す」

兵馬はそう宣言した。竜吐水の援軍は受けるものの、それ以外は一切立ち入らせず、加賀鳶一手で消口を陣取っているのも倒壊による被害を避けさせるためであろう。逃げる人々もあらかた誘導し終え、野次馬たちも加賀鳶が一線を引いてこれ以上は近づくなと言えば、素直に線の後ろに下がって喝采を送っている。

「頭取並！　風がやや南に振っています！」

屋根の上で大団扇《おおうちわ》を振り回しつつ叫んだのは、七番組頭「風傑《ふうけつ》」の仙助である。兵馬は顎を引くようにちらりと星十郎を見る。

「一時のことです。すぐに南西に戻ります」

「風向きはすぐに戻る。気に留めるな。赤舵のお墨付きだ」

兵馬は受けるや否や仙助に向けて言い放つ。より詳しい者がいればすぐに容《い》れる。己に似た合理的な思考の持ち主と見て取った。

血相《けっそう》を変えて走ってくる鳶が一人。兵馬はやはり冷静である。

「頭取並！」

「火札《ひふだ》を取られました……」

「今度は何ぞ」

「愚か者めが」

初めて兵馬の顔色が変わった。火札とは謂わば火事場の表札《ひょうさつ》のようなもので、軒先に吊ることによりここの消口をどこの組が取ったかを示す。消口を奪うために勝手にこれを外して掛け替えるなどは日常茶飯事《さはんじ》であった。そのため火札番として二、三名で守らせる家も多い。それを突破して掛け替えられたことになる。

「どこの痴《し》れ者だ」

「錆納戸《さびなんど》の羽織半纏……仁正寺藩、凪海《なぎうみ》の与市！」

「当家に挑むとは気でも狂れたか」

兵馬が苦々しく言った時、復命に来た鳶の背後に土煙《つちけむり》が立っているのが見えた。仁正寺藩火消である。先頭は騎馬、柊与市で間違いない。深い海を思わせる錆納戸の羽織をたなびかせて馬を駆る。背後には、同じ色の半纏を身に着けた配下が必死の形相《ぎょうそう》で続き、海そのものが押し寄せて来たかと錯覚するほど、猛烈な勢いで肉迫して来る。与市は指揮用の鳶口を腰から抜き、それを前に掲げて大声で言い放った。

「加賀様に弓引く気はねえが、消口を頂きますぜ」

「それを弓引くと言うのだ」

兵馬はぼそりと言い返す。

消口を奪う。話にはよく聞くものの、星十郎がその目で見たことは多くない。一度目は「に組」の辰一が「ろ組」の管轄を圧倒的な力で奪い取り、新庄藩火消を蹴散《けち》らしたあの時。そして今回が二度目である。

消口を奪うといって、実際に何をするかと言えば至極《しごく》単純。力ずくで陣をどかし、纏師や団扇番を屋根から引きずり下ろすなどの手荒な真似《まね》をする場合もある。

「柊殿、何故横車《よこぐるま》を！」

自らが仲裁《ちゅうさい》できればと、星十郎は一歩進み出た。

「ぼろ鳶……こりゃあ都合がいい。松永の旦那に伝えてくれ。近くあんたのとこにも邪魔するってな」

「何を……まことに奪うおつもりか」

「正気さ。奪い取れ！」

与市が命《めい》を下すと、仁正寺藩火消はわっと加賀鳶に向かって吶喊《とっかん》してきた。あくまで皆が素手、喧嘩《けんか》の域を出ない。これで刃物でも使おうものならば、互いにお咎《とが》めを受けることになる。

「一番組、迎え撃て」

兵馬が左目できっと睨み据える。兵馬股肱《ここう》の一番組は袖を捲し上げて突っ込み、両者入り乱れての乱闘に発展した。兵馬は悠然《ゆうぜん》と構えて眼前の闘争を眺めている。

「加持殿、ここは危うい。退《ひ》かれよ」

「しかし……」

「すぐに敗れるだろう。このような時に限って一花がおらぬ」

兵馬は眉一つ動かさずに負けを見通した。三番組頭の一花甚《じん》右衛《え》門《もん》は宝蔵院《ほうぞういん》流の槍の達人らしく、このような荒事では棒を用いて見事に撃退するらしい。しかしその甚右衛門も国元に帰って不在である。

「来るな、馬鹿野郎！」

屋根の上では仙助が上ってくる仁正寺藩火消を足蹴《あしげ》にしている。他の纏師や団扇番も仁正寺藩火消が屋根に掛けた指を剝《は》がし、重石を投げて応戦している。

　そのうちの一人が何かに頭を弾《はじ》かれたように仰向《あおむ》けに倒れた。何事かと仙助が見渡した時、また一人が眉間《みけん》を押さえて突《つ》っ伏《ぷ》す。

「礫《つぶて》……」

　いつの間にか地に降り立った与市が、大きく振りかぶって礫を投げている。それは尋常でない速さで飛び、的確に眉間を捉《とら》えている。与市がまた振りかぶって投げる。仙助はさっと大団扇を引き寄せた。団扇に礫が突き刺さって止まった。

「手荒な真似はしたくねえ。降りてくれや」

　与市が頼むと、仙助は激高《げっこう》した。

「撃ってこいや！　全部止めてやらあ！」

　腰の革袋から礫を取り出すと、与市は掌で転がして握りを確かめた。そして鞭《むち》のようにしなやかに腕を振る。仙助は再び狙いが顔と見ると、大団扇で覆《おお》い隠す。また止められるかと思いきや、仙助はがくっと膝《ひざ》を突き、苦悶《くもん》の表情で脚を抱えた。

「何だこりゃ……礫が落ちやがった」

兵法に通じている兵馬だけあって、一目で看破《かんぱ》した。礫術とは読んで字の如く、礫を投げる技のことを謂う。剣術や槍術、あるいは柔術や弓術と異なりあまり一般的ではなく、どちらかといえば無名の技であり、古武道と呼ばれる類に入る。与市は礫の軌道を宙で曲げて、仙助の向こう脛《ずね》を打ち抜いたらしい。

「礫術か」

騒ぎを聞きつけて牙八がまた戻ってきた。

「どうなってやがる。こいつらうちから消口を奪うつもりですか」

「牙八、首尾《しゅび》は」

「七割方ってところです。うちの八番組も回して防ぎますか？」

「喧嘩慣れしておる。このままでは真に奪われかねん。仕込みは途中だが、即刻引き倒せ」

牙八はこくりと頷くと、喧嘩の間を縫うように仲間の元へと走り去った。

「仁正寺は何を考えて……」

「それは解らんが……加賀鳶は未だかつて消口を奪われたことがない」

今から五十五年前の享保《きょうほう》三年（一七一八）、定火消の仙石某《せんごくなにがし》が加賀鳶の消口を奪おうとする事件があった。仙石は後着《こうちゃく》であったのにも拘《かか》わらず、加賀鳶の纏師を蹴り落として、纏が真っ二つに折れた。これに加賀鳶は激怒して乱闘に発展し、一斉に反撃を開始して追い払った。その時に仙石勢の一人を殺《あや》めてしまったのである。

事態はそれでは収まらず、仙石は臆面《おくめん》もなく加賀藩のせいで死人が出たと奉行所に訴え出た。これに対しても加賀鳶は堂々と申し開きをした。時の南町奉行は「大岡裁《おおおかさば》き」で有名な大岡越前守《えちぜんのかみ》忠相《ただすけ》で、十分な精査のもと、加賀鳶の申し分こそ正当と、定火消仙石家に罰が与えられた。幕府直属の定火消でも怯《ひる》まぬ加賀鳶が、小大名の八丁火消に敗れたとあれば、末代《まつだい》までの恥辱《ちじょく》と考えても無理はない。

「仙助、皆を連れて降りよ」

兵馬が指示を飛ばすと、仙助は口惜しそうに唾《つば》を吐き、配下を率いて屋根から引き上げた。仁正寺藩火消が代わりに上ろうとした矢先、遠くで地を揺らす大音《だいおん》が聞こえた。

「柊、乗せていては死ぬるぞ」

与市ははっとして配下に上るな、降りろと喚き続けた。大音は連なり、徐々にこちらに向けて近づいてくる。長屋が長屋を押し倒し、その長屋が僅かに曲がって次の長屋をどっと押し倒した。将棋倒しをそのまま巨大にしたような光景に、星十郎は息を呑んだ。喧嘩を囃していた野次馬たちの興奮も最高潮となり、一帯は耳を覆うほどの歓声に包まれている。

嵐のような砂塵《さじん》が薄らいだ時、天に昇らんとする焔は、瓦礫《がれき》に圧し潰されて大半は消え失せていた。

「途中で仕掛けた故、詰めが甘い。矢柄を呼び寄せ、残りを一気呵成《いっきかせい》に攻め立てろ」

仁正寺藩火消も喧嘩の手を止め、呆然としている。与市はこめかみを掻きむしっていた。それに対して兵馬は刺すように怜悧《れいり》に言い放った。

「残り滓《かす》を消してくれるのか?」

「大頭に組頭半数不在でこれかよ。相変わらず化物染《じ》みてやがる……」

与市の声には悔しさの中にも、どこか嬉しさが混じっているように思えた。与市は配下に向けて快活《かいかつ》な調子で叫んだ。

「手並みが速すぎる。引き上げるぞ」

このまま帰すかと吼《ほ》える加賀鳶であったが、兵馬は残り火に向かえと厳しく命じた。

「お邪魔しました。完敗だ」

「何故、このような真似をする」

「気まぐれですよ」

与市は鐙《あぶみ》に足を掛けて颯爽《さっそう》と跨った。

「柊、火札を戻してゆけ」

兵馬の駄目押しの一言にも、与市はへいへいと軽い調子で返し、配下を率いて退散していく。加賀鳶は何事も無かったように消火を再開しており、間もなく火も消し止められるだろう。星十郎は疾風のように去っていく仁正寺藩火消たちをいつまでも見送った。

第二章　ころころ餅《もち》

一

「と、いう訳です」

非番の昨日、茅町で見たことを星十郎はつぶさに語った。星十郎はこれはただごとではないと、主だった頭《かしら》を全て集めるように頼んだのである。

「あいつ何を考えてんだ」

源吾は額《ひたい》を拳《こぶし》で小突《こづ》きつつ苦笑した。

「辰一さんといい、消口《けしぐち》を奪うのが流行《はや》っているんですかね？」

新之助は呑気《のんき》な調子である。

「あれには事情があったろう」

辰一は家族の仇《かたき》である千羽一家を捕らえ、行方不明の弟の消息《しょうそく》を知るために手荒な真似をしたのだ。

「此度《こたび》も何かあるかと。鳥越様、お頼みしていたものを」

星十郎が真剣な面持《おもも》ちで言うと、新之助は思い出したように懐《ふところ》から丸めた紙を取り出した。

「これがここ一月《ひとつき》の出火をまとめたものです」

一度見聞きしたことを忘れないという新之助の特技は、このような時にも随分と役立つ。決して達筆《たっぴつ》とはいえない字で綴《つづ》られた紙面を皆で覗《のぞ》き込んだ。

「昨年の今頃に比べて多いですね」

寅次郎も自身でつけた帳面を捲《めく》りながらいった。昨年の出火を事細《ことこま》かく帳面に記している。大きな図体《ずうたい》に似合わず、まめな性格なのだ。

星十郎は顎《あご》に指を添えた。

「昨年は大火の後、まだ家々もそれほど建ってはいませんでしたからね。本題はこれです」

星十郎は「仁正寺藩」と書かれた文字を指差す。

「えらく多いな」

源吾は片膝《ひざ》を立てて改めて紙面を覗き込んだ。

長月に府下で起きた火事は、小火《ぼや》も含めて三十一件。やや多いものの、年に三百以上も火事が起こる江戸では特筆すべき数ではない。奇異《きい》なのは、内十八件の消火に仁正寺藩が加わり、さらに三回は一番手柄を立てていることであった。

「四谷まで出張ってやがる」

武蔵は片眉《まゆ》を上げて驚いた。

仁正寺藩の上屋敷は神田《かんだ》の岩本町《いわもとちょう》と紺屋町《こんやちょう》の間。小伝馬町《こでんまちょう》の囚獄《しゅうごく》にもほど近い。故に三河町《みかわちょう》の出火で辰一が窮地《きゅうち》に追い込まれた時、真っ先に助けに加わってくれた。

その上屋敷から四谷まではかなり距離がある。火消《ひけし》としての務めは、他の大名家と同じ八丁《はっちょう》火消。つまり八丁四方のみが管轄であり、新庄藩が拝命している方角火消のように、江戸城を守るためならばどこにでも駆り出されるという性質ではない。

もっとも見舞い火消といって、管轄外の応援に出ることは咎《とが》められないが、しくじりを恐れてわざわざ出張る家も少ない。実力に絶対的な自信を持ち、毎度管轄を越える加賀鳶などは例外といえよう。

「番付《ばんづけ》……か」

源吾に思い当たるのはそれしかなかった。毎年この時期に新たな番付が話し合われ、まとめたものが年始に配られる。故に暮れに近づくと、自らを売り込もうと火事場を求める火消が多い。

「それにしても異常だ」

武蔵も呆《あき》れ口調である。源吾と同じく火消になって長い武蔵ならば、これがいかに多いかということが判る。ましてや加賀鳶に突っかかるなど、それこそ新庄藩火消を除《のぞ》いてここ十年聞いたことがない。

「番付なんぞに躍起《やっき》になる奴じゃあねえんだがな」

「仁正寺藩の火消頭といえば……」

寅次郎が首を捻るや、間髪《かんはつ》入れずに彦弥が答えた。

「柊様よ」

彦弥は先代平蔵が組織した火消連合において一緒だったので、皆よりやや縁が深い。

源吾は若かりし姿を思い浮かべつつ言った。

「柊与市。通称『凪海』の与市。かつて府下を賑《にぎ》わした火消だ」

柊与市。歳は二十五。殉職した父の後を継いだのは確か齢《よわい》十四。若すぎるために不安の声も囁かれたが、火消の古豪として知られる仁正寺藩を束《たば》ね上げ、初陣《ういじん》にしてあの加賀鳶に張り合うほどの手柄を挙げた。

「十四って凄くないですか？」

新之助が目を瞬《しばた》かせる。

「あいつの父は言っては何だが無名の火消。だが祖父は怪物さ」

祖父は柊古仙と謂い、「海鳴《うみなき》」古仙の異名を轟かせた火消であった。源吾が駆け出しの頃も隠居の身でありながら現場に立っていた。齢六十を越えていたのに肉が盛り上がるほどの体軀《たいく》で、自ら燃え盛る家に飛び込み、幼子を救ったこともあった名火消であった。

火事場で一緒になると、異名の由来であるしわがれ声で、動きが悪いだの、火の息吹を感じろだの、こっぴどく叱られ、源吾が海鳴爺《じじい》と呼ぶと、がらがらと豪快に笑っていたものである。その古仙も今はすでにこの世に亡い。

「著名な火消だったのですね」

星十郎といえども火消のことは疎《うと》い。一方の武蔵は子どもの頃よく応援したと懐かしそうであった。

「辰一の親父、千眼《せんがん》の卯之助《うのすけ》と双璧《そうへき》の関脇だったんだからよ」

「やっぱりそうじゃないですか！」

それまで黙っていた新之助が急に声を高くしたので、源吾はしまったと顔を顰《しか》めた。

「何がだよ」

「そうやって名が残るのは番付上位の火消ばかり。きっと与市さんもそれで番付を上げようとしているんですよ」

「番付のことは忘れろと言っただろう」

「いいえ。私は番付を上げたいのです。火消なら誰もが思うでしょう⁉」

その見た目や軽い口調とは異なり、この若者が頑固《がんこ》であることを知っている。源吾は溜息を零《こぼ》して暫《しばら》く宙を眺めていたが、新之助をじっと見つめて低く言った。

「五人に一人」

「え……」

「番付に載った火消が、翌年に死ぬ割合だ」

年によって増減はするが、凡そそのような数になる。ようやく摑《つか》んだ番付だと歓喜する古参、見てろよ火喰鳥と息巻く同年代、俺は加賀鳶のようになりたいと目を輝かせる若者、時代時代に多くの火消を見てきた。そのうちのほとんどが今は冥土《めいど》へ旅立っている。

「番付って『遊び』には明暗《めいあん》があるのよ」

多くの子どもが番付に胸をときめかせ憧《あこが》れることが、危険な仕事にも拘《かか》わらず火消の成り手が減らない要因の一つに違いない。市井《しせい》の人々も贔屓《ひいき》の火消を応援し、またそれを張りに思って火消も過酷な務めに励むことが出来る側面もある。

一方でこれが給金の多寡《たか》にまで影響しだしている現実があり、我《が》を通して和《わ》を乱す火消も続出している。己の命を落とすだけでなく、庶民に迷惑をかける輩《やから》もいる。

「御頭は誰も死なせたくねえのさ」

押し黙る源吾と新之助の間を取り持つように、武蔵が言った。武蔵も多くの同輩や配下が散るのを目の当たりにしている。そして何より共に京へ行った故に、今の己の気持ちを誰よりも解ってくれているだろう。

「御頭は何も解ってねえな」

唐突《とうとつ》に口を開いたのは彦弥である。寅次郎もそれに同意して頷くので、武蔵が気色《けしき》ばんだ。

「彦弥、どういう了見《りょうけん》だ」

「解ってねえから、解ってねえと言ったまでさ。誰も死なさねえのがぼろ鳶組だろ。それには自分の命も含まれている。そんなことはとっくに御頭から教えて貰《もら》ったさ」

　彦弥が一息つくと、間髪入れずに寅次郎が引き受ける。

「信用して下さい。功名《こうみよう》に走って命を危険に晒《さら》すような者はうちには誰もいません」

　武蔵が肩の力を抜いて微笑《ほほえ》んだ。

「御頭、心配ねえ。うちにはみすみす死ぬような馬鹿はいねえようだぜ」

　何か気が付いたように彦弥が首を捻る。

「ちょっと待てよ……新之助は例外か。勝手に危ねえ橋を何度も渡っているからよ」

　最近でも、千羽一家の襲撃より先に、商人一家を連れて逃げろと命じたのに、新之助は逃がした後も居座って返り討ちにしている。

「掘り返さないで下さいよ！　御頭に三発も拳骨《げんこつ》を喰らったんだから……」

　新之助は眉を下げて哀《あわ》れな声を出した。

「新之助、お前が逸《はや》る気持ちは分かる。俺もそうだった」

源吾が真剣なことを感じ取ったか、新之助の顔も引き締まった。

源吾も父の後を継いで定火消の頭となった時は、自ら纏を握って屋根に上ったことが度々《たびたび》あった。そのせいで周囲に目が行き届かず、配下を危険に晒したこともある。

昔、それこそ与市の祖父、海鳴の古仙に怒鳴《どな》られたことを思い出した。

――松永！　てめえのために組があるんじゃねえ！

古仙は太い腕で胸倉《むなぐら》を摑んでそう言った。

そこから源吾は指揮法を改めて先達に学び、纏を握ることは二度と無かった。こうして先達から後進に教えや思いが受け継がれていく。どうやら己にも次の世代に伝える番が回って来たらしい。神妙な面持ちの新之助に向け、源吾は嚙んで含めるように語った。

「華やかな纏師や壊し手と違い、指揮を執《と》る者のほうが人目に付き難《にく》いものなんだ。でも俺たちが万全《ばんぜん》の指揮を執ることで、皆を守ることが出来る」

新之助はこくりと頷いた。先ほどまでとは明らかに違い、教えを乞《こ》おうとする若き火消の姿がそこにある。平蔵の死を受け、己も過敏になっていたのかもしれないと反省した。新之助を日常に立ち返らせようとしたように、自身も日常を取り戻さねばならない。火事はいつまでも待ってはくれず、火消はやはり命を懸けねばならないのだ。源吾は片笑《かたえ》みつつ再び紙面に視線を落とした。

「与市はいずれうちにも来るって言ったんだな？」

「はい。しかと」

「大物喰いだな」

武蔵が膝を打ち、源吾も頷く。寅次郎が帳面を閉じつつ尋ねた。

「大物喰いとは？」

「俺がまだ餓鬼《がき》の頃、当時の大関、関脇の消口を奪って炎を消し去り、一気に大関までのし上がった火消がいた。以後、それを大物喰いと呼ぶようになったのさ」

「へえ……その再来を果たそうって訳か」

彦弥は内側から舌で頬を押しつつ言った。

「ともかく、火事場では警戒を怠《おこた》るな」

皆が一斉に頷いたところで、勢いよく襖《ふすま》が開いた。あまりの勢いに新之助は腰を浮かせて驚いている。深雪が両手に鍋を抱えているため、肘《ひじ》で襖を開けたのである。故に加減が利《き》かなかったようだ。

えよう。

真っ先に寅次郎が立ち上がり鍋を受け取る。礼節に厳しい角界にいた名残《なごり》とい

「深雪様、手伝います」

「ずりい」

彦弥がぼそっと呟《つぶや》くのを聞き逃さず、深雪が咳払《せきばら》いを見舞う。このような集まりの後、深雪の手料理を食すのは恒例《こうれい》となっている。ただし銭が取られる。いかに親しき仲でも、毎度振る舞われていてはそれが当然となる。当然となれば振る舞う側にも不満が出る。掛かりの分だけでも徴収することで、けじめをつけられるというのが深雪の持論《じろん》である。また、これは私用ではなくお役目で集まっているということで、主人である源吾にも課せられる決まりであった。

「あれ……」

寅次郎が呟くと、深雪は口に指を添えてしっと息を吐いた。怪訝《けげん》そうにする寅次郎をよそに、深雪は皆をぐるりと見渡した。

「始めます」

ごくりと唾《つば》を呑《の》む音が重なる。深雪独自の裁定により、時によって一人ずつ払う金子《きんす》の多寡が異なるのはすでに知れていることであった。

「まず旦那様、星十郎さん、武蔵さん。改めてよく無事に京よりお戻り下さいました。お勤めご苦労さまです……」

良い流れだと武蔵と目を合わせて口元を綻《ほころ》ばせた。

「が、しかしです」

深雪の声色が変わって肩をぴくりと動かす。

「京で色町《いろまち》に行きましたね」

「ば……何故《なぜ》それを――」

源吾は絶句《ぜっく》し、星十郎も額に手をやる。武蔵に至っては厠《かわや》に立とうとするのを、深雪に押し止められている。

京を発つ前日、

――ここを見ておかなくては京を語れねえ。

と、祇園に案内された。内心はそれどころではなかったであろうが、己を妙に意識する長谷川銕三郎《てつさぶろう》の強がりか、はたまた労《ねぎら》いだったのかもしれない。座敷に上がって酒を呑んだだけで、それ以上の疚《やま》しいことは無いが、ともかく何故それを深雪が知っているのか。

「旦那様の留守中、長谷川様が訪ねてこられました」

「あいつ江戸に帰っているのか⁉」

「ええ。長月八日、正式に長谷川家の家督《かとく》を継いだとご報告に」

「帰ったなら帰ったと声を掛けてくれりゃあ……まあ、重畳《ちょうじょう》なことだ」

源吾が話を振るが、新之助は石のように反応を示さない。深雪の咳《しわぶき》が響く。

「話を戻します。その長谷川様から言伝《ことづて》です。どうせ言ってねえだろうから伝えておく。ざまあみろ。と」

「あの野郎……」

錬三郎改め平蔵が可笑《おか》しそうに笑う姿を想像して拳を握った。

「で？」

冷ややかな声に身震いして言い訳を始めた。同時に武蔵も身振り手振りを交《まじ》えて、酒を酌《く》み交《か》わしただけと弁明する。

「武蔵さんはともかく、星十郎さんがおりながら……皆さん二百文頂きます」

「高《たけ》え……」

星十郎は何一つ抗《あらが》わずさっと財布から取り出す。武蔵も渋々《しぶしぶ》出したが、源吾は持ち合せがなかった。それを伝えると、深雪は僅《わず》かに首を捻って言った。

「では貸し付けておきます」

「わかった」

眉間を指で掻きつつ了承する。

「えっと利子は三日で一分《ぶ》です」

「利子まで取るのか⁉」

「珍しいことではございません」

深雪の言う通り、夫婦の間であっても金の貸し借りには利子をつける者も案外多いらしい。深雪は次に寅次郎を見た。

「寅次郎さん、旦那様がお留守の間、上を助け、皆をまとめてよく頑張って下さいました。鳶の皆さんも面倒見がよくて頼りになると仰っていましたよ。御馳走《ごちそう》いたします」

寅次郎は照れ臭そうにはにかんだ。本人が黙々としていたことを、誰かが見てくれているというのは誰しも嬉しいものである。

――本当に向いているかもしれねえな。

頭《かしら》に、である。源吾は口元を弄《いじ》りながらそう考えた。頭を務める大事な要素として、配下一人一人をよく見るということがある。当たり前のようでいて、配下の数が多いとこれが意外と難しく、常に気を配っていなくてはならない。褒《ほ》めるにしても、叱《しか》るにしても、まずは相手を見ていなくては始まらないのだ。これが見当《けんとう》外れなお褒めの言葉ならば、機嫌《きげん》取りかと臍《へそ》を曲げられてもおかしくない。

「次に彦弥さん、ここ十日、娘さん、その親御《おやご》様からの苦情は届いていません。この調子で頑張って下さい。二十文です」

「よし！」

彦弥が拳を握ると、すかさず横から新之助が捲し立てた。

「たった十日ですよ！　今までどれほど来てたんだって話じゃあないですか！」

「百日、千日の道程《みちのり》も一日から始まります。彦弥さんの十日は偉業です」

新之助の不満はまだ収まらないようで、口を尖《とが》らせて続けた。

「今、よしって言いましたよ……絶対ばれてないって意味ですよ」

口を挟まれた彦弥は惚《とぼ》けた顔を作っている。

「別に女子好きを咎めている訳ではないのです」

「そうなんですかい⁉」

むしろ彦弥のほうが驚いて声を上げている。

「ええ。ただ見境なく声を掛け、ご迷惑をお掛けしているのが問題なのです」

「なるほどね」

彦弥は口笛を吹きながら手を揉んだ。

「さて……新之助さん」

「はいはい。二百文ですか？　それとも三百文」

新之助はいつものことと諦めて、早くも財布の紐を緩《ゆる》めている。

「ただです」

「ただって何文ですか」

「だから無料ということです」

手を止めた新之助は恐る恐る顔を上げた。

「な、な、何故……」

白昼《はくちゅう》に物《もの》の怪《け》を見たかのような驚きぶりである。

「この間、本当によく頑張っておられます。ただ……そんなに払いたいと仰るならば……」

「待って下さい！　ありがとうございます！」

新之助は万歳《ばんざい》をせんばかりに歓喜している。そんな中、深雪は源吾を見てほんの少し舌を出して見せた。

――すまねえな。

片目を瞑《つぶ》って拝む代わりとした。新之助が逸《はや》っていることを深雪も感じているのだ。逸るのは若さ故というが、この若さをもう少し詳《つまび》らかにすると、誰かに認められたいという欲求が強いということかもしれない。それは虚栄心などと大層なものではなく、ただ誰かに見ていて欲しいという可愛げのあるものだろう。今の嬉々《きき》とする新之助を見ていてそのように思った。

「寅次郎さん、鍋を掛けましょう」

新之助は意気揚々と鍋を取った。

「あれ、冷たい。ここで炊《た》くのですか？」

どうやら鍋にはまだ火が通っていないらしい。囲炉裏《いろり》で炊くと時間が掛かり、炭代も高くつくと竈《かまど》で温めてから運んでくるのが常《つね》である。

「すぐに、温めます」

深雪はそう言うと、何故か再び台所へと戻っていった。その間に星十郎、武蔵、彦弥が銭壺に金を入れていく。

「随分《ずいぶん》、溜まっていやすね。そのうち良い着物でも買えそうだ」

武蔵が銭壺を振ると、銭がひしめき合う音が鳴る。新之助はというと、そのようなやり取りには加わらず、鍋の蓋《ふた》をとって感嘆《かんたん》していた。色から察するにどうやら出汁《だし》は味噌《みそ》仕立て。そこに魚、貝、菜が入っているが、何故だかそれらの具は端《はし》に寄せられて、丁度土手《どて》のような恰好となっている。

「新之助さん、離れて下さい」

戻って来た深雪が火熨斗《ひのし》を携《たずさ》えていたので皆が仰天《ぎょうてん》したが、新之助は鍋の中から目を離さず気付かない。

「今日は私が一番近くでもいいでしょう?」

「結構ですが……熱いですよ?」

「大丈夫です。私は火消ですよ。炭の火くらい……」

「では」

深雪は火熨斗を鍋の上へ持ってくると、くるりと逆さまにした。

「え……何ですかこれ――ぎゃあ!」

鍋が一瞬のうちに沸き、撥《は》ねた出汁が新之助の頰にかかり、その派手な演出に皆が度肝《どぎも》を抜かれて感嘆《かんたん》の声を上げた。

「何ですか! これは! 先に教えて下さいよ。火傷《やけど》しちゃったじゃないですか」

「離れて下さいと言ったでしょう? 火消だから熱くないと。新之助さんなら焼け石を手摑みに出来るかと思いました」

「そんな人いませんよ！」

深雪はくすりと笑い、新之助は文句をたれつつ頰を擦《さす》る。暫くぶりのこの光景に、江戸に戻ってきたという実感が改めて湧き上がってきた。

「奥方様、何て料理で？」

寅次郎が訊くと、深雪は腰に手を添えて答えた。

「石焼鍋《いしやきなべ》といいます」

深雪の解説に依ると、石焼鍋とは秋田《あきた》の男鹿《おが》に伝わる鍋であるらしい。元来は大きな木桶《おけ》に魚介や菜を入れて、そこに真っ赤に熱した石を投入し、一気に沸騰させて煮るというものである。

「へえ……派手で面白いねえ」

現役の軽業師《かるわざし》である彦弥は、この手の派手な演出が大好物であるらしい。

「うちには適当な木桶が無くて。これでご勘弁を」

「鍋底が反っているから余計に撥ねるんですよ」

新之助は汁が飛び散って濡れた着物を摘《つま》んでみせた。

「また誰かから聞いてきたのか？」

源吾は鉢を皆に手渡している深雪に尋ねた。深雪の交友関係は日に日に広がっており、方々《ほうぼう》から面白い話や、その地域の伝承、料理を聞き入れてくる。

「久保田《くぼた》ご出身の曙山《しょざん》という絵師さんから聞いたのです」

「へえ。絵師にも知り合いが出来たか」

源吾は適当に相槌《あいづち》を打ちつつ箸《はし》を受け取った。

「二年ぶりの江戸だったとかで道に迷われたようで……ほら、大火で江戸の町並みも変わったでしょう。教えて差し上げたところ仲良くなったのです。今度、私にも絵を教えて下さるのですよ」

深雪は嬉しそうに話す。絵に興味があるなど知らなかったことである。源吾は一抹の不安を覚えた。まさか深雪が他の男に気がある訳ではなかろうが、相手が懸想《けそう》していることもある。己の妻は何と言うか、

――男にもてる。

のである。皆が鍋に箸を伸ばす中、源吾だけ少し鬱々《うつうつ》としていた。

「美味《うま》いですね」

真っ先に寅次郎が舌鼓《したつづみ》を打つ。

「一気に温めているので煮崩れしないのでしょうね」

あちこちの料理を食べ歩く新之助は通人ぶっている。ふと横を見ると、星十郎も難しい顔をしており、あまり箸が進んでいない。源吾は深雪が離れたのを見計らって小声で尋ねた。

「口に合わねえか？」

「いえ、そうではなく……」

「じゃあ、お前もその絵師が何か怪しいと？」

己の場合は淡い嫉妬《しっと》であるが、それを包み隠してそのように言った。

「怪しいというか……」

「何だよ。煮え切らねえな」

丁度、深雪が飯櫃《めしびつ》をもって戻って来たので、源吾は身を引っ込めた。何を思ったか星十郎が口を開き、源吾は少しばかり慌てた。

「奥方様、その曙山という御方、名を曙《あけぼの》に山と書きますか？」

「はい。よくお分かりに」

「最近まで二年久保田におられ、その前は？」

「確か……その前は江戸に二年いたと仰っていました」

深雪は顎に指を添えて上を見上げた。

「また一年、あるいは二年ほどすれば久保田へ帰られるのでは？」

「流石《さすが》星十郎さん。何でもお見通しですね」

深雪は手を打って、杓文字《しゃもじ》を忘れたとまた台所へと引っ込む。

「何だ、お前知り合いか？」

源吾の囁きに対し、星十郎は眉間に皺を寄せて顔を近づけて来た。

「おそらく参勤《さんきん》です」

「久保田藩お抱えの絵師ってことか」

久保田藩は別名秋田藩とも謂い、昨今ではこちらのほうが通っている。新庄藩と同じ出羽国にあり、遠方であることから通常一年おきの参勤を、交渉の末に二年や三年にしてもらうこともある。

「久保田藩の曙山とは……藩主、佐竹《さたけ》右京《うきょうの》大夫《だいぶ》様ですよ」

驚きのあまり口に放り込んだ蜊《あさり》の身を噴き出してしまい、新之助の膝にまで飛ぶ。新之助は汚いですよと言いながら箸で摘《つま》んで、何事も無かったかのように源吾の鉢へと戻した。

「まさか……そんなことはあるかよ」

「私もまさかとは思いますがね。奥方様ならばもう何があっても驚きません」

またまた深雪が戻ってきたので、二人はさっと距離を空けた。鼻唄交《ま》じりに飯を盛る妻を、源吾はこっそり横目で見つつ、まさかな、ともう一度心の中で呟いた。

二

月が改まって神無月の五日、教練場に変わった来訪者があった。大音勘九郎の娘お琳《りん》と牙八である。

「久しぶりだな。達者《たっしゃ》にしていたかい」

源吾が話しかけると、お琳は歳に似合わず慇懃《いんぎん》な礼をした。

「本日は、父大音勘九郎の名代《みょうだい》で参りました。奥方様にお目通りをお願い致します」

「堅《かて》えな。深雪に用かい？」

「はい。奥方様にお届けものです」

「何だそりゃ」

勘九郎が深雪に用とは訳が分からない。深雪の交友関係はいよいよここまで広がったか。確かに後ろに控える牙八は何かを包んだ風呂敷を抱えている。

「訓練中なのですね。ここで見ながら待たせて頂いても？」

「ああ。権太《ごんた》、二人に茶でも淹《い》れてやってくれ」

源吾は鳶《とび》の一人に茶の用意を命じた。越前から呼び寄せた鳶の一人であるが、齢《よわい》四十二と些《いささ》か歳を食い過ぎているため、雑用や後方で助けに当たらせている。当時は年齢など気にせず、一人でも多くの鳶を集めねばならなかったから、権太のような者も混じっている。

「お気遣《づか》いなきよう」

やはり堅苦しい話し振りであるが、講堂の縁側にちょこんと座るお琳は可愛らしい。好ましくそれを眺めつつ、源吾は牙八に話を振った。

「牙八、どういう風の吹き回しだ」

「家に着けば分かる」

ふうんと適当な相槌《あいづち》を打った後、源吾は例の一件のことを思い出した。

「ところで、大変だったらしいな」

加賀の消口を仁正寺藩が奪おうとしたことを指している。

「うちの消口を奪おうなんざ百年早いんだよ。万が一奪われでもしてみろ。大《おお》頭《がしら》が戻ったらこれよ」

牙八は手を刀に見立てて首に当てた。そういえばと、今度は牙八が話を切り出す。

「仁正寺藩といえば……昨日の話聞いたか？」

「ああ。大まかにだがな。詳しく知っているのか？」

「うちの出入りの豆腐屋《とうふや》が野次馬《やじうま》に出て、一部始終《しじゅう》を見ていたらしい」

牙八はそう前置きして話し始めた。

昨夜下柳原同朋町《しもやなぎわらどうぼうちょう》で火事があった。源吾らが教練場に集まり終え、いざ向かおうとした時に速くも鎮火《ちんか》を知らせる半鐘《はんしょう》の音が聞こえてきて、そこで出動を取り止《や》めたのである。その時は下柳原同朋町とまでは解《わか》らなかったが、方角と距離から察して、あの辺《あた》りは万が一にも大丈夫だろうとは思っていた。

火元は長屋であったらしく、煙に気付いた長屋の住人が外に出た時、すでに屋根の一部に焔《ほのお》が立っていたという。

「火の回りが速いな」

源吾が顎に手を添えると、牙八は気付いたかと片笑む。

「ああ。油に火が付いた」

炎は横よりも上を好む性質とはいえ、火元以外の部屋の住人が、煙に気付いた時点で屋根を焦《こ》がすとはあまりに早すぎると思っていた。

「行灯《あんどん》が倒れて、油に火が移ったからって、水を掛けたらしいぜ」

牙八は苦笑した。

「慌てていたのかもしれねえが、そりゃあねえぜ……」

源吾は眉間《みけん》を押さえて天を仰《あお》ぎ、牙八は短く頷《うなず》いた。

長屋の住人たちはすぐに会所へ集まり点呼《てんこ》を取った。全員が集まっており、逃げ遅れた者はいないことが分かった。すでに長屋以外の近隣の者も表へ出て、火《ひ》消《けし》の到着を今か今かと待っていた。

「二つの組がほぼ同着した。に組と仁正寺藩だ」

仁正寺藩は与市以下ほぼ全員が集結しており、に組の先陣は宗助率《ひき》いる二十余名。与市、宗助ともに真っ先に会所へ走り、逃げ遅れた者が誰もいないことを確認した。

に組はその管轄《かんかつ》に何者も踏み込ませない。そのことで無用な諍《いさか》いも起きず、指揮系統も乱れず、単独で管轄の町を守り切ってきた。野次馬たちとしても、仁正寺藩が乗り込んできたことだけで驚きだったようで、

——ありゃあ、ぼろ鳶か？

などと、隣の者と話し合っていたらしい。新庄藩火消が、に組相手でも一切の遠慮をしないことは、すでに江戸の町に広まっている。故にそのように勘違いしたらしい。

「宗助は話の分かる奴だがな」

今は亡き父の異名《いみょう》「不退」を受け継いでいる宗助であるが、融通《ゆうずう》の利《き》くところも持ち合わせている。案《あん》の定《じょう》、宗助は後から来る辰一の叱責《しっせき》を覚悟で、仁正寺藩火消に共闘を持ち掛けた。ただし、に組が主体となり仁正寺藩は後方で助けに回るという内容である。

「それを与市は撥ね除《の》けた」

牙八は苦々《にがにが》しく言った。逃げ遅れた者がいるならば致し方ないが、ただ火を消すならば御免蒙《ごめんこうむ》る。それが与市の返答であったという。

折角《せっかく》差し伸べた手を払われたとあれば、宗助も態度を改めざるを得ない。双方睨《にら》み合いとなり一歩も退《ひ》かなかった。に組の鳶が与市の胸を突き飛ばしたことをきっかけに、遂《つい》に火事そっちのけで乱闘に発展したらしい。

「どいつもこいつも……」

源吾は月代《さかやき》を撫《な》でつつ溜息を零した。

仁正寺藩百三十名に対し、に組は宗助率いる先陣二十名。に組は一歩も退かずに奮闘したが、多勢《たぜい》に無勢《ぶぜい》である。やがて取り押さえられるか、蜘蛛《くも》の子を散らすように退却した。宗助は押さえ込まれても与市の袴《はかま》に嚙《か》みついて抵抗したが、遂に火札《ひふだ》を軒先に吊るされて消口を取られてしまった。

「仁正寺藩火消が纏師《まといし》を屋根へ上げ、隣家を潰《つぶ》そうとしたその時……鉦吾《しょうご》が鳴り響いた」

鉦吾とは手持ちの鉦《かね》のことである。に組がこれを一斉に鳴らす時、すなわち総掛かりを意味する。

「もう百日は経っているよな……？」

源吾は指を折りながら訊いた。

あの男は火付盗賊改方の島田政弥《しまだまさひさ》に手向いしたことで、押込百日の刑を受けていた。

「ああ、とっくに過ぎてる」

「なら、えらいことだ」

源吾は苦々しく溜息を重ねる。

「龍の逆鱗《げきりん》に触れたのさ」

牙八は身震いをする真似《まね》をしてみせた。

に組百余名が火事場に吶喊《とっかん》してきたのである。

先頭は最強の町火消《まち》と謳《うた》われる「九紋龍《くもんりゅう》」辰一。仁正寺藩火消を摑《つか》んでは紙屑《くず》のように放り投げ、麦を踏むように潰して暴れ回った。さらに巨軀《きょく》を舞わせて屋根へと上がると、顔を引き攣《つ》らせる纏師を、蠅《はえ》を払うかのように叩《たた》き落とした。

「与市は礫《つぶて》を使う」

牙八は下唇《くちびる》を嚙んだ。

加賀鳶の仙助がそれにやられたことは耳にしていた。源吾も与市とはそれなりに長い付き合いであるが、そのような技を使うとは初めて聞いた。火事場で顔を合わせるだけで、それ以外のことは互いに知らぬし、無用な詮索《せんさく》もしない。

与市は今回も辰一に向けて礫を放ったという。それを辰一は太い腕で目だけを守り、避《よ》けようともしなかった。額《ひたい》、脛《すね》、腹と三発受けたが、怯《ひる》まずに鬼のような形相《ぎょうそう》で飛び降りて与市へ迫った。

「両大将の一騎打ち。火事もそっちのけで野次馬の興奮は最高潮だったらしいぜ」

牙八は出された茶を一気に飲み干して言った。

流石に逃げ遅れている者がいればそちらを懸念する。しかしそうでなければ、己の家や町が燃えているのに喧嘩《けんか》に喝采《かっさい》を送る。異国の者が見ればその愚かしさに瞠目《どうもく》することだろう。だが、それこそが江戸の民というものである。

辰一は風切り音が聞こえてきそうな鉄拳を繰り出した。与市は紙一重《かみひとえ》で躱《かわ》して跳ぶと、その腕を取って躰《からだ》を絡みつかせ、まるで辰一の腕にぶら下がるような恰好となったらしい。

「柔術……か？」

「どうだろうな……俺も聞いた話だからな」

源吾の問いに牙八はちょいと首を捻《ひね》った。

「新之助」

今日も声を張り上げている新之助を呼び寄せた。武術に長《た》けた新之助ならば何か解るかもしれないと思ったのである。ここまでの話を告げると、新之助は少し考えてからある流派を挙げた。

「やっぱり天武無闘《てんむむとう》流《りゅう》ですね」

「先生から礫と聞いていたので、恐らくそれだろうとは思っていました」

新之助は記憶を手繰《たぐ》っているのか、指で額を突《つつ》いて、やはり間違いないと手を叩いた。

「えらく武張《ぶば》った名だな。聞いたこともないが……」

「あまり流行っていないのですよ。しかし、一度道場で手合わせしたことがありますが、なかなか苦労しました」

新之助が苦戦するとは相当な流派なのか。新之助はその疑問を解《と》きほぐすように解説を始めた。

「古武道の類《たぐい》ですね。他流にはない動きが多いのです」

天武無闘流は剣術や居合《いあい》術のほかに、柔術、棒術、鎖鎌《くさりがま》、十手《じって》、拍打《はくだ》術、鉄扇《てっせん》術などを用いた数々の武術を教えている流派である。他に礫術、銑鋧《せんけん》術と言われる手裏剣《しゅりけん》のような投げ道具も教えるらしい。

疑問は晴れたが、新之助は興味津々《しんしん》といった様子で居座り続けた。

「で、どうなった？」

源吾が話を戻すと、牙八は続きを語り始める。

与市はぶら下がったまま脚を首に回して関節の自由を奪った。気道を圧迫されて息を止められたか、辰一は片膝《ひざ》を突いたという。

「まさか……」

あの辰一が負けるなど想像出来ない。その時、新之助がぽつりと言った。

「それでは止められませんよ」

「その通り」

牙八も苦笑して八重歯《やえば》を見せた。

辰一は真っ赤な顔で立ち上がると、まさしく龍のような咆哮《ほうこう》を発した。に組の管轄の野次馬である。その雄姿《ゆうし》に一斉に歓喜ともいえる歓声を送った。辰一は空気を裂《さ》くほどの雄叫《おたけ》びを上げつつ、大の大人《おとな》を絡みつかせたまま大きく腕を振りかぶり、驚愕《きょうがく》の色を浮かべる与市を大地へと叩きつけた。与市は頭と背を強《したた》かに打って悶絶《もんぜつ》したらしい。

「あとはに組の独擅場《どくせんじょう》だ。与市は敗色が濃くなったと見たか、よろめきながら引き上げを命じたとさ」

「相変《あいか》わらずの化物《ばけもの》ぶりだな」

関節を取られながら、大の大人を片手で持ち上げるなど常人の域を大きくはみ出している。こちらは両手とはいえ、四十五貫目（約一六八キロ）もある寅次郎を持ち上げて投げたことを思えば有り得るのだろう。

「引き下がる仁正寺藩火消を無視して、に組はあっという間に火除《ひょ》け地を作った。ここまで半刻（約一時間）足らず。もっとも、消せる目算が立ったことで、鎮火の鐘はそれより先んじて打ったそうだ」

「そりゃ出る幕が無いはずですね」

新之助はその手並みの凄《すさ》まじさに笑ってしまっている。

「少し待て……半刻足らずだと……」

源吾はさっと手を上げて思考を巡らせた。

「気付いたか。詠様もそこに注目された」

新之助にはその奇異さが解らないようで首を左右に振っている。

「何で同時に着くんだ。俺はてっきりに組が遅れたものと……」

に組、仁正寺藩火消はほぼ同着であった。いや、に組は宗助ら先陣しか着いていないのに、仁正寺藩火消は全員が到着していたことから、こちらのほうが迅速《じんそく》に動いたことになる。

「まさか与市が……」

仁正寺藩が火付けをしたということである。何時《いつ》、何処《どこ》で出火するかを知っていたからこそ、早く駆け付けられたのではないか。現に手柄を立てるために、火消が自《みずか》ら火付けをする事件は過去にもあった。

「いや、それはねえ」

源吾はたった今言ったことを自ら打ち消した。何らかの理由で与市は番付に拘《こだわ》っている。源吾が知っている与市は、自ら火を放つような男では決してない。だからといって、富商《ふしょう》から助ける火消などもなくない中、そのような誘惑には一切乗らず、命を平等に扱う火消の矜持《きょうじ》を持った好漢《こうかん》である。では何故《なぜ》なのだ。思案《しあん》している源吾の耳はここに近づいてくる跫音《あしおと》を捉えた。跳《は》ねるように軽い足取り。子どものものである。裏木戸がほんの少し開き、少女が半身を覗《のぞ》かせた。

「あ、お七《しち》ちゃん！」

新之助が気付いて手を振った。お七との出逢いは三年前に遡《さかのぼ》る。

新庄藩火消の管轄内で火事があり、源吾らが駆け付けた時、すでに家屋は激しく炎上していた。そんな中、お七が火消に懸命に何かを訴えるも、邪険《じゃけん》にされていたところ源吾が声を掛けた。聞けば位牌《いはい》を持ち出そうとした母が中に取り残されているという。

当時の源吾はまだ炎への恐怖を拭《ぬぐ》いきれず、近づけば足が竦《すく》み、吐き気を催《もよお》すほどであったが、心を奮《ふる》い立たせて彦弥とともに中へ踏み込んで母を救い出した。

以降、ことあるごとにこの教練場に遊びに訪れたり、新之助の飼い犬である鳶《とび》丸《まる》と戯《たわむ》れに来たりしている。しかしここ暫くは顔を見ておらず、源吾らが京から戻ってからは初めてのことであった。

「久しぶりだな。そんなところにいないで中へ入ってこい」

源吾が手招きをして初めて中へ足を踏み入れた。子どもであるがそこらをよくわきまえている。

「あ……」

お琳の姿に気付いたようで、お七は声を上げた。

「お久しぶり」

この二人は顔見知りである。いや、顔見知りなどというほど浅い仲ではなかろう。

火消の身内を攫《さら》って人質とし、消火を妨害する事件があった。その時にお琳は加賀鳶を封じるために勾引《かどわか》され、お七は新庄藩火消を黙らせるために、新之助の身内と勘違いされて捕まった。そして同じ場所に監禁されていたのである。この二人の機転《きてん》により監禁場所が知れ、事件は一気に解決に傾いた。

「加賀鳶が何でいるの。まさか……偵察⁉」

お七は嫌そうな顔になる。源吾らが助けて以降、お七は新庄藩火消を贔屓にしており、江戸一番の火消への最大の障壁《しょうへき》、加賀鳶のことを敵視している。またお琳も加賀鳶の地位を脅《おびや》かす「ぼろ鳶」を同じように見ていた。

「当家が何で格下のぼろ鳶をわざわざ偵察しなくてはならないの」

お琳がつんと顎を出すと、お七は顔を赤らめた。

「次の番付で御頭はきっと東の大関《おおぜき》になるわよ」

お琳も黙っていられぬと気色ばんだ。

「父上が抜かれることはありません。牙八も、詠様も、一花様も、うちは皆上がります」

また始まったと皆が苦笑する。牙八は真っ先に名を挙げられたのが嬉しいのか、少し照れ臭そうに口を曲げた。

「こっちこそ御頭は勿論《もちろん》、彦弥さんも、寅次郎さんも、星十郎さんも、武蔵さんも、番付が上がるんだから！」

「お七ちゃん、私を忘れています」

いがみ合う二人の間に、新之助が苦笑しつつ割って入った。

「お姫様《ひいさま》、番付なんざ所詮《しょせん》は遊びです」

「牙八はもっと上でもおかしくないのに、そんなこと言っているから番付が上がらないの」

見かねて遂に口を挟んだ牙八であったが、お琳の返しにしょぼんと肩を落とす。

「はいはい。そこまで。蓋を開けてのお楽しみってことでいいじゃねえか」

源吾がぱんと手を叩いて仲裁に入ると、二人の言い争いもようやく収まった。

本日、お七は鳶丸の散歩をする約束を取り付けていたらしく、少し早いが訓練を覗こうと訪ねて来たという訳であった。

「来客もあったことだし、そろそろ終わるか」

源吾は皆に訓練の終わりを告げた。

「よう、お七。今日はどうした？」

手拭《てぬぐ》いで汗を拭《ふ》きつつ彦弥が戻って来ると、お七は先ほどまでとは打って変わって身をにじらせた。贔屓の新庄藩火消の中でも、お七は彦弥のことを一等応援している。

「彦弥さん、番付上げてよね」

「当たり前だ。任せとけ」

彦弥がくしゃりと頭を撫でると、お七は頬を染めて笑顔で頷いた。

「牙八、負けては駄目」

彦弥と牙八の番付は一つ違いなのである。すかさずお琳が言い、牙八はにこりと微笑む。喧嘩が再燃すると危惧《きぐ》し、源吾はお琳と牙八を促した。

「じゃあ、家へ行くか」

「え……いいな」

お七が小さく呟《つぶや》いたのを源吾の耳は拾《ひろ》った。

「お七も来るか？」

「いいの⁉」

「ああ。深雪の腹も大きくなったぜ」

お七は飛び跳ねて喜んだが、はっと気が付いて新之助を見た。

「散歩はいつでも出来ます。いってらっしゃい」

新之助が言うと、お七は弾けるように頷く。

源吾は荷物をさっとまとめて帰路へ就《つ》いた。往来《おうらい》ですれ違う人がほんの僅かに首を捻る。武士に町人、武家の娘に町人の娘。入り訳を知らねば、やや可笑《おか》しな一行に映るらしい。いや、好敵手と知られている両家の者たちと知れば、余計に奇妙に思うことだろう。

三

「帰ったぜ」

源吾が腰の刀を抜きつつ家の中へ呼びかける。

「おかえりなさいませ。今ちょうど小谷屋《こたにや》さんの干し芋《いも》を……」

そう言って姿を現した深雪は、左手に擂鉢《すりばち》、右手に擂粉木《すりこぎ》を握っている。

「まあ、牙八さん、お琳ちゃん。お七ちゃんも」

深雪は少し驚いたようであるが、両手のものを隠そうともしない。

「お前に用らしいぜ」

深雪の手が塞《ふさ》がっていては、刀を預ける訳にもいかず、源吾は刀を上がりに置いて草鞋《わらじ》を解いた。

「どうぞお上がり下さいませ。そんなところに置いていたら、失《な》くしてしまいますよ」

「はいよ。それより何だそりゃ」

「ふふふ……私が生み出した新しいお菓子を、より美味《おい》しくしようと試行錯誤しているのです」

京に送られて来た文《ふみ》にそのようなことが書いてあったような気がして、源吾は適当な相槌を打つ。

「相変わらずですね」

牙八は思わず噴き出してしまっている。およそ武士の夫婦のやり取りとも思えないためか、お琳は長い睫毛《まつげ》を瞬《しばた》かせていた。

「あ、お二人を差し置いて申し訳ございません。ささ、早く」

「その前に……」

牙八がお琳を目で促し、風呂敷の包みを差し出した。主家から拝領《はいりよう》したものであろうか、前田《まえだ》家の梅鉢紋《うめばちもん》が染め抜かれている。風呂敷を解くと、中身は漆塗《うるしぬ》りの箱である。一尺四方、深さは二寸ほどか。

「本日、父大音勘九郎の命《めい》を受けて参上致しました。御納め下さい」

お琳が大人びた口調で言うと、牙八は漆器《しっき》の蓋を開けて見せた。

「まあ、可愛らしい」

深雪は口に手を当てて箱を覗き込んだ。厳密に言えばその手には擂粉木が握られたままなので、小太刀《こだち》の構えのような珍妙《ちんみょう》な恰好である。

「へえ、餅《もち》か」

箱の中身は餅である。子どもの拳《こぶし》ほどの大きさで、卵形に丸められている。このような形状の餅は初めてみた。

「ころころ餅です」

「何だそのふざけた名は」

源吾がぼそりというと、深雪が肘で小突いてきた。

「名前も可愛らしいのですね。でも……何で私にこれを？　あ、もしかして……当家が餅も買えぬほど貧しいのを見かねて……」

深雪が先走ってどんどん話すのを、牙八は慌《あわ》てて押し止めた。

「奥方様、これは加賀の風習なのです」

安産祈願の一種である。加賀では出産の一月《ひとつき》前、健《すこ》やかな子がころ、ころ、ころと生まれるようにと、これを贈る風習があるらしい。形は故に卵形、数も偶数でなく奇数でなくてはならぬという。妻の実家が用意して、ご近所に配るというのが習《なら》わしと説明を受けた。

牙八の説明でこの餅の正体は理解出来た。しかし通常妻の実家が用意するそれを、何故勘九郎が贈ってくるのかということは解らない。

「以前、奥方様にご厄介《やっかい》になったでしょう？」

「厄介だなんて」

お琳が攫《さら》われた時、牙八は勘九郎に楯突《たてつ》いて加賀鳶から放逐《ほうちく》されたことがある。その時にいつまでも匿《かくま》うと深雪は言い放ち、一切合切《がっさい》面倒をみたのだった。

「帰参《きさん》が叶《かな》った後、大頭は松永……様や、奥方様のことをお尋《たず》ねになり、勝手ながらご懐妊《かいにん》のことを口にしてしまいやした」

牙八は少し迷った様子を見せつつ続けた。

「お二人がご一緒になった経緯《いきさつ》は、江戸の火消ならば皆存じ上げております。奥方様の御実家のことも……それを思い出されたのでしょう。ころころ餅を用意して差し上げろと、国元から火急《かきゅう》の文が届いたのです」

深雪は目を細めて笑った。

「大音様はお優しいのですね」

ただ己には当たりが厳しいだけで、勘九郎が存外《ぞんがい》優しいことは源吾も知ってい
る。馬を贈り、火消を手伝い、己には借りを返したものの、深雪に何もしていな
いことを気にかけていたとみえる。ただまだ疑問も残った。

「でもよ、それは加賀の風習だろう?」

「それはその……大頭は……」

言いにくそうに口を噤《つぐ》む牙八に代わって、お琳が口を開いた。

「父はどこの国でも、ころころ餅を贈るものと勘違いされております。火消とし
ては優《すぐ》れた御方ですが、それ以外のこととなると、少し間《ま》の抜けたところがおあ
りで……」

流石に娘だけあってずけずけと勘九郎を評した。

「あいつらしいや」

けらけらと笑う源吾を、深雪はちらりと見て言った。

「火消の技を磨けば磨くほど、何かが抜けていくのかしら」

お琳もくすりと笑う。

「そうかもしれませんね。先日、廊下に落ちていた縄を蛇《へび》と勘違いし、四半刻も

睨《にら》み合いをしていたのですよ」

勘九郎は蛙《かえる》や蛇が大の苦手らしく、蛙の鳴き声を聞くだけで肌がむず痒《がゆ》くなるほどだという。

「いい弱点を聞いたぜ」

源吾は俯《うつむ》き加減で歯の隙間から息を漏《も》らした。

「うちの主人もぬめぬめしたものが苦手なのです。なめ茸《たけ》は蛞蝓《なめくじ》の背中から生えると言ったら、未《いま》だに信じているのですもの」

「え……違うのか」

がばっと顔を上げたのが可笑しかったか、皆が一斉に笑う。

源吾がお琳から箱を受け取り、深雪は満面の笑みを送った。

「お琳さん、ありがとう」

大人扱いされたのが嬉しいのか、お琳は頬を桃色に染めた。

「父上からもう一言あります。戌《いぬ》の日は過ぎてしまったので、狗に持たせました。ご容赦《ようしゃ》下さいと」

元来《がんらい》は多産の犬にあやかって戌の日に贈るものらしい。その日は過ぎてしまったので、狗神《いぬがみ》の異名で通っている牙八に持たせたという意味である。勘九郎は冗談など言わぬ性質《たち》なので、これも案外大真面目《おおまじめ》なのかもしれない。

「深雪さん、触っていい？」

　ずっと黙って深雪のお腹を眺めていたお七が口を開く。

「どうぞ、どうぞ。丁度お菓子を作っていたのです。中で一緒に食べましょう」

　お七とお琳は笑顔を見合わせて頷く。このようなところはやはり子どもらしい。雪駄《せった》を脱いで二人が上がり、次いで下駄《げた》を脱ごうとした牙八の指が止まった。

「松永……」

「ああ。聞こえている。深雪！」

「はい！」

　深雪はさっと擂鉢をお七、擂粉木をお琳に託すと、中から火消羽織《ばおり》、指揮用の鳶口《とびぐち》を取って来た。

「行ってくる」

　共に駆け出そうとした牙八であったが、お琳の供をしていることを思い出したか躊躇《ちゅうちょ》した。

「牙八、行って」

「しかし……前のことがあります」

「駕籠《かご》を使うから」

それでも牙八はまだ迷っており、源吾は入口で足踏みをした。

「当家でお預かりし、きちんと駕籠を呼びます」

深雪がそう言いきったことで、ようやく牙八は深く礼をして走り出した。

一旦教練場に舞い戻り、配下を参集して向かわねばならない。まだこの辺りは火事に気付いていない者も多いようで、間延《まの》びした声で客を呼ぶ竿竹《さおだけ》売りとすれ違う。

「松永、どこだ？」

「太鼓《たいこ》は恐らく八重洲河岸。半鐘はやや西。八丁堀界隈《はっちょうぼりかいわい》とみた。今日は風が強《つえ》え……御城も危ない」

八丁堀は江戸城のすぐ東。今は珍しく北に向けて強風が吹いており、城に危難は及びそうにないが。

そのようなことを考えていると同時に、太鼓の元にいるであろう男の顔が頭を過《よぎ》った。

「八重洲の近くならば、また仁正寺が来る」

「ああ。大物喰いを狙っているんだろうからな」

八重洲河岸の定《じょう》火消は、西の関脇《せきわけ》に名を連《つら》ねているあの進藤内記が率いている。どうやら三役《さんやく》を凌《しの》ごうとしているであろう与市ならば、狙《ねら》いの一人に定めているに違いない。

「与市は来るかもしれねえが……あいつは来ねえよ」

源吾はそう断言した。八重洲河岸は御城のお膝元《ひざもと》、御曲輪内《おくるわうち》にある唯一の定火消である。そのような事情からよっぽど御城に危険が迫らぬ限り、濠の外には出ようとしない。

「菩薩《ぼさつ》の手並みを拝めると思ったんだが……」

優秀な加賀鳶の中でも随一の体力を誇る牙八である。全力で駆けているというのに全く息が乱れていない。

「来なくていいさ。あいつらを見ていたら胸糞《むなくそ》悪くなる」

苦々しく地に唾を吐くと、牙八は怪訝そうな顔をした。

「あの界隈じゃ生き仏《ぼとけ》のように扱われていると聞くぜ。それなのにいやに嫌うじゃねえか。何かあったか？」

「辰一のほうが百倍ましだ。あいつが菩薩とはな」

人はごく稀《まれ》に出逢って瞬時に嫌悪《けんお》感を抱くことがある。源吾にとっては内記がそうであった。加えて火事場が一緒になった時、源吾からすれば、

——ありえねえ。

と、思える行動を取ったことが原因で毛嫌いしている。

「俺も見たことくらいしかねえが……確か大頭もあまり好いてなかったような……」

「だろうよ。その点、勘九郎とは気が合う」

源吾は歯を食いしばってさらに脚を速めた。牙八はおっと声を上げてすぐに追いつく。

「菩薩の内記ねえ。出るといいんだが」

牙八は揚々と言うが、源吾は何も答えなかった。作りもののような穏やかな顔を思い出し、大きく舌打ちするのみである。


源吾と牙八は勢いよく教練場に飛び込んだ。残って世間話をしていた者、まだ家路に就いたばかりの者も多かったらしく、すでに大半が集まっている。厩舎《きゅうしゃ》から馬も曳《ひ》かれてきており、支度《したく》もほとんど整っていた。

「点呼」

源吾が短く言うと、すかさず各組ごとの人数を数える。そして頭取並《とうどりなみ》に報告するのだが、肝心《かんじん》の新之助の姿が見えない。代わりに武蔵がまとめ上げて報じた。

「今のところ九十五です。出られます」

彦弥と寅次郎は連れ立って飯を食いに出たところで異変に気付き、武蔵は残って竜吐水《りゅうどすい》の点検を行っていた。星十郎は配下の鳶が家族のいる越前へと文を書くとのことで、代わりに文を認《したた》めてやっていたらしい。

「だあー！　お待たせしました！」

新之助の声である。まず戸口から入ってきたのは鳶丸。首から赤い紐《ひも》が伸びており、曳かれる恰好で新之助が転がり込んできた。

「遅《おせ》えぞ」

「散歩の途中だったんですよ！　古川町《ふるかわちょう》あたりから戻ってきました」

古川町はここから南へ約半里（約二キロメートル）。新之助は慌てていたろうが、鳶丸は追いかけっこでもしてきたつもりか、尾を振って喜んでいる。

「よし、出るぞ」

「あ……私の火消羽織……うちの者が届けていませんか？」

一同顔を見合わせた後、銘々《めいめい》に首を横に振る。

「予備を使え！」

以前使用していた襤褸《ぼろ》の羽織や半纏《はんてん》は、このような時のため教練場に置いてある。

「はいはい。鬼みたいに怒鳴らないでくださいよ」

新之助は鳶丸の紐を柱に結んで小声で漏らす。そこで配下の鳶が差し出した羽織に袖《そで》を通すと、鳶丸の頭をさっと撫でた。

「お留守番お願いします」

鳶丸は置いてけぼりになるのを悟ってか、か細い声で鳴いて見送った。

新庄藩火消一同、騎馬を先頭に北進した。方角《ほうがく》火消を拝命している以上、御城の状況も確かめねばならない。先に御曲輪内に入り、それから八丁堀を目指すことにした。

先ほどまでは平静だったこの界隈にも、野次馬が出始めており、野次とも声援ともつかぬ声を投げかけて来る。

「火喰鳥！　将軍様のお膝元に入るのかい。無茶するなよ！」

近くの茶屋の親爺《おやじ》が叫ぶと、すかさずその女将が合いの手を入れる。

「そんなこと言って聞く源《げん》さんじゃあないよ」

「そりゃそうだ」

源吾が微笑んだのも束《つか》の間、軽妙な掛け合いも景色とともにすぐに流れていく。町娘たちは彦弥に声援を送って手を握り合い、武家の御隠居が寅次郎の四股《しこ》名《な》であった荒神山《こうじんやま》と叫ぶ。武蔵は声援にも応えずに、休みなくぼろ鳶だと連呼《れんこ》して道を開けさせ、星十郎も呼ばれては馬上で会釈《えしゃく》をする。

「私、呼ばれました？」

新之助は片手で手綱《たづな》を操りながら、残る片手で己の鼻を指した。無言の時が生まれた。誰もその問いに答えようとはしない。

ようやく慰《なぐさ》めの言葉を発したのは彦弥だった。

「まあ、あれだ。皆目が悪いのさ」

「私だけ見えないってどんな目ですか！」

新之助が悲鳴を上げた時、十間ほど先から今までよりも大きな声が掛かった。

「新之助！　気張りなさいよ！」

武家の妻女で歳の頃は三十を少し出たところか、目元が涼しいかなりの美人である。

「すげえ別嬪《べっぴん》じゃねえか。呼び捨てたあ、十三枚目も隅に置けねえな。手を振ってやりなよ」

彦弥が話しかけるが、何故か新之助は無表情で手綱を操り続けた。女はなおも新之助に向けて声援を重ねる。

「おい、新之助」

態度が悪すぎると思ったか、彦弥が顎を突き出して窘《たしな》める。

「いいんですよ」

「なんでえ、袖にした女って訳か。勿体《もったい》ねえ」

そのようなやり取りをしている間にその女の前に差し掛かった。

「新之助、これ！」

女が手にしているのは火消羽織である。一瞬贈り物かと思ったが、裏地に描かれた麒麟《きりん》の絵柄がちらりと見えることから、まさしく新之助の火消羽織である。

新之助は馬脚を緩《ゆる》め、渋々《しぶしぶ》といった様子で羽織を脱ぎ、女の羽織と交換した。

「今夜はあなたの好きな酢味噌和えを作っておきますからね。気張ってきなさい」

「はい……」

「皆々様、いつも新之助がお世話になっております」

女は深々と礼をしたまま見送ってくれた。ここまでくれば源吾としても気になってくる。

「お前、一緒に住んでいるのか？」

「ええ、まあ」

新之助があっさり認め、最も驚いたのはやはり彦弥である。

「ずりい！　あんな美人と……何で言わねえんだ」

「言いましたよ」

「いいや、聞いてねえ。こりゃ奥方様にご報告だ」

星十郎が何か気付いたようで、首を伸ばして囁《ささや》いてきた。

「あ――そういうことか」

言われて初めて気がついた。ぶすっとしている新之助に、恐る恐る尋ねてみる。

「あの御方は……お前の……」

「母ですよ」

新之助の声には少しばかりの悲哀《ひあい》が籠っている。歳は四十も半《なか》ばと聞いていたが、どう見ても三十三、四にしかみえない。新之助の童顔は母に似たのであろう。

微妙な空気が流れる。皆が計ったように咳払《せきばら》いをし、何事もなかったかのように走り続ける。それでも彦弥だけは、

「ずりい」

と、呟くような声で零していた。

第三章　菩薩《ぼさつ》二人

一

　桜田御門《さくらだごもん》に差し掛かったところで、門を守る番士に止められた。これより北は御城の西の丸下にあたり、通常人を率《ひき》いて入ることは許されない。

「待たれよ。用向きは――」

「見て判《わか》らねえか！　火消《ひけし》だ！」

　源吾は皆まで言わさず馬上から吼《ほ》えた。

「無礼な！　馬から降りられよ」

　番士は唾《つば》を飛ばすが、全く意に介《かい》さない。

「あんた、いつ桜田御門の守りを命じられた」

「先月からお役目についたばかり。それがどうした」

　番士はこめかみに青筋を浮かべて睨《にら》みつける。

「いい加減お役目を覚えやがれ。一月《ひとつき》ありゃあ、うちの鳶《とび》なら十分いろははは学ぶぜ」

　火事場の武家火消はいかなる時も下馬《げば》せずともいい。それは御老中《ごろうじゅう》の前でも通る法である。唯一下馬の礼を取らねばならぬ例外は将軍であるが、そもそも将軍が火事場に出ることもないのだから、源吾ら陪臣《ばいしん》が会うことは生涯《しょうがい》無い。

　そうこうしている間に、徒歩の最後尾が追いついた。ここで押し問答をしている間も、わざわざ説明している間も惜しく、源吾は鐙《あぶみ》を踏み鳴らした。

「悪いが通るぜ」

「ま、待て！」

「この御門を守っている火消くらい覚えてくれや」

　馬を乗り入れると、配下も一斉に雪崩《なだ》れ込んだ。番頭の命で番士が制止しようとするが、猪突猛進《ちょとつもうしん》する寅次郎に撥《は》ねられて尻もちをついた。

　鐘《かね》の音、人の流れから察するまでもなく火元はやはり濠の向こう。乾いた強風が吹き荒れており、天を覆《おお》うほどの火の粉が舞っているが、西の丸下内に今のところ燃えている屋敷は見受けられない。

「火元は八丁堀の南西……京橋《きょうばし》筋の北紺屋町あたりみたいだな」

「風向きは暫《しばら》くこのまま、勢いが増してきます。火の粉が御城まで届いてもおかしくありません」

星十郎が見通しを告げる。今でも雨あられと火の粉の大軍が押し寄せている。屋根を濡らしておかねば方々《ほうぼう》に火が移る可能性もある。

「ここは菩薩様に任せとけ。俺たちは火元を叩《たた》く。御城の前を突っ切り鍛冶橋《かじばし》を渡るぞ！」

源吾の皮肉交《ま》じりの下知《げぢ》に一同声を揃《そろ》えて応じる。

東進する間、屋根に上る鶯《うぐいす》色の半纏《はんてん》を着た鳶の姿を二、三人見た。他にも竜吐水《りゅうどすい》で屋根に向けて水を放っている鳶もいた。どの者もこちらを一瞥《いちべつ》するのみで、助けを乞《こ》うこともしない。最初のうちは気にも留めなかったが、いよいよ鍛冶橋の近くまできて、ふとあることに気が付いた。

「新之助、八重洲河岸定火消……鶯色半纏の鳶がいただろう？」

「はい。見ました」

「何人いたか覚えているか？」

「丁度数えていました。見ただけで七名です」

「少ねえ」

あくまで見た数ではあるが、あまりに少なすぎやしないか。

「定火消の人足は百ですよね。火元へ向かったのでは？」

「そんな筈《はず》はねえんだが……」

この量の火の粉である。直接火元を叩きにいったことも考えられる。しかし出しても半数であろう。八重洲河岸に展開する定火消の少なさは異常である。

鍛冶橋を渡る前には、猛々《たけだけ》しく燃える炎が目に飛び込んできた。橋よりやや南、やはり北紺屋町で間違いない。何故だか罵声《ばせい》のようなものが聞こえる。それもかなりの数である。

「突っ込むぞ！」

ここまで走り通しであるが、配下の息はまだ乱れていない。喚声《かんせい》を上げて走る彼らを振り返り、源吾は不敵《ふてき》に笑った。青瓢簞《あおびょうたん》のようだった新庄藩に残った者、越前から呼び寄せた素人《しろうと》、この三年の訓練と度重《たび》なる実戦で、府下《ふか》でも有数の鳶に成長している。

北紺屋町に辿《たど》り着くと、存外被害が大きいことが分かった。折《おり》からの強風に煽《あお》られて今なお炎は建家の壁や屋根を嘗めるように進み続けている。今はまだ遠火であるが、間もなくこの辺りも炎の餌食《えじき》となろう。罵声の正体も知れた。いや、喚声といってもよい。

「何ですかこれは……」

新之助は呆気《あっけ》に取られている。多くの火消が足止めを喰らっているのか、火事場に近づけないでいた。

「全て町《まち》火消……多いな」

「よ組ですからね」

これには武蔵が即座に答えた。

ここを管轄とする町火消「よ組」は総勢七百二十名。辰一率いる大規模な「に組」の約二倍、武蔵の古巣で小規模な「万組《よろず》」の約九倍で、府下の町火消で最大の人数を誇っている。

半纏の意匠《いしょう》は大きな黒の菱形《ひしがた》の中に、四つの小さな白い菱形が描かれたもので、江戸の庶民はこれを「蝗菱《ばったびし》」と呼んでいた。

「屋根に上っているのは鶯色半纏。八重洲河岸定火消ですね」

武蔵は目を凝《こ》らして言った。梯子《はしご》があちらこちらに掛けられ、屋根では纏と団扇が揺らめいていた。

「来てやがったか」

　どういう訳か八重洲河岸の連中がここまで出張ってきている。よ組の連中は消火には加わっていない。いや、近づけないように複数の火消が遮《さえぎ》っているのだ。

「新之助、ついてこい！」

　源吾は馬から降りると配下に消火の支度を命じ、新之助を伴《ともな》って人の群れを掻《か》き分けて進んだ。よ組の鳶の罵声に耐えながらようやく先頭まで抜けると、霹靂《へきれき》の如く鋭く叫んだ。

「何揉めてやがる！　いい加減にしろ！」

　定火消二十名ほどが展開して、よ組の者たちを遮っている。

「火喰鳥……また面倒な御方が」

　蝗菱半纏の最も先頭の男が頭《かぶり》を振って息を洩《も》らす。身丈は五尺五寸（約一六五センチメートル）と新之助よりも僅かに高い程度であるが、両肩が張っているせいか一段大きく見える。

「秋仁《しゅうじん》、どうなっている。早く加われ」

　よ組の頭を務める男である。歳は源吾の一つ下の三十二。東の前頭《まえがしら》三枚目に位置し、配下を率いて火元に大挙して現れることから「蝗《いなご》」の秋仁の名で呼ばれている。羽織っている半纏意匠の蝗菱も、この男の異名に由来していた。

「そうしてえのは山々さ。文句はこの御方に言ってくれ」

秋仁は顎をしゃくってみせた。

「進藤、また手前《てめえ》か」

「ええ」

「どけや」

源吾が凄むと、内記は肩をすくめてみせた。

「前と異なり、此度は乱暴な振る舞いですな」

「他の火消を入れないというなら話は別だ」

「なるほど、なるほど」

のらりくらりと受け答えをする内記では埒《らち》が明かぬと、源吾は秋仁に向けて訊《き》いた。

「どういうことだ」

秋仁は舌打ちをして状況を説明した。

火元は北紺屋町の布団《ふとん》屋。冬に向けて綿《わた》の打ち直しの注文が殺到し、綿を山積みにして作業に追われていたという。職人の父が危篤《きとく》となり、帰らせてほしいと訴えたが、主人は作業を終えてからでなければ馘《くび》にすると言い放った。その言い様《よう》に激高《げっこう》した職人が、熾《おこ》った火を綿の山にぶちまけたというのだ。

「なんてことだ」

源吾は目じりを指で挟んだ。職人に同情はするが、やりすぎというものであろう。

「北紺屋町はうちの管轄。それなのに出張ってきて、消口を取りやがった」

「何だと」

「八重洲河岸は単独で当たるから、うちは他へ行けと言い腐る」

それまで腕組みをして静観していた内記だったが、柔らかな口調で話し始めた。

「当家は御城を守らねばならぬのだ。北紺屋町から火の粉が飛んできて大層《たいそう》難儀しておる故、こうして消しに参った次第。よ組は他の管轄を守ってはいかがと申しておるのだ」

数が多いよ組であるが、その分、鎌倉町《かまくらちょう》、永富《ながとみ》町、多《た》町、竪大工《たてだいく》町、白壁《しらかべ》町、須田《すだ》町、鍋《なべ》町、小柳《こやなぎ》町、平永《ひらなが》町、三河町と管轄もかなり広範囲に亘っていることは事実である。しかし今火事が起こっている北紺屋町を放置するなど出来るはずがない。

「こいつら太鼓を打たねば町火消が動けぬのをいいことに、消口を取ってからようやく太鼓を叩きやがった」

「そのような覚えはないが？　よ組が遅いことを当家のせいにして貰《もら》っては困る」

内記は困り顔で首を捻った。まことから生まれた表情には思えない。かといって嘘《うそ》というほど嫌味《いやみ》たらしくもない。どこか役者の演技のように見えて、源吾はいよいよ気に喰わなかった。

「この頃はどういう風の吹き回しだ。俺たちの受持《しま》に出張って来やがって」

秋仁は忌々《いまいま》しそうに言い放つ。確かに八丁堀の際での火事は、八重洲河岸にも累《るい》を及ぼす。とはいえ、今まで積極的に出て来たことは皆無《かいむ》であったようだ。

「当家は貴殿《きでん》らのように多くはないのでね。最近は討死《うちじに》した者も多く、助けたくても助けられず胸を痛めていた……」

内記はそこで一度言葉を切ると、自らの胸を拳でどんと叩いて続けた。

「だがもう安心されよ。すでに人員の補充は済んだ。故に助けにきたのだよ」

内記の湿り気のある話し振りに、源吾は身がむず痒くなる。

内記に焦る素振りはない。秋仁いわく、逃げ遅れている者はいないとのことだが、それでも予断《よだん》を許さない状況には違いない。

「共に消せばいいだろうが！」

宙に漂うのが見えるほど秋仁は唾を飛ばした。

全ての状況は呑み込めた。源吾は秋仁に肩を並べて、内記に顔を近づけた。

「秋仁はこう言っているぜ」

「当家だけのほうが早く消せます」

いくら八重洲河岸定火消が優秀とはいえ、加勢を得たほうが早いに決まっている。源吾の中にある仮説が芽生《めば》えた。

「てめえも番付か」

「それもある。貴殿らのような無法者にいつまでも上を取られていては、公儀に面目《めんもく》が立ちませぬので」

源吾は微かな違和感を持った。仮に目的が番付の上昇であったとしても、この男ならばもう少し着飾った理由を吐くと思っていたのである。

「そんなに上が欲しけりゃ、いくらでもくれてやる。市井の者を巻き込むな」

「それはどうでしょう。この辺りの民は当家が出て喜んでくれているようですが」

内記は視線を横へ滑らせた。遠巻きに野次馬たちが集まっており、歓声を投げかけている。それはよ組に向けてでも、ましてや新庄藩に向けてでもない。

「進藤様に任せておけ！」

「八重洲河岸は誰も見捨てねえんだ！」

などと、皆一様に八重洲河岸定火消を応援している。

「秋仁、お前の管轄だろうが」

源吾が低く言うと、秋仁は悔しそうに零した。

「知っているだろう。こいつは人気だけはあるのさ」

確かに内記には人気がある。特に江戸城周辺でそれは顕著《けんちょ》であり、庶民が贔屓の火消を応援するのとは一線を画していた。

その訳は内記の日々の活動にある。火事で親を喪い、孤児となった子どもを片っ端から引き取り、養子の口を見つけてやるのだ。

さらに貰い手がない者は私財をなげうって、一人前になるまで手元で育て上げる。そして女はしかるべき家に嫁《とつ》がせてやり、男は父と慕《した》う内記を助けるために火消となることが多かった。

江戸の庶民はこれを美談として語り、中には生き仏として崇《あが》める者までいた。今たかっている野次馬もその類であろう。

だが僅かながら源吾や秋仁のように、火消の中にはこれを快《こころよ》く思わぬ者もいる。何と言うかあまりに、

――出来過ぎた男。


なのである。この男を見ていると、まるで己が汚い男のように思えてくると語る火消もいた。

源吾が嫌う理由は他にもある。内記を父上と呼んで目を輝かせる八重洲河岸定火消の者たち、またそれを涙して見守る一部の江戸の民に、得体《えたい》の知れぬ恐怖を感じるのだ。

内記の表情はやはり微笑みに満ち溢《あふ》れている。世の者はこれを慈愛《じあい》の笑みなどと評するが、これも源吾には薄気味悪いものに見えて、反吐《へど》が出そうになる。

「秋仁、話しても無駄だ。奪い返すぞ」

「それが出来ねえから、話で解決しようとしてんだ。こいつらの強さを忘れたかい」

「そうか……」

失念していた。内記の配下はそのほとんどが孤児であり、拾われると武家の子であろうが町人の子であろうが、道場に通わせる。これもこの物騒《ぶっそう》な世であろうとも、己の身は守れるようにという内記の「優しさ」であった。故に内記の配下はみな武芸達者で、中には名のある道場の目録《もくろく》や中伝《ちゅうでん》を得た者もいると聞く。

「怪我をしたくなければ、ここは当方に任されよ」

内記は穏やかに話しかける。秋仁らも突破を試みたが、悉《ことごと》く木刀で叩き伏せられ、あるいは腕を捻られて転がされた。中には腕が折れたのではないかというほどの痛みを訴え、後方に下がった鳶もいるらしい。

「と、いう訳です。松永殿、得心《とくしん》して下され」

内記は馴《な》れ馴れしく肩を叩こうとするが、源吾は払いのける。

野次馬たちはさらに増え続け、もう身を隠そうともせず野次を飛ばす。

「いなごども、進藤様で何が不満なんだ⁉」

「お前らは先日の火事で人を死なせただろうが！」

などと心無い言葉が飛び交い、秋仁は哀しそうに俯いた。凡《およ》そ庶民は同じ出自《しゅつじ》の町火消を応援する傾向があるが、この界隈においては逆転している。秋仁らよ組が信頼されていないというよりは、八重洲河岸定火消がある種の信仰を受けているといえる。

「退《ひ》くぞ……引き鐘を打て」

「頭《かしら》ぁ……」

口惜しそうな秋仁に、よ組の鳶が縋《すが》る。

「これ以上の騒動は民のためにならねえ。何も消さねえって言っている訳じゃねえんだ。ここは譲る」

秋仁は大声で次々に指示を出し、屋根を濡らして延焼を抑えるため、配下を残りの管轄に散らせた。

「止めなくていいのですか?」

新之助は左右に首を忙しなく振りながら訊いた。

「あいつが決めたことだ」

源吾は内記から目を離さず答えた。苦渋《くじゆう》の決断を下した秋仁を責めるつもりはない。それよりも眼前のしたり顔に腸《はらわた》が煮えくり返っていた。

よ組が散開したことで、そこに配下が雪崩れ込み、今度は新庄藩火消が対峙《たいじ》している恰好となる。

「流石蝗の秋仁。大軍の将は引きどころを弁《わきま》えておる。さて……ぼろ鳶組の皆様方はどうなさる？」

内記は歯も見せずに口角《こうかく》を上げる。

「生憎《あいにく》、俺は物分かりが悪いのさ」

「見られよ。当家だけでかたがつきそうですぞ」

後ろを振り返りつつ内記が言った。確かに先ほどよりも火勢が削《そ》がれ、棟を壊して的確に火除け地も作られている。

その時である。こちらに向かって棒手振《ぼてふ》りが駆けて来る。菜売りであろうか。籠《かご》の青物は点々と零れ落ち、やがて竿を放り投げると、燃え盛る町を見て悲痛な声を上げた。

「どうした⁉」

源吾は肩を抱くようにして訊いた。

「おっ母《かあ》が……おっ母がいるんだ‼」

秋仁は逃げ遅れた者はいないと言っていたではないか。火事場に先着した火消は、真っ先に避難した近所の者に聞き取りを行う。まさか聞き落としたというのか。

「名を教えて下さい」

内記も歩み寄ってきて棒手振りに尋ねる。

「六介《ろくすけ》……」

「はて、六介さんは商いに出ており、家には誰もおらぬと聞きましたが？」

「病の母を引き取ったのは三日前なのです!!」

「それはいけない」

源吾は内記の胸倉を摑むと、鼻と鼻が付くほど顔を近づけた。

「うちがやる。どけ！」

「いいえ。当方で。岡五郎《おかごろう》、猪吉《いのきち》、行きなさい」

八重洲河岸の鳶二人が了と返事をすると、手桶《ておけ》の水をざぶりと頭から被る。さらにそれぞれが手桶を一つずつ持つと、何の迷いもなく燃え盛る町へと向かっていった。

「てめえ……てめえ……またか……」

源吾は襟《えり》から手を離さない。助けに向かわせたのである。己がさらに怒る意味は、新庄藩の者も解らないだろう。ただ意味を知る武蔵だけはずいと進み出た。その手には京で手に入れた最新の火消道具、極蜃舞《きょくしんぶ》が握られている。

「命を賭して救う。松永殿もそうなさるではありませんか」

「うちの武蔵も入れろってんだ！　あの火勢だぞ！」

「いいえ。当方で」

「武蔵！」

「おう！」

踏み込もうとする武蔵を八重洲河岸の連中が遮《さえぎ》る。

「うちでやりますので」

「ふざけるな‼」

源吾は喉が裂けんばかりに咆哮《ほうこう》した。

まるで感情を失ったのではないかというほど、内記は微笑みを崩さない。

源吾の怒りの意味はすぐに皆に知れた。先ほどの鳶二人が炎の中から戻って来た。両側から老婆《ろうば》を抱えている。野次馬からわっと歓声が上がった。棒手振りの六介含め、野次馬たちの目には熱い崇敬《すうけい》の念が宿っている。

しかし新庄藩火消の顔は一様《いちよう》に凍り付いていた。

「あれは……そんな……」

新之助は息を呑み、寅次郎は頬を引き攣《つ》らせ、彦弥は歯を食い縛《しば》っている。穏やかな星十郎さえも、

「何を考えている……」

と、怒りを顕《あら》わにしていた。前回の様子から配下の殆《ほと》んどが、進藤内記を始めとする八重洲河岸定火消に好感を抱いていた。故に何故己が嫌うのか理解も出来ずにいただろう。中には御頭も妬《ねた》むものかと思っていた者もいたに違いない。しかし今、皆はその訳を一瞬にして悟ったようだ。

戻って来た鳶は二人ともに髪が縮《ちぢ》れ、肌は赤黒く変色し、半纏の裾《すそ》が燃え上がっている。手桶は老婆に使ったのだろう。息はあるか分からないが、少なくとも外傷は二人よりましに見える。

仲間が水を浴びせて半纏の火を消すと、二人の鳶は老婆を託す。一人はその場で膝を折り、残る一人が覚束《おぼつか》ない足取りでこちらに向かって来る。

「父上、助け出して参りました」

「よくやった」

鳶はにこりと笑うと、その場で卒倒して内記に抱きかかえられた。

「御頭……彼らは……」

いつの間にか傍《そば》に来た星十郎が囁いた。

「ああ、死んでもおかしくねえ。よしんば助かっても三月《みつき》は火傷に苦しむ」

歯噛みする源吾をよそに、内記は意識を失った鳶を抱きつつ、高らかに叫んだ。

「八重洲河岸定火消は民のために命を懸けることを厭《いと》わぬ！　皆、心ひとつに炎に当たれ！」

野次馬の歓喜の声は最高潮に達し、悪酒に酔ったように八重洲河岸定火消を応援する。中には内記を拝む年寄りもいた。

「お呼びじゃねえんだよ！　火事場乞食《こじき》が！」

「ぼろ鳶は加賀鳶と揉めとけ！　進藤様は俺たちを第一に考えて下さっているんだ！」

今度は野次馬の罵詈雑言《ばりぞうごん》が新庄藩火消に向く。この界隈での不人気ぶりは絶望的といってもよいらしい。唐突な流れ弾に牙八も色めき立って言い返し、何故ここに加賀鳶がいるのかと野次馬を驚かせた。

「帰れ、帰れ、帰れ――」

誰かが調子を付けて繰り返すと、それは瞬《また》く間に野次馬全員に伝播《でんぱ》した。

「あちゃあ……これはまずいですね」

新之助が口を曲げつつ見渡す。過去、見てくれを「ぼろ鳶」と揶揄《やゆ》されたことはあるが、ここまで剝《む》き出しの憎悪を向けられたことはない。

「婆さんは無事……みてえだな」

源吾には野次馬の声は耳に入っても、頭には届いていなかった。ただ先刻助けられた老婆の安否に気が向いていたのである。幸い寝たきりだったおかげで煙を吸わなかったのか、意識をとり戻したようだった。その母に寄り添った六介が内記に向けて感謝の言葉を繰り返す。

「御頭……退きましょう」

星十郎が進言するが、源吾は反対も了承もしなかった。ここで八重洲河岸と喧嘩をすれば、たとえ勝てども時間が掛かりすぎる。その間に勢いの弱まった火も息を吹き返すことだろう。かといって指を咥えて引き下がる性分でもない。何が正解か己でも判らなくなっている。

「弓町《ゆみちょう》まで退いて火に備えろ！」

唐突に武蔵が叫ぶ。弓町は比丘尼橋《びくにばし》を渡ってここよりさらに南方にある。勝手な指示を止めようとする源吾に向け、星十郎が掌を見せて押し止《とど》める。

「風向きは南に変わる。一刻を争います。退くのではなく向かうのです！」

星十郎の下知《げぢ》が決定的となり、新之助も急げ急げと急き立てる。

「松永殿も良い配下を持っておられる」

内記の一言に殴《なぐ》り掛からんとしたが、それも新之助に止められる。源吾は寅次郎に引きずられるような形で、比丘尼橋を渡った。

二

「深雪さん、ありがとう」

お七はぺこりとお辞儀《じぎ》をした。お琳とともに深雪さんの手作りのお菓子を食べた後、大きくなったお腹を撫でさせて貰った。こうして己も生まれてきたのだと思うと、何か厳《おごそ》かな気分になるとともに、母への感謝も溢れ出て来る。

「帰ったら、おっ母におお礼を言おう……」

そう思わず口を衝《つ》いて出てしまったほどである。

深雪さんは何故だかちょっと間を空け、お琳をちらりと見た。そしてどきりとするほど美しい笑顔を向け、

「そうね」

と、優しく言ってくれた。

本郷まで距離があるため、お琳は駕籠に乗って帰ることになっている。深雪さんは往来《おうらい》に出て駕籠を捕まえてきてくれた。

「こっちのお嬢はいいのかい？」

駕籠舁《か》きが深雪さんに尋ねる。

「二人も乗せてよろしいのですか？」

「これくらいの子なら二人でも問題ねえ。ご利益《りやく》も二倍ってもんですよ」

「ご利益？」

「松永様のお内儀《ないぎ》でしょう？」

「ええ。どこかでお会いしましたか？」

駕籠舁きは顔を見合わせる。深雪は何のことか分からないようで首を傾げた。

「いやね。菩薩様を乗せると運が巡ってくるとね」

「菩薩様？」

鸚鵡返《おうむがえ》しに深雪が尋ねると、ご存じないかと年嵩《としかさ》の駕籠舁きが説明を始めた。

「駕籠舁きはみんな火消菩薩とありがたがっているんですよ」

新庄藩の火消頭、松永某《なにがし》のお内儀を送り届ければ、幸運に恵まれるという噂《うわさ》が仲間内で流れているらしい。何でもそれで富《とみ》くじに当たった者もいるというではないか。駕籠舁きというのはこのような験《げん》を担《かつ》ぐものと男は言った。

最近では火消菩薩の「御本尊《ごほんぞん》」でなく、新庄藩火消を運んでも運が向くとまで言われているとかで、先日も赤い髪の侍を乗せたところ、行方知れずになっていた兄がひょっこり戻ってくるという「ご利益」があったという。

「あの時の方、富くじが当たったのですね」

深雪さんにはどうも思い当たる節《ふし》があるらしい。

「てなわけで喜んだって話でさ」

「ふふふ……ご利益かどうかは知らないですが、人が幸せになるのはよいことですね」

「では、お二人をお運び致しやすね」

深雪さんは、こほんと咳払いをすると戯《おど》けた調子で命じた。

「火消菩薩が命じます」

「合点《がってん》だ」

こうしてお七とお琳は狭い駕籠に二人で乗り、運ばれている。

「ねえ、お七」

向かって吊り紐《ひも》を握っているお琳が口を開いた。

「なに？」

「深雪様っていつもああなの？」

「というと？」

質問ばかりの会話が面白《おもしろ》かったのか、前の駕籠舁きがくすりと笑う。

「優しくて、面白くて、なんていうか……温かい」

「深雪さんで新庄藩火消はもっているの」

「でしょうね」

今度は後ろの駕籠舁きが喉の奥で笑いつつ声を掛けて来た。

「嬢ちゃんと侮《あなど》っちゃならねえな。大人の女みたいな話し振りだ」

子どもと大人の境はどこにあるのだろうか。お七はそのようなことを考えた。新之助さんなどは言わずもがなである。しかしいざ火事場に臨《のぞ》めば、誰よりも立派で恰好いい「大人」に見えるから不思議である。とすれば、大人になるということは誰かのために懸命に働くということなのかもしれない。

御頭も、彦弥さんもお七から見ても子どもっぽいところは多分にある。新之助さんなどは言わずもがなである。しかしいざ火事場に臨めば、誰よりも立派で恰好
茫《ぼう》と考えて駕籠に揺られていたお七の目に飛び込んできたものがあった。

「止めて！」

駕籠舁きは中で体勢を崩したのかと慌《あわ》てて脚を止めた。

「どうしたの？」

お琳が怪訝そうに尋ねる。

「あの子、迷子じゃない？」

新庄藩上屋敷の前である。二人とそう歳の頃も変わらない男の子が膝を抱えて座りこんでいる。お七は駕籠から降りると、その男の子に近づいていった。

「もし……」

声を掛けると、俯いていた男の子は勢いよく顔を上げる。

「なんだ」

「なんだとは何よ」

お琳も駕籠から降りてゆっくりと近づいてきた。

「どうしたの？」

今日のお琳の着物は見るからに武家の御姫様である。男の子は少し驚いたようである。

「人を待っているんだ……いや、待っているんです」

男の子は立ち上がった。名は福助《ふくすけ》と謂うらしく、齢十一。身丈《みたけ》は同年代の二人よりも低い。男はこれから一気に伸びると近所の大工の棟梁《とうりよう》が言っていた。

この福助、驚くべきことに何と御徒町から一人で歩いてきたという。

「ここに用？」

お七が上屋敷を指差すと、福助はこくりと頷く。

「ここの火消の御方に」

「誰⁉　まさか……彦弥さんに子どもがいるってのは本当だったんじゃ……よく見れば鼻筋が似ている」

お七が勝手に話を進めるのを、お琳が割って入った。

「どなたに用ですか？」

「加持様という御方」

「ご両親はここにいることはご存じで？」

「おっ母は昨年病で死んだ。父ちゃんがいなくなったんだ」

話の筋が見えてこない。今度はお七が訊いた。

「それと先生に何の関係があるの？」

「小諸屋のお鈴さんが……」

福助はここに来た経緯を語り始めた。

福助の父は読売《よみうり》の書き手を生業《なりわい》にしているという。一月《ひとつき》ほど前、その父は二、三日聞き取りで戻れないと言い残して家を出た。小諸屋の馴染みであったことから、先に銭を預けて福助が来たら適当に飯を食わせてやって欲しいと頼んでいたらしい。父は名うての読売書きで忙しく、このようなことはさして珍しくはない。

しかし期日の三日を過ぎても戻らなかった。最初は小諸屋の女将《おかみ》さんも、

「福助放ってどこほっつき歩いてんだい」

と、怒っていたというが、五日過ぎたところでいよいよ皆が心配するようになった。

福助は毎日外に出て知り合いの読売屋に訊いて回ったが、誰も父を見ていないという。見かねたお鈴が、知人に江戸一の知恵者がいるから、尋ねてみると言ってくれていた矢先、事件が起こった。福助の家が火事に見舞われたのである。

「ああ……先日のほら。詠《なが》様が率いて消した火事」

お琳に言われて思い出した。加賀鳶が一番乗りを果たし、小諸屋にいた先生も駆けつけた火事の話は聞いていた。何でもあまり名の知られていない小藩が消口を奪いに来たという。

「詠様を知っているのか⁉」

福助は感情を高ぶらせた。

「私の従兄《いとこ》にあたります。歳は三十ほども離れていますけど」

「てことは……父親は……」

「はい。大音勘九郎です」

「加賀鳶の姫様か！　びっくりした！」

福助は度肝を抜かれたようである。

「よくご存じですね」

「そりゃあ……おっ父《とう》は火消を取り扱う読売の書き手なんだ。だから俺も……詳しくなって」

お七は口に指を添えて話した。

「でも家が燃えちゃったなら、今はどこに住んでいるの？」

「小諸屋に厄介になっているんだ」

ようやく話の全容が見えてきた。福助は先生の知恵を借りて父を捜そうとしているのだ。

「なるほどね。でも先生は火事場だよ」

た。

福助は再び壁にもたれ掛かって座ろうとした。その時、お琳が耳元で囁いてきた。

「お七……この場を離れましょう」

「え？」

「今、向こうの辻にこちらを覗っている人が見えた」

「また……私たち狙われているの？」

「私たちは駕籠でここまで来たのよ。つまりは……」

二人の視線が福助に注がれた。福助は何事かと上目遣いにこちらを見る。

「福助、立って」

「何だよ」

お七が袖を引いたので、福助は一層驚いた。

「いいから、早く」

お琳も加わり無理やり立たせる。

「三人になってもよいですか？」

お琳は振り返って、待ってくれている駕籠舁きに向けて言った。

「ここで待つ」

「そりゃあ流石《さすが》に……」

「お願い」

お七が叫ぶ。鬼気《きき》迫るものを感じたか、駕籠舁きは大きく手を招いた。

「乗りねえ！」

何が何だか解らぬ福助を駕籠に押し込み、二人も乗り込んだ。狭い駕籠の中はすし詰め状態である。

「出して！」

「あいよ」

駕籠が持ち上がり動き出す。

「一体何なんだ」

顔の距離は僅《わず》か二寸。福助の慌てた吐息がお七の顔にかかる。

「あんた尾《つ》けられてる」

「何で……」

「こっちが訊きたいわよ」

窮屈《きゆうくつ》な駕籠の中、お琳が首を伸ばして後ろを見た。

「やっぱり。追われている。武士が五人」

「もう少し急いで！」

お七が叫ぶと、駕籠舁きは状況を察したようで悲痛な声を上げた。

「三人乗りじゃあ、ちときついぜ。いずれ追いつかれちまう！」

何か思いついたようで、福助がようやく口を開いた。

「小諸屋まで逃げ込めば……」

「駄目。前みたいな悪党だったら……何をしでかすか解らない」

お七が即答する。以前二人を攫《さら》ったような凶悪な輩《やから》であるならば、小諸屋を襲撃してもおかしくない。悪党が手出しできないところへ逃げ込まなくてはならない。

その間もお琳は、何度も首筋を張って振り返っている。

「その余裕もないみたい。距離を詰めてきている」

つまり尾行を諦め、人気《ひとけ》のないところで駕籠を襲うつもりと見て間違いない。

お琳は一瞬瞑目《めいもく》してから、目を見開くと駕籠舁きに命じた。

「とにかく辻という辻を曲がり続けて！」

「分かった！」

「軽くなってもそのまま走ってね！」

「でも……それじゃあ……」

「いいの。私たちが降りれば撒《ま》けますか？」

「どこかで駕籠をほっぽり出して店に入る」

「わかった。お願い！」

「合点だ！」

流石は勘九郎の娘というべきか、指示することが板についている。もっともお七にも作戦は読めていた。

「お琳、飛び降りるのね」

「うん。追手が見えない辻に差し掛かった時、曲がる方向と逆に」

「わかった。いい？　福助」

女二人がてきぱきと仕切っているので、福助は唖然としたまま頷いた。

辻を折れる。そして僅か十間ほど先の辻を折れる時、お琳が叫んだ。

「今！」

転がるように駕籠から降ると、一目散に反対方向に向けて走り出す。そしてまたすぐに次の辻を折れて身を隠した。お七は半身だけを出して駕籠の様子を見つめた。先ほどの追手が駕籠を追っていくのをしかと確かめた。

「すぐに見破られるわ。そうなればまた捜しに来る。どこか近くに身を隠さなきゃ」

「行ったみたい」

「新庄藩上屋敷に戻る？」

お琳は頭を横に振った。

「追手が五人とは限らない。残って見張っている者がいるかも……」

「じゃあどこへ行くの。小諸屋も、本郷も遠いでしょう？」

「ええ。加賀の中屋敷は駒込《こまごめ》。下屋敷はさらに遠い。それに私たちの会話を盗み聞きしていたなら……先回りされるかもしれない。ここは松永様の……」

「駄目。深雪さんは今、身重《みおも》なんだよ？　居所が知れたら大変なことになる」

お琳も考え直したようで力強く頷く。

追手は何者か解らないが、福助と新庄藩、加賀藩が繋がっていることは察しているかもしれない。裏を掻いた場所に逃げなくてはならない。

「福助、追われる覚えは？」

お琳ははっきり訊いた。

「無い。でも……おっ父が消えたことに関係するのかも……」

「でしょうね」

お琳は愛想《あいそ》なく答えると、そっと目を瞑り一気に語り始めた。

「江戸を空から見れば今私たちは南端にいることになる。これより南に進めば江戸から出てしまう。小諸屋のある御徒町は北東。加賀屋敷はそこから西、中屋敷、下屋敷もそう。つまり東に逃げればまず、追手は撒けると思う」

子どもとも思えないほど冷静な判断力に、お七は舌を巻いた。前回、悪党に捕まった時もお琳の機転により、外に居場所を知らせることが出来たのを思い出した。

「わかった。すぐに動きましょう。戻って来るかも」

この辺りをうろつく者は信用できない。奉行所に助けを求めれば、新庄藩や加賀藩の者が来てくれるだろう。

陽はすでに沈みかけている。三人は長い影を引き連れながら、急ぎ足で路地を駆け抜けていく。

三

新庄藩火消は弓町まで引き下がり、飛び火の警戒にあたった。

「勝手に指示を出して申し訳ございません。罰は受けます」

武蔵は改まった口調で言った。

「いや……俺こそすまねえ。助かった」

源吾は武士としての体面を失うことは恐れていない。だが火消としては別である。己が揶揄されることは臆《おく》していない。しかし口さがない江戸の者たちは、新庄藩火消が尻尾《しっぽ》を巻いて逃げ出したとすぐに噂するであろう。悪い噂は築き上げてきた信頼をいとも簡単に崩す。民の信頼を失えば、火消としての活動に大きく支障が出る。

何も出来ずに逃げ出せば信頼を失い、八重洲河岸と揉めればその間に火事は広がる。そんなにっちもさっちもいかない状況であった。

秋仁が言ったように何も八重洲河岸が消火に当たらないと言っている訳ではない。気に喰わぬ連中であるが、その火消としての腕は一流である。あと一刻もすれば鎮火《ちんか》出来よう。

頭を冷やすべきだと弓町で風向きの変化に備えた。

すると先ほどまでいた北紺屋町がにわかに騒がしくなった。先刻よりも明らかに炎は小さくなっているのに、何の騒ぎであろうか。

「彦弥、頼めるか」

「わかった。行ってきます」

身軽な彦弥を物見に繰り出す。彦弥は四半刻もせずに戻ってきて報告した。

「火事場に他の火消が乱入しました。八重洲河岸もうちとよ組を追い払って、もう踏み込む火消はいないと守りを解いて消火に当たっていたようです」

「どこの組だ」

「三盛菱《みつもりびし》の纏、仁正寺藩です」

「与市か」

仁正寺藩も少なからず揉めたことだろう。しかし与市には迷いはなかったようだ。己のほうが絶対に速く消せるという自信があるのか。それともやはり番付に目が眩《くら》んでいるのか。ともかく戻ればさらに混乱を招くだけである。己たちはもう八重洲河岸の連中にやり込められたのだ。

状況は判らないが、そこから半刻ほどして鎮火の半鐘が鳴らされた。

辺りはすっかり暗くなっている。成り行きで一緒になった牙八とは途中で別れ、新庄藩火消は帰路に就いた。その足取りは重い。辰一に横取りされた時とはまた違う、暗い悔しさが源吾の心に渦巻《うずま》いていた。

四

その夜、源吾は独りで夜空を眺めていた。深雪はすでに床《とこ》についている。夜は火の用心のため煙草《たばこ》を吸わぬことにしている。このように起きていれば欲しくなるものだが、この日はそれも気にならなかった。

――もう少し遅ければあの婆さんは死んでいた。

源吾ならば武蔵を先鋒《せんぽう》に水で道を開き、徐々に前進して救おうとしただろう。ただその方法では煙に巻かれて六介の母は息絶えていたかもしれない。ならば無理をしてでも救出するという内記の選択は正しかったとなる。だがそのために配下の二人が生死を彷徨《さまよ》うほどの大怪我を負っているのだ。

一人の民を救うため、三人の火消が命を懸けるようなことも確かにある。だがそれは究極の選択である。内記は口では苦渋の決断と言うが、源吾からすると、その葛藤《かっとう》があるようには思えなかった。

「む……」

跫音《あしおと》である。徐々に近づいてきている。すでに子《ね》の刻《こく》は回っており、太鼓や半鐘の音は聞こえぬため火事でもない。慌てて刀掛けから刀を取ると、片手で眠る深雪を揺り起こした。

「火事ですか」

深雪はさっと身を起こして羽織の元へ向かおうとした。

「ここに跫音が近づいている」

「え……」

深雪に奥へ下がるように命じると、源吾は身構えつつそろりと歩いた。跫音が家の前で止まったが何も言ってこない。何か躊躇《ためら》っているかのように感じた。

「誰か」

戸へ近寄った源吾が低く尋ねる。腕に自信がある訳ではないが、応答がなければ刀を抜く気でいる。

「あ……あっしは葦三《あしぞう》と申す駕籠舁きです。急ぎお内儀様にお取り次ぎを」

訳が分からない。押し込みの類《たぐい》で、油断をさせて開けさせるつもりかもしれない。

「夕刻の……？」

深雪が顔を出して声を上げた。

「はい！　急ぎお報《しら》せしたいことが！」

声が近所に響き渡ったからか、どこかの番犬が吠《ほ》え始めている。

「そこで申せ」

威圧するために珍しく武士らしく話した。顔見知りだとて信用は出来ない。千羽一家のような火消に扮《ふん》した押し込みが数カ月前に起こったばかりなのだ。

「本日お運びしたお嬢様が――」

「開けて下さい！」

深雪が叫びながら、土間に裸足《はだし》で降り立った。それと同時に源吾は閂《かんぬき》を外した。

「二人がどうしたのですか！」

「実は……」

新庄藩上屋敷の前で男の子を拾ったこと。その後何者かに追われ、途中で三人ともに飛び降りて逃げたこと。尾行者を引き付けて走り、駕籠を打ち捨てて居酒屋に飛び込んだこと。その後も入口を二人の武士が見張っており、動けなかったこと。居酒屋が閉まる段になってようやく見張りが消えたことを確認し、念のために相方を家へ帰し、己は後で抜けてここまで駆けてきたこと。葦三と名乗る駕籠舁きは事の顚末《てんまつ》を話した。

「どういうことだ……」

源吾は頭が混乱してぶつぶつと呟いた。ふと見ると深雪は紙のように白い顔をしている。

「葦三だったな。追ってきた武士に何か特徴はなかったか」

「話しているのを聞いていないので訛《なま》りなどは分かりません。見てくれにも変わったことは……いや、待てよ」

「些細《ささい》なことでもいい。教えてくれ」

「見張りの武士二人とも軽い火傷《やけど》の痕が……」

「火消　侍《ざむらい》か」

「はきとは……」

葦三は言葉を詰まらせた。そこではっと思い出したように続けた。

「子ども三人は確か小諸屋と話していました」

「小諸屋……何か関係するかもしれないな。助かった。これからどうする」

「相方が心配だ。帰ります」

葦三は会釈をして夜の闇へと溶け込んでいった。

「旦那様……」

「もう帰っていることだろう。確かめてくる」

深雪を不安にさせまいと、出来るだけ明るい調子で言った。寝間着を着替えようとしたところで、耳朶《じだ》はまたこちらに近づいてくる跫音を捉えた。葦三が戻ってきたのかとも思ったが、その跫音が聞き覚えのあるものだと分かり、先んじてこちらから声を掛けた。

「左門か⁉」

「源吾、起きていたか」

源吾を新庄藩に引き入れ、今は盟友《めいゆう》ともいうべき折下左門である。

「丁度いいところに……」

左門は寝間着に一枚羽織っただけの姿で、息を切らしている。

「先刻、加賀藩邸から早馬が来た」

「まさか……」

「大音勘九郎殿の息女《そくじょ》、お琳殿がまだ戻らぬようだ。牙八らが方々を捜している らしい」

深雪がよろめくのを目の端で捉え、源吾は慌てて抱き留めた。

「大丈夫か」

「すみません……少し気が遠く……らしくありませんね」

「いいから寝ておれ。きっと心配ない」

深雪を布団に横臥《おうが》させて、源吾は再び土間に降り立った。

「どこへ行く」

「皆を叩き起こす。小諸屋にも行かねばならない」

「お主は深雪殿の傍へ。私が起こして、小諸屋まで馬で行く」

左門は源吾を家の中に押し込むようにして駆け出した。夜に馬を走らせるとなれば辻番に必ずや止められる。藩の外交官というべき御城使の左門ならば、藩主の火急の命《めい》と言って潜り抜けるだろう。

源吾はそれを見送った後、身を起こして心配させぬようにしている深雪の傍に行き、そっと白い手を握りしめた。

自宅に主だった頭が集まった。時刻は丑《うし》の刻（午前二時）ほどであろうか。

「こういう次第だ」

源吾が説明を進めるにつれ、皆の顔色も悪くなっていった。中でも彦弥は唇《くちびる》を血が流れるほど噛みしめて畳を強く叩いた。

「何回攫われれば気が済むんだ……」

「まだ攫われたと決まった訳じゃあねえ。それに駕籠舁きの話だと、追われていたのは男の子だったそうだ。二人は一度攫われた身、同じ目に遭《あ》わせてはならないと思ったんだろう」

彦弥は鬢《びん》を激しく掻きむしり、寅次郎が落ち着けとその背を叩いた。

「こうなれば先生が頼りです」

新之助はきちんと刀を差してきている。万が一には己の出番も来ると思っているのだろう。

「その男の子が誰かも解らないのです。当然、追手にも見当《けんとう》がつかない。手掛かりが少なすぎます」

思考を目まぐるしく巡らせているのか、考え込む時の髪を触る癖が顕著に出ている。星十郎に解らなければ、この場の誰にも解らない。

「左門が小諸屋から戻れば何かが解るかもしれねえ。待つしかない」

重苦しい雰囲気が漂い、星十郎は唸り続けた。

一刻経《た》った頃、蹄《ひづめ》の音が聞こえてきた。やがてそれは家の前で止まり、提灯を片手に持った左門が飛び込んできた。何とお鈴を連れてきている。身支度《みじたく》もろくにせずに飛び出してくれたのだろう。お鈴の髪は乱れていた。

「加持様……」

お鈴は転ぶようにして居間に上がり、星十郎の傍にへたり込んだ。

「お鈴さん。お話を聞かせて下さい」

「先日、知人の読売書きと言っていたのを覚えていますか」

お鈴は裾を摑まんばかりに迫る。

「はい。私に相談があると」

「それがその男の子、福助なのです」

福助の父が約束の期日を過ぎても戻ってこないこと。あの日、星十郎が駆け付けた火事で福助の家が燃えたこと。そこから小諸屋で預かっており、近く相談しようと思っていたこと。福助は日中一人で父を捜し歩いていること。昨日捜しに出た福助までもが戻らず、小諸屋としても奉行所に届けを出したこと。お鈴は一つずつ嚙みしめるように話してくれた。

黙考《もっこう》する星十郎に代わり、源吾は訊いた。

「お鈴、福助の父の名は？」

「文五郎さんという……」

「あいつか！」

源吾が突然立ち上がったので、お鈴は口を開いて見上げた。

「御頭」

星十郎の目が鋭《するど》く光る。何か思い当たることがあったのだろう。源吾は再度腰を下ろして膝をにじらせた。

「何か思いついたか」

「ある仮説が」

星十郎は髪を触るのを止《や》め、滔々《とうとう》と語り始めた。

「まず文五郎さんは火消専門の読売の書き手。つまり今回もどこかの火消についで聞き込んでいたはずです。それは恐らく、その火消にとって都合の悪いことだったのではないでしょうか。故に……」

「まさか……すでに……」

いつの間にか身を乗り出している新之助が声を詰まらせた。殺されている。それは源吾も過《よぎ》った最悪の事態であった。

「いや、まだそう決まった訳ではありません。なぜならば福助の家が焼けた火事は、その追手が引き起こした可能性が高いからです」

加賀鳶の詠兵馬は火付けであると言っていたらしく、偶然にしては出来過ぎている。文五郎自身が殺されても消せない証拠を残していたことが考えられる。故に文五郎の住む長屋を焼かねばならなかったのではないか。

「わざわざ焼かなくてもいいのでは？」

巨軀の寅次郎が体勢を変えれば床が軋む。

「長屋になかったので盗めなかった。それでもどこかに隠しているかもしれず、念のために焼き払った」

「では福助は何故《なぜ》狙われる」

左門も話の全容《ぜんよう》を摑んだようで疑問を投げた。

「物ではないのかもしれません」

皆が一斉に振り返った。そこには寝間着の深雪が立っていた。

「寝ていなければ――」

武蔵が言いかけるのを源吾は手で制した。

「深雪、どういうことだ」

「つまり福助さんこそ証拠。あるいはその証拠を隠した手掛かりを知っているのではないでしょうか」

「そんな危険なものを子に預けますか?」

彦弥は納得いかないようである。

「本人も解っていないのかもしれません」

「あり得ますね」

星十郎が頷きながら同意した。

「どこのどいつだ」

源吾は声を荒らげかけたのをぐっと抑えた。

「追手の火傷の痕から火消だとするならば……怪《あや》しい者が。火事場に駆け付けるまでの異常な早さもそれで納得がゆきます」

「まさか……」

あの爽《さわ》やかな顔の奥に、鬼を秘めているというのか。源吾はどうしても信じられなかった。

「仁正寺藩、柊与市」

星十郎が言った後、誰一人として声を上げようとしなかった。

雲雀《ひばり》の声が聞こえている。夜が明けようとしているのだ。源吾はすっくと立ち上がると雨戸を開けた。淡《あわ》い群青《ぐんじょう》の空が伸びており、遠くに冬を感じさせる張り詰めた風が吹く。

今すぐ駆け出して仁正寺藩上屋敷に行かねばならない。それは解っていたが、暗い心が足を床に貼り付けた。

――松永、今度はお前が怒鳴りつけてやってくれや。

鼓膜《こまく》にこびりついたしわがれ声が蘇《よみがえ》った。

「旦那様、信じているからこそ行って下さい」

ゆっくりと振り返る。そこには凜《りん》とした顔で見つめる深雪が立っていた。視線を下へと落とす。間もなく逢うことが叶《かな》う我が子も、そう言っているような気がした。

「岩本町へ行く」

源吾が宣言すると、配下一同力強く頷いた。

五

お鈴は深雪に預け、駆け足で岩本町近くの仁正寺藩上屋敷を目指した。早朝の、しかも突飛《とっぴ》な訪問は藩同士の軋轢《あつれき》を生みかねぬと、左門も同行する。

朝靄《もや》の煙《けむ》る江戸の町を男たちは疾駆《しっく》する。早朝から店先の掃除《そうじ》に出た丁稚《でっち》などは、皆の形相《ぎょうそう》に何事かと振り返った。

「先生、三人は逃げきれなかったのでしょうか」

新之助は刀に手を添えつつ前屈みで走る。

「解りません」

「捕まっていないとすれば、何故顔を見せないのでしょうか」

「それも……解りません」

星十郎は白い息を宙に弾ませた。

「もし、仁正寺藩に……」

「行けば解る」

源吾が遮った。与市が関与していないと信じている。しかし関わり合いがないとなれば、捜索は振り出しに戻ってしまう。複雑な心境を打ち消すように、脚を動かすことだけに集中した。

仁正寺藩上屋敷に辿り着くと、左門が皆を下がらせて中に向けて叫んだ。

「新庄藩御城使、折下左門と申す。朝早くの突然の来訪、平《ひら》にご容赦下さいませ。火急の用が出来し罷《まか》り越しました」

「当家は只今立て込んでおります……。出直して下さらないでしょうか」

小者であろうか。それほどの時を空けずに返答があった。しかし門は閉ざされて開く気配はない。

「柊与市に用がある！」

我慢できずに源吾が叫ぶと、暫くして一人の男が顔を出した。しかも取次の小者ではなく武士である。しかも一人や二人ではない。その後に明らかに鳶風の男たちが続き、次から次へとぞろぞろと出て来る。しかもその顔には何故か一様に怒気《どき》が籠っていた。

「火喰鳥……」

「えらい剣幕《けんまく》だな」

源吾は睨むように衆を見た。出てきた男たちは二十名以上。こちらが取り囲まれる形となっている。

「御頭に何だと」

「用がある」

源吾が睨み合う恰好になっているので、左門は急いで宥《なだ》めようとする。しかし同時に新之助はすでに刀に手を掛けており、武蔵、寅次郎は腕まくりをして備えている。彦弥は、早くお七を出しやがれと喚《わめ》くが反応はない。星十郎でさえ一歩も退かずに傍に控えていた。

「ふざけるな！　御頭をどこへやった⁉」

「何……」

話が全く嚙み合わない。そもそも朝早くから鳶が参集していることすらおかしい。

「昨夜、御頭は自宅に戻らなかった。そんな時にお前らが来た。これが偶然と言えるか！」

「どういうことだ……訳が解らねえ」

「まだ惚《とぼ》けるか！」

仁正寺藩の武士も刀に手を掛け、鳶は睨みをきかせて踏み出す。

「与市は武芸が達者のはずだ。俺がどうこう出来る訳ねえだろう」

「ああ。だがそっちには一刀流の麒麟児《きりんじ》がいる」

千羽一家が引き起こした火事に仁正寺藩も加わってくれた。その間に千羽一家が商家に押し込んだのを、新之助が一人で返り討ちにしたことも知っている。

「落ち着いて下され。こちらも人を捜《まじ》しているのです」

左門が間に入って身振り手振りを交えて説明した。左門は至極《しごく》丁寧に、順を追って話す。おかげで仁正寺藩の者どもの怒りも幾分和《いくぶんやわ》らいできた。

「どういうことだ……」

両藩、互いに声が重なった。

文五郎の子、福助が何者かに追われ、お七、お琳が巻き込まれて帰らない。そして柊与市も昨夜の出動を終えて一度藩邸に帰り、自宅に戻る途中に失踪したというのである。与市の弟妹《きょうだい》たちが心配して配下の家に訪ねて来て判明したらしい。この奇妙な符合に皆が戸惑っている。

往来には仕事に向かう人々が増え始め、何事かと振り返る。そのような時、新たに初老の男が門から飛び出してきた。

「人目に付く。中に入れ」

男は仁正寺藩の者たちの袖を引き、中へ引き入れようとする。

「源吾、我らも一度離れるぞ」

左門が言ったが、その男はこちらにも手招きした。

「ともかく中へ。拙者《せっしゃ》はここを預かる日野伝兵衛と申す者だ」

「御家老ですか！　皆、中へ」

左門に促されて皆が門の中へ入った。そこで伝兵衛はようやく安堵したように溜息を洩《も》らした。

「火消は血気《けっき》が盛んで困る」

「それは当家も同様でござる」

左門も胸を撫で下ろしている。早朝から屋敷の前で喧嘩など、一つ間違えば取り潰しになってもおかしくない。

「松永、本当に御頭を知らぬのだろうな」

仁正寺藩の火消侍が再度詰め寄った。

「知らん。お前らこそ何でそんなに早く火事場に来られるんだ」

源吾も負けじと言い返し、また伝兵衛、左門ともに慌てた。

「俺たちは全員が毎晩、転太寝《ごろたね》をしている」

　転太寝とは火消特有の眠り方である。長い丸太を枕に皆で連なって眠る。つまり自宅で待機するのではなく、常に屋敷に詰めていることにもなる。二人一組で誰かが必ず寝ずの番を行い、一度《ひとたび》火事が起これば掛矢《かけや》と呼ばれる大振りの槌《つち》で丸太を叩いて一斉に起こすのである。

「嘘つけ。今時、そんな寝方なんぞしてる奴がいるかよ」

　火消の歴史にも詳しい武蔵が吐き捨てた。

　まだ江戸の火消制度が整備されておらず、定火消しかいない黎明期《れいめい》に取られた方策である。八丁火消、所々《しょしょ》火消、町火消、方角火消、店《たな》火消、飛火防《とびひふせぎ》組合と綿密に整備されてからは、そのようなことをしている火消など皆無である。

「嘘ではない……」

　そう言ったのは家老、日野伝兵衛であった。

「どういうことですか？」

　左門が尋ねた。その時に気付いたが、仁正寺藩の火消どもは、皆この家老に不満の色を浮かべていた。

「当家の……いや、拙者のせいだ」

　日野は渋い顔になって語り始めた。

「──それは無茶だ」

全てを聞き終えた源吾の第一声はそれであった。仁正寺藩の殿様が番付を上げなければ、火消にかける費《つい》えを削減すると言った。それを与市は真っ向から受けたというのだ。この短期間で番付を上げるなど無謀極まりない。針《はり》の穴に糸を通すほどの可能性に賭け、「大物喰い」という手段に出たのである。

「どの家も色々あるって訳か」

新庄藩とて極貧の藩であり、己もあり得ないほどの予算で火消を立て直した。また京で常火消を務める淀藩も金欠、不正を正すために貧乏浪人であった野条弾馬を迎え入れた。仁正寺藩にも特有の事情があったということになる。

何故仁正寺藩がいかなる現場にも最速で駆け付けられたかは判明したが、与市が失踪した理由は一切不明である。自ら姿を晦《くら》ませた、あるいは何者かに攫われたかすらはきとしない。

「今、御頭が姿を消すなんてよっぽどのことだ」

与市の配下たちは口を揃《そろ》えて言う。番付上位の獲得のこともそうであるし、与市は多くの弟妹を養っており、命よりも大切と言って憚《はばか》らないらしい。

どちらにせよ、お七とお琳の情報はここで途切れた。仁正寺藩には悪いが、今は与市を捜す余裕は源吾らには無い。昨夜から夜通しで動いており、いくら屈強な配下とていつまでも無理は利かない。一度態勢を立て直すほかなかろう。

一同の頭上に重苦しい空気が漂う。それでも源吾は次の一手に考えを巡らせていた。とはいえ、牙八ら加賀鳶と合流して探索の網を広げる程度のことしか思いつかない。

にわかに門の前が騒がしくなった。折下左門がこちらに訪ねて来ていませぬかと喚いている。仁正寺藩の者はちょいと首を捻り、家老の日野伝兵衛の許可を得ると門を開けた。

「折下殿！」

飛び込んで来た男に見覚えがあった。新庄藩の小納戸役《こなんどやく》を務める肥塚幸太郎《こえづかこうたろう》という若侍である。その形相《ぎょうそう》からただ事でないことが窺える。これ以上の不幸が出来したかと、新庄藩一同唾を飲み下した。

「どうなされた。今、申すべきことか」

仁正寺藩の者たちの前で話してよいことかと釘《くぎ》を刺す。さらに狼狽《うろた》えた姿は見せられぬと考えているのだろう。左門の声色は常《つね》の通りであった。

「お琳殿、お七、福助の三名、帰りましてございます！」

「無事か!!」

源吾が思わず吼えた時、配下もまた口々に同じように詰め寄った。

「転んで出来た傷《きず》のみとのこと。大事はありませぬ」

幸太郎は相好《そうごう》を崩した。それで彦弥は全身の力が抜けるように天を仰《あお》ぎ見た。

「して、三人で戻ったのか？」

安堵に終始する皆の中、左門は問いを重ねた。

「いえ……それが。さる御方が送り届けて下さいました」

「申せ。その御方の手柄ゆえ憚ることはない」

幸太郎は何故か源吾を見た。己の知人だというのか。

事態は不可思議に動きつつある。顔が緩む新庄藩の者と対照的に、仁正寺藩の者たちの面持ちは暗い。源吾が非礼を詫びると、日野伝兵衛は互いに状況が状況であるため無理もないと答えてくれた。仁正寺藩の火消の中には頭を抱える者、自身の腿《もも》を激しく殴打《おうだ》する者、皆が不安に包まれている。

第四章　鬼は内《うち》

一

　お七、お琳が福助を伴って走り、半刻ほど経《た》った。何故《なぜ》手近な商家に飛び込まないか。福助はそう言ったが、これには二人ともが反対をしたのである。

「世の中にはね、逃げ込んだ先の人もまとめて殺してしまえって、大悪人がいるの」

　お琳はそう答えた。

「私たちみたいな子ども相手にあの追い方は普通じゃあない。何でもするよ」

　お七も同じ考えである。二人は一度「大悪人」たる者たちを見ている。その目の奥に潜んだ闇に、身も心も震わせた。追手は福助そのものを求めているのか、はたまた福助の持ち物を求めているのかは解《わか》らない。どちらにせよ商家に逃げ込めば、福助がその場を去った後も付け狙《ねら》われる羽目になろう。

幸い追手は撒《ま》いたようではある。あとは逃げ込む先を間違わなければよい。

「奉行所ね」

お琳の考えはまず真っ当であろう。

「もう日が暮れるけど、受け入れてくれるかな？」

「大丈夫。奉行所には常に夜番がいる」

お琳は何事にも詳しかった。

「福助、本当に何か身に覚えはないの？」

奉行所に向かう間、お七は半《なか》ば怒り気味に尋ねた。

「いや。何も……」

「福助の家を燃やした下手人は奴らとみて間違いないわね。お父上のお名前は文五郎さんだった？」

お琳は福助を顧《かえり》みた。

「江戸一の読売の書き手だ」

「きっと、何か重大なことを知ってしまい、相手に捕まった……」

「じゃあ、おっ父《とう》は――」

声を詰まらせる福助に、お七が声を掛けた。

「確かじゃないけれど、まだ無事じゃないかな……ねえ、お琳？」

「うん。殺して済む話なら、家も焼かないし、福助を狙う意味もないでしょう？　つまり下手人はまだ証拠を消し去れてないってこと。お父上は家以外にも隠し場所を持っているってことはない？」

これには福助はすぐに答えた。

「江戸の三か所に『出城《でじろ》』がある」

出城というが大層なものではなく、その実態は長屋の一部屋を借りたものである。対象がいつ何時《なんどき》、いかなる場所でも起こる火事である。見聞きした後、すぐに記事を仕上げなくては他の読売に先を越されてしまう。そこで本拠を含めて江戸の東西南北にそうした出張所を用意しているらしい。

「福助はその場所を知っているの？」

お七は幾分声を和らげた。

「いずれは読売書きを継ぐつもりで……」

お七とお琳は顔を見合わせて頷きあった。辺りはすっかり暗くなっており、互いに表情までは解らないが、同じことを考えているに違いない。

「追手は福助からその場所を聞き出したい。もしくは福助を人質にして、お父上に話させたい……と、いったところね」

「お前たち……すげえな……」

福助はただただ驚いている様子である。

「私たちも怖い目にあったから。色々考えてしまうの。ね？」

お七はお琳に顔を向けた。普段は加賀だ新庄だと言い合いばかりしているが、このような時、不思議と二人の息は揃《そろ》う。

「伊達《だて》に修羅場を潜《くぐ》ってないからね。まあ、うちは加賀だけど……牙八の口癖が移ってしまった」

お琳は口惜しそうでありながら、くすりと笑った。

そのようなことを話しているうち、桜田門に差し掛かった。番士がおり夜の行き来は咎められる。この門番に助けを請うことも考えられたが、お琳は了《りょう》としなかった。

――全ての者を救える訳ではない。だが、一度救うと決めれば、命を賭《と》して全《まっと》うすべきである。

という父大音勘九郎の教えを実践するつもりであるらしい。

「何だね。もう遅い。家に帰りなさい」

年嵩《としかさ》の番士が優しく話しかけた。

「火急《かきゆう》の用で奉行所に行かねばなりません。お通し下さいませ」

お琳は急に大人《おとな》ぶった口調で言う。

「大人と来なさい」

若いほうが追い立てるように言った。

「子ども扱いなさいますか。奉行所に火急の用と申しているのです」

武士にこのように言い張るのは、お七のような町人にとってはどこか本能的な恐ろしさを感じる。それは福助も同じようですでに諦めたか、お琳の袖をそっと引いた。しかしお琳は引き下がらない。

「いかにすれば通して頂けますか」

「たとえ子どもだとしても、身元もはっきりしないのでは通せぬ」

「身分ならはきと明かせます」

「いや、明かしてもだな……」

若いほうが苛立《いらだ》つのを、年嵩が間に入った。

「お嬢ちゃんはどこの御方だね？」

「加賀中納言《ちゆうなごん》家中、人持組《ひともち》、大音勘九郎が息女、琳と申します」

「なっ——」

陪臣とはいえ思いのほか大家であったため、番士二人は吃驚した。お琳はなおも畳みかけるように続けた。

「将軍家のお膝元において、由々《ゆゆ》しき事態が出来致しました。急ぎにて私が参った次第、お通し下さいませ」

「し、証拠は……」

「これに」

お琳は懐から風呂敷を取り出した。主君から拝領したもので前田家の梅の家紋が染められている。内々では使わぬが、外に使者が発《た》つ時、大音家はこれを使うことを許されている。此度《こたび》はこれに「ころころ餅」を包んで参上したのである。

「お通し下さいますね」

「むう……よいでしょう」

なおも若いほうは抵抗を見せていたが、年嵩は加賀と揉め事はまずい。通したとしても所詮《しょせん》は子どもと宥《なだ》めて通してくれた。

「流石お姫様」

暫《しばら》く行った後、お七はぽつんと言った。

「使えるものは何でも使うの」

「私たちとは違うってよくわかったわ。ねえ？」

お七は揶揄《からか》うように言い、福助はこくりと頷く。御曲輪内《おくるわうち》に入ったことで心にも随分ゆとりが生まれている。奉行所にも間もなく辿り着くのだ。

「そう思っているなら、少しは優しい口を利けば」

「それとこれは別」

「そう言うと思った」

何故だかお琳の声は弾んでいるように聞こえた。

「おい……」

福助が低く言って、和《なご》やかな空気が一変した。複数の跫音《あしおと》が聞こえるのだ。振り向くと大きな影が揺れながら迫っている。五、いや十近い男たちである。初めは別の用向きの者たちかとも思ったが、お七は背筋に冷たいものを感じた。

「私たちだ」

「何でここが……」

お琳は茫然とその影を見つめている。お七とは比べられぬほどの知恵を持っているお琳であるが、自身の想定の枠を超えれば脆《もろ》くもなるらしい。

「いいから、逃げるの！」

お七が叫ぶと同時に、三人は再び駆け出した。奉行所まで逃げ遂《おお》せるか。お七は背後を見た。やはり追手の数は十近い。どういうことか顔を頭巾《ずきん》で覆《おお》っている。

「あんな怪《あや》しい恰好で……」

お琳も振り返り、途切れ途切れに言った。確かにそうである。顔を覆ってこの御曲輪内を疾駆《しっく》するなど、曲者《くせもの》と思われ、反対に捕らえられてもおかしくないのだ。

その時、鼻緒《はなお》が切れてお琳が派手に転んだ。お七より早く、福助が駆け寄って引き起こす。

「お前たちは奉行所へ。俺が引き付ける」

追手の狙いは福助でもはや疑う余地はない。福助は囮《おとり》を買って出た。

「駄目、皆で……」

お琳が言いかけた時、お七の脳裏《のうり》にあることが閃《ひらめ》いた。

「誰かーー！　助けて!!」

助けを求める。この至極《しごく》当たり前の方法が何故か抜け落ちていた。声を出せば追手が気付き、まわりを上手く言いくるめて攫うかもしれない。そんなことから知らず知らずのうちに選択肢から外していたのかもしれない。

追手たちの脚が速まった。町人地ならまだしも、ここは武家の本拠ともいうべき場所である。この事態が露見すれば、言いくるめることなど誰にも出来ない。

お七はなおも必死に叫ぶが、追手たちはもう二十間を切った。諦めて再び駆けようとした時、辻からぬらりと一人の男が姿を現した。

「助けて！」

お七は言ったそばから後悔した。男は何も言わずに近づいてくるのだ。追手の仲間かもしれない。仮にそうでなくとも、たった一人では十名からの追手にすぐに斬り殺されてしまうだろう。

「どういう事態だ。こりゃあよ」

男がようやく口を開いた。悠長《ゆうちょう》な調子である。

「追われているの！　誰か助けを！」

すでに追手は迫り来て、三人を挟んで男と睨み合う恰好となった。

「てめえら、こんな子どもを追いかけるなんざ、どういう了見だい」

恰好は立派な武士である。しかし男の口調は御頭も真《ま》っ青《さお》な伝法《でんぽう》なものであった。

「当家の姫様を奉公人の子が勝手に連れ出した故、こうして追っている次第」

嘘。お七がそう言おうとするのを、男はさっと手で制した。その手に何か握られており、それが月明かりを受けてきらりと光った。

「下らねえ嘘を。将軍《だんな》の足元で顔を隠すなんざ、とてもまともとは思えねえぜ」

追手たちは銘々《めいめい》目配せをすると、覚悟を決めたか一斉に抜刀した。三人が震えあがって身を寄せ合うが、男はおうおうと面白がっているような声を上げつつ足を進め、立ちはだかった。

「奉行所へ！」

男が雷撃の如《ごと》く鋭く叫ぶ。

「はっ！」

男が姿を見せた辻から声が飛んできた。男にはまだ仲間がおり、辻に潜ませていたのである。追手たちに明らかに動揺が広がった。

「さあ、煙草《たばこ》を二、三服する間に捕方《とりかた》が来るぜ」

男は先ほどの光るものを、ぽんと左手に打ち付けた。そこでようやくそれが煙管《きせる》だと気が付く。しかも御頭が持っているものとそっくりではないか。このような時ながら、お七は考えた。

「この数相手にそれほどもつか」

追手の一人が覆面のせいでくぐもった声で言う。

「見たところ皆、そこそこ遣《つか》うようだ。勝てやしねえな」

えっと三人は声を上げた。それでは結局何も変わらないのだ。

「だがよ、首になっても齧《かじ》りついて時を稼いでやるさ」

男は煙管を懐に捻《ね》じ込むと、すらりと刀を抜き放った。一対十、圧倒的に追手のほうが優勢であるはずなのに、男の気迫に押されたか後ずさりする者までいた。

「こ、こいつは……本所《ほんじょ》の……」

追手の中に男を見知った者がいたらしい。

「悪人ばかりに名が通りやがる……さあ、あと一服ってとこかい」

男は臆することなく睨みまわすと、不敵《ふてき》に笑った。

「駄目だ……退くぞ」

首領格であろうか、一人が言って刀を鞘《さや》へ戻すと、全員が大きな黒旋風《つむじ》のようになって走り去った。男はそれを見届けてふうと溜息をつくと、ようやく刀を納めた。

「ありがとうございます」

お七に続き、お琳、福助と繰り返し礼を述べた。

「何でこんなところに……子どもだけでいる。父ちゃん母ちゃんは心配しているだろう」

男は眉を八の字にして、順に頭を小突《こづ》いてきた。

「実は……」

お七が語り出そうとすると、お琳がそっと袖を引いて止める。そして男に向けて尋ねた。

「お名前は」

男は懐からまた煙管を取り出して手に打ち付けた。

「俺かい。長谷川平蔵ってもんさ。何か込み入った事情がありそうだ。俺の家に来な。後で送り届けてやる」

煙管が同じだからか。いや、それ以外もどこか御頭に似ている。そう思った時には、お七は知らぬ間に頷いてしまっていた。月の明かりを全身に受けて背伸びする様は、先ほどまでが虎ならば、こちらは自由奔放《ほんぽう》な猫のようであり、妙に可愛らしく見える。

二

「よう」

自宅に飛び込むと、深雪よりも早く声を掛けた者。それが長谷川平蔵であった。

「お前がお七たちを助けてくれたと聞いて驚いた……何でまた御曲輪内に」

「田沼《たぬま》様に呼ばれた帰りさ。俺だけじゃねえぜ」

平蔵は掌《てのひら》を宙で滑らした。

「ご無沙汰《ぶさた》しております」

「石川殿も……」

「どなた様で？」

後ろの新之助が小声で尋《たず》ねる。

京で行動を共にした先代平蔵の与力《よりき》である。今の平蔵の与力になることを望み、田沼にそれを許されたらしい。平蔵が追手を遮《さえぎ》っている間、喜八郎は奉行所に駆け込んでくれたという。

源吾はちょこんと正座をして項垂《うなだ》れている三人の元に行くと、

「馬鹿野郎！」

と、思い切り怒鳴《どな》りつけた。

「旦那《だんな》様！」

「松永！」

深雪と平蔵の声がちょうど重なったので、源吾も思わず二の句を継げなかった。深雪と平蔵は譲《ゆず》り合う恰好となり、まずは平蔵が口を開く。

「お前よ、まずは喜んでやれよ」

「だが……」

「それじゃ折角《せっかく》子どもが生まれても上手《うま》くいかねえぜ」

平蔵が目配《めくば》せをして、深雪が話し始めた。

「長谷川様の申される通りです。この子たちも反省しています。それに人を助けようとして、このような次第になったのです。訳も聞かずに頭ごなしに怒鳴るなど、父親にはなれません」

「そうか……」

「嬉しくねえはずがねえだろ」

平蔵が苦笑しつつ言う。

「ああ……皆、よくぞ無事だった」

源吾が言うや否や、三人ともわんわんと声を上げて泣いた。新之助、彦弥、寅次郎に星十郎、武蔵、皆が順に寄り添って無事を喜んだ。

平蔵は自宅に連れて帰ると、まずは食事を与えて眠らせた。朝から事情を聞いていると、どうやら源吾の知人だということが分かり、ここに連れてきたという訳であったらしい。

「御頭《おかしら》、話があるの」

お七が口火を切り、お琳と視線を交《まじ》わらせた。

「逃げている時に考えたことがあります」

お琳は力強い眼差《まなざ》しを向け、三人で逃げている時に考えた推理を話し始めた。

文五郎は、あの追手の一味が秘匿《ひとく》する何かを知ってしまったことで囚《とら》われた。そして、文五郎が隠した悪事の証拠を隠滅出来ないからこそ、福助を人質にしようとしているのではないか。現に文五郎が複数の隠れ家を持っていたことは、福助だけが知っているという。

源吾は逃げている時によくそれだけのことを考えたと感心してしまった。

「お見事です」

星十郎でさえ、唇《くちびる》を巻き込んで驚きの顔を作った。

「福助……文五郎は何を調べていたんだ」

源吾もそこにこの事件の核心《かくしん》があると思っている。

「俺は何も知らないんです」

福助は俯《うつむ》き加減で答えた。彦弥が吐き捨てるように言った。

「それにしても、馬鹿げた奴らじゃねえか。覆面で御曲輪内を闊歩《かっぽ》するなんてよ。もし見咎《みとが》められたらどう言い訳するつもりだったんだ」

寅次郎もなるほどと視線を上にやる。

「夜、門は固められるはず……そもそもどうやって入ったのでしょう。その時には覆面をしていなかったにせよ、大人数じゃあ止められそうなものですが」

新之助が次に喋《しゃべ》り出す。

「一人ずつ、順に入った……とか？」

これにはすかさず武蔵が首を振る。

「そうなると何故《なぜ》お七たちが御曲輪内にいると分かったんだ。分かってから、一人ずつ入れては間に合うはずもねえ」

　その様子を見て、平蔵は不敵《ふてき》に笑いつつ言った。

「いつもこんな調子かい。火盗改《かとうあらため》も真《ま》っ青《さお》じゃねえか」

「全くですな」

　喜八郎も感心したようである。

「星十郎、どうだ」

　源吾は満を持《じ》して星十郎へ振った。ずっと髪を触《さわ》っていた手が先刻より止まっている。

「今の話全て、私も気に掛かることではありました。そこから導かれることがあります」

　こうなれば星十郎の独擅場《どくせんじょう》であり、皆押し黙って耳を傾ける。

「まず文五郎さんは火事専門の読売《よみうり》書き。つまり調べていたのは火消《ひけし》。文五郎さんは何か大きな秘密を知り、囚《とら》われたというのは私も同じ見立てです。文五郎さんは自《みずか》らの命を守るため、証拠を隠していると言ったのでしょう」

　そこで文五郎の家が狙《ねら》われた。隠し場所は解らない。畳の裏、壁の中、様々なことが考えられる。下手人《げしゅにん》は長屋の探索は人目につくと恐れ、長屋ごと焼き払うことにしたに違いない。

「しかし、文五郎さんは他の隠れ家があると言い、また延命《えんめい》を図った。またそれは事実であったことから、責めを受けたことでしょう。しかし口を割れば用済みとなる。文五郎さんは決して話さない。そこで、福助を人質に取ることを思いついた。火傷《やけど》の痕《あと》がある男というのも符合《ふごう》します」

星十郎は目を細めつつ頭の中を探るように話し続けた。

「まず、御曲輪内で追いついた下手人ですが、そもそも中にいたのでしょう」

「え？　でもどうしてお七ちゃんたちが入ったことを知ったのです？」

新之助の疑問はもっともである。

「懇意《こんい》にしているか、金子を渡しているか……どちらにせよ下手人は番士と顔見知りということです」

「くそっ！　そいつらがお七たちを……」

立ち上がって今にも向かおうとする彦弥を、星十郎は宥《なだ》める。

「いえ、ただ子どもが入れば報《しら》せるようにと言ったのではないでしょうか。彼らも奉行所に駆け込まれることは最も恐れていたでしょう」

星十郎は「彼ら」と言った。すでに目星《めぼし》がついているのかもしれない。

「御曲輪内に元々おり、頭巾《ずきん》をかぶり走り、止められても言い訳がたつ者。なおかつ皆が相当の剣の腕であること。これら全てを紡《つむ》ぎ合わせれば、一つの答えに辿《たど》り着きます」

「本気で言っているのか」

源吾としても別に好いた相手ではない。ただ相手も腐っても火消、にわかには信じられない。

「はい。八重洲河岸定火消《じょう》と見ます」

確かに八重洲河岸定火消は御曲輪内に居《きょ》を構える唯一の火消である。また頭巾をかぶっての疾駆《しっく》も、火事が起こったといえば言い逃れ出来る。中に住まうのだから番士と懇意でもおかしくない。

星十郎は少し迷ったようだが、意を決したように言った。

「最後に……柊与市殿の不意の失踪。これも八重洲河岸に大物喰いを仕掛けた翌日。偶々《たまたま》とは思えません」

「つまり……与市も八重洲河岸が隠す何かを知ったって訳か」

星十郎は鋭《するど》い目つきで頷《うなず》く。なるほど、そうなれば北紺屋町という管轄《かんかつ》外に拘《こだわ》ったこともおかしい。管轄を担当するよ組さえ排除したことも疑わしく思えた。

そこに与市は奇襲をかけて何かを見た。それこそが文五郎の摑《つか》んだ何かと同じではないか。

「北紺屋町でもあの有様ですよ……界隈《かいわい》ではあいつらはまさしく菩薩《ぼさつ》です。不用意に仕掛ければ、こっちがしっぺ返しをくらう」

武蔵はこちらの顔色を窺《うかが》った。

「どうする」

平蔵が地を這《は》うほど低く言う。

「どうせ元は嫌われもんさ。昔に戻るだけだ」

源吾が言うと、平蔵も不敵に微笑《ほほえ》んだ。

「乗りかかった舟だ。俺も力になってやるよ。仏のような面《つら》だけ見せる奴はどうも信用ならねえ」

話がまとまった時、まさしく滑り込むように入ってきた男がおり、皆の視線が一斉に注がれた。牙八である。左門が加賀藩に無事を報せてくれたのである。

「お姫様《ひいさま》!!」

牙八は皆を無視して上がると、お琳に向かって吼《ほ》えた。

「危ないことは止《や》めて下さいとあれほど！」

「牙八さん！」

深雪が一喝《いっかつ》すると、牙八は肩をぴくんと動かした。深雪には頭の上がらない牙八である。深雪は滔々《とうとう》と先刻の源吾に言ったのと同じことを説《と》いた。

「お内儀《ないぎ》はおめえには勿体《もったい》ねえぜ。なのに祇園で……」

お前が誘ったのだろうと言いたいが、それも口に出来ず、にたにたと笑う平蔵を睨《にら》みつけた。

「そうそう。長谷川様、その時の話を詳しく……」

いやらしく平蔵の傍《そば》に寄る新之助の脇腹を、源吾は思い切り肘《ひじ》で突いた。ぐえっと牛蛙《うしがえる》のような声を出し、新之助は舌を出す。深雪は懇々《こんこん》と牙八に説教をしており、幸《さいわ》い気付いていないようである。

お七とお琳が見つかった安堵《あんど》から一時皆の気が緩《ゆる》んでいるが、文五郎や与市のことは何ら解決していない。この不可解な事件の真相がどこにあるのか。源吾の脳裏《のうり》はすでにそれに覆《おお》われた。星十郎もまたそれを考えているらしく、深刻な表情で髪を触り続けていた。

三

翌日から新庄藩火消は手分けして真相に迫ることにした。源吾と星十郎は北紺屋町での聞き込み、新之助と彦弥は福助から聞いた文五郎の隠れ家の探索、武蔵と寅次郎は仁正寺藩にさらに詳しい事情を聞きに向かった。

星十郎が擦《こす》れるような声で言った。

「御頭……ずっと考えていたのですが、急いだほうがよいかもしれません」

「与市だな」

星十郎は気付いていたかと頷く。

「文五郎さんはともかく、柊様は……もう遅いかもしれません」

弱みを握られている文五郎は始末出来ない事情がある。しかし与市にはそれがない。考えたくはないが、すでにこの世にはいないかもしれないのである。

「本当に与市は消されたと思うか?」

源吾は与市がそうやすやすと命を落とすとは思えなかった。

「では何故、柊様は仁正寺藩屋敷に戻らないので?」

「怪我《けが》を負ったという筋はどうだ」

「意識を失うほどの大怪我なら分かりますが、通常ならば無事を告げることぐらいは出来るはずです」

源吾の仮説を星十郎は潰《つぶ》していく。こうして真実に近づいていくことは珍しくはなかった。

「では告げられない事情があればどうだ」

「ふむ……弟、妹に累《るい》が及ぶのを恐れたと。しかし疑問は残ります。何か重大な秘密を知り得たならば、なぜ目付《めつけ》に報告しないのでしょう。それで一件落着となりませんか」

「目付ねえ。信用出来るか？」

「なるほど」

星十郎もその発想はなかったようで眉間《みけん》に皺《しわ》を寄せた。

当代平蔵がまだ銕三郎と呼ばれていたころ、許嫁《いいなずけ》のお梅《うめ》が旗本から乱暴を受け、自害を遂《と》げるという事件があった。当時調べにあたった石川喜八郎は下手人を突き止めたが、目付はおろか幕閣《ばっかく》まで賄賂《わいろ》を受け取り、事件をもみ消そうとした。この悪事は先代平蔵と田沼意次《おきつぐ》により表沙汰《おもてざた》となったが、腐敗した官吏《かんり》というものは今なお多いはずである。

「与市は目付に報じた……が、それで襲われたのならばどうだ」

「当座の間、身を隠す他ないかもしれません」

「目付が信用ならないとなれば、小藩の一《いち》火消頭が誰を頼れってんだ。戻れば付け狙われるかもしれない」

「しかし目付が籠絡《ろうらく》されているとは、ちと飛躍しすぎではありませんか？」

星十郎からしてみれば、些《いささ》か乱暴な推理と思えるのだろう。

「ずっと気になっていたことさ。奴ら裕福《ゆうふく》過ぎる」

「定火消ですよ？」

定火消は他の火消と異なり、人員についての掛かりは全て幕府から頂戴《ちょうだい》している。さらに別途、火消道具などを揃《そろ》えるために金を下賜《かし》される。つまり他家に比べて随分余裕のある台所事情ではある。それでもなお、奇異《きい》なことを源吾は感じていた。

「士分《しぶん》の全員が革羽織《かわばおり》、半纏《はんてん》も二重刺子《ふたえさしこ》の一等品。鳶口《とびぐち》、玄蕃桶《げんばおけ》、刺叉《さすまた》は加賀よりも立派に見える。竜吐水《りゅうどすい》にいたってはあの平井利兵衛工房の六式、七式だぜ。幾ら何でも金がかかりすぎだ。元定火消の俺が言うんだから間違いねえ」

「その観点はありませんでした。つまり……」

「他に、金蔓《かねづる》があるに違いねえ」

「それが文五郎さん、柊様が知ったこと……何でしょう」

「それを調べるのさ」

北紺屋町の火事の被害は殊《こと》の外《ほか》大きく、十数軒の商家、長屋が全焼の憂《う》き目にあった。未《いま》だ消炭《けしずみ》になった木材や瓦礫《がれき》が積み上がり、その片づけに追われている。一人の親爺《おやじ》を捕まえて源吾は丁重に尋ねた。

「もし、この辺《あた》りにお住まいか」

武士にしては腰が低いと思ったか、親爺は恐縮した素振《そぶ》りを見せた。

「ええ。ご覧の有様《ありさま》です」

親爺はやるせない表情で溜息をついた。

「ここの火事は八重洲河岸の御面々が消したとお聞きしたが」

親爺の顔がぱあと明るくなり、口元に深い皺が浮かぶ。

「その通りでございます。此度《こたび》も進藤様が出張って下さったのです」

「此度も？」

星十郎が引っ掛かる。

「はい。北紺屋町は明和の大火以外では、十数年に亘《わた》って火事はございません。昨年の暮れ、小火《ぼや》がありましたが、その時も颯爽《さっそう》と駆け付けて下さいました」

「よ組の管轄のはずじゃあないのかい？」

源吾が割って入ると、親爺は得意げに鼻を鳴らした。

「北紺屋町には進藤様の別宅があるのですよ。故《ゆえ》に我らも菩薩のご加護を受けることが出来る」

「へえ、初耳だ。妾《めかけ》でも——」

星十郎が袖《そで》を引いて止めた。この界隈《かいわい》での進藤の人気は異常である。危うく口を滑らせかけたが、少しでも貶《おとし》めることは避けるべきであろう。星十郎はこほんと咳払《せきばら》いをして仕切り直した。

「進藤様がお住まいならば、北紺屋町の方々も御安心でしょう」

「そりゃあ……でも、進藤様は滅多《めった》にお越しになりません」

「では何のための別宅なのでしょうか」

そこで初めて親爺は訝《いぶか》しんだ顔になるが、星十郎はすかさず付け加えた。

「実は我らは四国《しこく》のさる藩の者です。此度、火消組頭取《とうどり》を拝命したのですが、お恥ずかしながら火消の何たるかを知りません。故に高名な進藤様のやりようを真《ま》似《ね》出来ればと、こうして忍んで参った次第」

親爺はなるほどと手を打って饒舌《じょうぜつ》になった。

「定火消は三つの組に分かれ、一組が非番になります」

「なるほど」

源吾は勿論知っているが、知らぬ振りを決め込んで大仰《おおぎょう》に頷いた。

「八重洲河岸の屋敷は他の定火消と異なり、将軍様のお膝元《ひざもと》。お濠《ほり》の内側。お歴々《れきれき》が住まう近くでは気が休まらぬと、非番の者が使える屋敷をお買いになられた。大名家における下屋敷のようなものですな」

親爺は最後にゆくにつれ声を潜めた。大名と異なり、旗本は中屋敷も下屋敷も持てない。非公式のものであるためであろう。

「まあ、そう珍しいことではないですな」

源吾はそう答えた。これに関しては本心である。旗本の中には自身の屋敷の他に、別宅を構えて妾を囲っている者もいる。これを一々《いちいち》咎めていれば大抵《たいてい》の旗本は罪に問われることになってしまう。

「その別宅はどこに？」

星十郎が訊くと、親爺は実に残念そうに言った。

「北の外れにありましたが、此度の火事で……ただ進藤様は折《おり》を見て再建すると仰《おつしや》って下さいました」

星十郎と視線を合わせ、頷き合った。北の外れは、仁正寺藩が乱入した地域である。この別宅に秘密がありそうに思えた。

その時である。瓦礫を薦《こも》に入れて運んでいた中年男があっと声を上げた。

「火喰鳥！　ぼろ鳶じゃねえか！」

「えっ――」

それまで人よさそうに話してくれていた親爺の顔も一変する。

「まずいな……」

みるみる周囲から人が集まって来る。

「何か企《たくら》んでやがるのか」

「進藤様のことを探るとはどういう了見《りようけん》だ」

などと、声を荒らげて迫ってくる者もいる。まさかここで袋叩きにはなるまいが、罵声《ばせい》は時を追うごとに増え、源吾は苦々《にがにが》しく見回した。

「大層《たいそう》な人気で」

ぶっきら棒に言い放つと、ぐいと人混みを分けて歩み出した。星十郎も足早にそれに続く。やはりこの近辺の者たちは、進藤を始めとする八重洲河岸に全幅の信頼を置いているらしい。

追い縋《すが》ってなおも罵《ののし》る者、八重洲河岸に報告に行くのだろう、御曲輪内に向かって駆け出す者もいた。

「早く離れましょう」

星十郎は背後を振り返りつつ覗《うかが》った。

「ああ。まだ面倒は御免だ」

このまま北紺屋町から出ようと、お濠沿いに北上し、五郎兵衛町《ごろべえちょう》に入ったところで源吾は次の目的地を告げた。

「秋仁に会いに行く」

北紺屋町は元来《がんらい》よ組の管轄である。武家火消としては桑名《くわな》松平家の管轄であり、八重洲河岸定火消がその一部を掠《かす》め取った恰好になっているのだ。その経緯《いきさつ》を聞く必要があった。

不意の訪問者に、よ組は驚いたようだが、方角《ほうがく》火消として尋ねたい儀があると言ったことで、中に通されて待つこととなった。近くに住む秋仁を呼びに走ったらしい。

四半刻も待たずして襖《ふすま》が開いた。秋仁である。

「松永の旦那」

「突然、すまねえな」

「八重洲河岸《の》の連中のことですね」

秋仁は呑み込みが早く、腰を落ち着けた。

「ああ。どういう経緯なんだ」

「明和の大火で、このあたりが大きな被害を受けたことはご存知《ぞんじ》ですね」

秋仁は浮き出た鎖骨《さこつ》を撫《な》でつつ言った。

「飛火から手の付けられないようになったとか」

「ええ。うちの副頭の安次郎《やすじろう》も逝《い》っちまいやがった」

天井へ目をやりつつ、秋仁は哀《かな》しげに零《こぼ》した。

よ組の副頭、安次郎は当時の番付では西の前頭《まえがしら》十二枚目。甲高《かんだか》い声と、頭の異名《いみょう》が「蝗《いなご》」であることと合わせて「鈴虫《すずむし》」安次郎などと呼ばれていた。その安次郎は崩れ落ちた梁《はり》が頭に直撃して絶命した。優秀な火消ほど死地に踏み込んでしまう。故に明和の大火では多くの番付火消が散り、安次郎もその一人であった。

「北紺屋町は安次郎に任せていた地なのですよ」

「なるほどな。それと八重洲河岸がどう関係する」

「せっかちはいけねえ。順を追って話します」

焼け野原となった北紺屋町に、八重洲河岸定火消が新たに土地を買って別宅を建てたのはその頃であるらしい。八重洲河岸の面々は北紺屋町の復興に尽力し、近隣から絶大な信頼を得ていった。

「北紺屋町の人々と安次郎は良い関係だった。その安次郎が欠けたのを見計らったように、流入してきたって訳さ」

と、秋仁は唇を前歯で撫ぜた。

「小火があったと聞いたが？」

「ああ。その時に初めて俺たちは、北紺屋町を『取られた』と悟った」

八重洲河岸の連中は周囲を封鎖し、よ組を立ち入らせようとしなかった。それに腹を立てた秋仁は、力ずくで侵入しようとしたが、その界隈の者はすでに八重洲河岸定火消の味方となり、口惜しくも諦めざるを得なかった。

「何が目的なのでしょう……」

星十郎でさえ霧《きり》の中を行く心地なのだろう。

「これは噂《うわさ》なのですが……」

秋仁はそう前置きして続けた。

「進藤の野郎、四谷門外の塩町にも別宅を買うらしいのです」

「何て羽振《はぶ》りだ」

源吾が考えていた以上に、八重洲河岸の懐《ふところ》は温かいと見える。

「これは俺の推測に過ぎねえが……進藤は御直参《ごじきさん》を狙《ねら》っているんじゃないだろうか」

進藤は本多大学の用人《ようにん》、つまりは大名家における家老の立場である。陪臣《ばいしん》ではあるが、八重洲河岸定火消即《すなわ》ち進藤内記というほど著名な火消であった。

「主家の乗っ取り……」

「いや、そこまではいかずとも、一家を興《おこ》したいと思っている。進藤は御曲輪内に住まう大家《たいけ》とも懇意にしているっていうから、無い話じゃねえと思う」

源吾が唸《うな》る中、星十郎は何かを思いついたようで顔を上げた。

「秋仁さん、八重洲河岸は明和の大火以前から、裕福だったのでしょうか」

「ああ。加賀宰相《さいしょう》にも劣《おと》らないあの竜吐水。俺たち町《まち》火消じゃ、逆立ちしても手に入らない」

「少しお訊きしても？」

秋仁が頷くのを見届けると、星十郎は問いかけた。

「先ほど四谷門外に別宅と仰《おつしや》いましたが、町方は面倒な武家が入るのを好まぬはず。そうすんなりと買えますかね？」

秋仁は不足だったかと説明を始めた。

「一月《ひとつき》と少し前、四谷塩町で火事があったのは知っていますか？」

「何者かが屋根に火を放ったという……」

源吾らが京から戻る前のことで、寅次郎が付けてくれていた記録に目を通したのだが、確かにそのような火事があった。

「あれにどこよりも早く駆け付け、あっと言う間に火を消したのが八重洲河岸の連中です」

屋根に火を投じるという変わった火付けであったが、その日は風が強かったということで横に火が走り、まるで連《つら》なる屋根に朱《しゅ》をぶちまけたような光景になったらしい。

内記は大量の竜吐水を使うだけではなく、配下に命じ、燃え盛る屋根の僅《わず》かに残った足場に上らせ、下から次々に手桶を渡して直《じか》に水を掛けさせたという。

「えげつないやり方だな」

源吾は怒りと呆《あき》れが入り混じった感情になった。

「ええ。確かにそれが最も早く消せる。しかし屋根が崩れ落ちたのに巻き込まれ、八重洲河岸に一人死人が出ている。父と敬《うやま》う内記のためならば本当に火の中、水の中……あいつらにしか出来ねえやり方でさあ」

暫《しば》しの間、皆が口を噤《つぐ》んだ。確かに火消は誰かのために犠牲にならなくてはならない時がある。火消だけではない。京で火焔《かえん》の中へと消えた平蔵もそうであった。

しかし八重洲河岸定火消の行動はそれとは似て非なるものである。

そもそも内記は自らを犠牲にせず、配下の者に命じる。そして配下も喜んで命を投げ出す。これを美談にしてしまうのは、この太平の世、命のやり取りからかけ離れたところに住まう庶民だからであろう。

常に生死の狭間《はざま》に身を置くまともな火消ならば、これほど愚かしく、哀しいことはないと解っている。

秋仁は重々しく続けた。

「これで四谷塩町の方々は、内記に心を鷲《わし》摑みにされたようです。こうまでして助けてくれたってね。内記が別宅を探していると聞けば、喜んで迎え入れたようですぜ」

「なるほど……そういうことですか。ありがとうございます」

星十郎は会釈《えしゃく》をして源吾に十分だと視線を送った。

秋仁に別れを告げ、源吾らは芝飯倉《しばいいぐら》の新庄藩上屋敷を目指す。陽が落ちるには今暫くあるが、今日のところはここらが限界であろう。他の者の報告も加味して、対策を講じねばなるまい。

「一つ……これもあくまでも仮説ですが」

星十郎が地に視線を落としたまま話し始めた。

「何だ」

「進藤が直参取り立てを狙っていると仮定すると、火消としての評価が必要となる。そこに資金を投じるのは納得出来ます。他にも根回しには金が必要でしょう。では、その金はどこから……」

「よからぬことをしているのかもな」

まだ確定した訳ではないが、内記を嫌うからかそれしか思い浮かばない。

「秋仁さんが仰っていた別宅にこそ、その秘密があるような気がします。何故明和の大火以降、御曲輪内の外に別宅を構えだしたか。いや、そうせざるを得なかったのではないでしょうか」

「と、言うと？」

源吾にはここまで来ても理解出来なかった。

「大火以降、田沼様は無宿者《むしゆくもの》の取り締まりを厳しくなさいました」

田沼は明和の大火の下手人の真秀《しんしゆう》、つまりは秀助《ひですけ》が無宿者であったことを重く見た。南北の奉行所、火付盗賊改方《ひつけとうぞくあらためかた》、辻番に至るまで、無宿者と見ればまずは捕縛《ほばく》せよと厳命されている。

「確かに。夜の取り締まりが厳重になり、客足が遠のいたと居酒屋は大層困っているらしいな」

「御曲輪内は将軍家のお膝元、今ならば怪《あや》しい者は即座に捕縛《ほばく》されてしまう」

「つまり……凌《しの》ぎの拠点を移したと」

「はい。それが何なのかは判《わか》りませんが、大事であることは間違いないかと」

星十郎はまた前髪を指に巻き付け始めた。ここまで多くの推論を重ねてきたが、未《いま》だ真相には迫っていない。証拠らしいものも何一つないのだ。焦るのは源吾だけでなく、星十郎もまた同じということだろう。

四

星十郎と別れて自宅に帰ると、赤い花が植えられた鉢が土間に置かれていることに気が付いた。朝出た時には見かけなかったものである。下駄《げた》を脱ぎつつ、迎えに出てきてくれた深雪に尋ねた。

「これは？」

「頂いたのです」

「へえ……何か気味悪い花だな」

花弁《かべん》は五枚、椿《つばき》を凌《しの》ぐほど赤く、雄蕊《おしべ》にそら豆のような葯《やく》がついている。八重洲河岸定火消のことばかりを考えていたからか、その赤さが紅《べに》を引いたような内記の唇《くちびる》を彷彿《ほうふつ》とさせた。

「酷《ひど》い仰りよう。可哀《かわい》そうな花なのに」

「可哀そう？」

訊《き》き返しつつ上がり、腰の刀を抜き取った。

「冬を越えられない花らしいのです」

「ふむ。弱いということか？」

さして興味は無かったが、会話を続ける。適当な相槌《あいづち》ばかり打っていて叱《しか》られることは、何も源吾に限らず世の夫の常《つね》だろう。

「この子の故郷は琉球《りゅうきゅう》なのです」

「琉球⁉　お前……ついに琉球にまで」

深雪の交友関係は遂《つい》に海を越えたか。驚いた源吾に対し、深雪はくすりと笑い、この花がどういう経緯で我が家にきたかを語り始めた。

「先日、曙山という絵師さんと知り合ったとお話ししましたよね？」

「ああ。久保田藩の」

曙山の正体は久保田藩主ではないか。そのような突飛《とっぴ》なことを星十郎が言っていたのでよく覚えている。

「絵の題材にとお知り合いから譲り受けたものを、描き終えたので下さったのです」

「何でまたそれをお前に？」

「駕籠《かご》舁《か》きさんたちのあいだで、私が火消菩薩なんて呼ばれているとお話ししたら、見せたいものがあるとご自宅に案内して下さったのです」

過日、深雪を乗せてくれた駕籠舁きが、富くじに当たっただの何だので、仲間内では火消菩薩と持て囃《はや》しているらしい。深雪が自慢げにそのような話をしていたのを思い出した。

「火消菩薩とこの花に何の関係が？」

「この花は、仏桑華《ぶっそうげ》。またの名を菩薩花《ぼさつばな》と謂います」

この菩薩花、温かい気候でのみ育つらしく、琉球や薩摩《さつま》などの南国以外では冬を越えるのが極めて難しいという。江戸で越冬した例も僅かにあるらしいが、昼は日光に当ててやり、夜は屋内に入れて時によっては炭火で部屋を暖めてやるほどの手間と金が掛かるようだ。

深雪が綺麗《きれい》な花であると褒《ほ》めると、曙山は間《ま》もなく枯《か》れてしまうだろうが進ぜようと申し出たらしい。

「それで頂いてきたのか」

「はい。私は冬を越させてみせようと思います」

部屋の温度を保つためにはそれなりに費用が掛かると話したばかりではないか。銭に厳しい深雪にしては意外な発言である。

「それほど気に入ったのか？」

「それもありますが……可哀そうではありませんか。故郷から連れてこられて死ぬのを待つばかりとは」

「そうだな」

深雪は吝《しわ》いというよりは、倹約家なのである。牙八が行く当てを失った時、いつまでも面倒を見るといったような義憤《ぎふん》の心を持っており、そのような時には惜しみなく銭を使う。今回もそれに当て嵌《は》まるといったところか。

「人も花も同じ。住まう地、取り巻く人々で生きも死にもします。だからこそ越前衆の方々をしっかりと支えなくてはなりません」

新庄藩の鳶の大半は越前者で、百姓の次男三男などが出稼ぎに来ている。信太のように妹を呼び寄せた者もいるが、多くはこの江戸に身寄りも知人もおらず、さぞかし心細いことだろう。深雪はそのことを言っているのだ。

「分かった。任せておけ。それはそうと、冬を越させるならば銭を工面《くめん》せねばならんな」

「それは、曙山さんがお助け下さるのです」

深雪は冬を越させてみせると、曙山にも宣言したらしい。すると曙山は目を丸くしていたが、穏やかな笑みを見せて言ったらしい。

「可哀そうか。そのようなことは考えもつかなかった。人の都合で江戸くんだりまで連れてこられて、人の都合で枯れてゆく……絵のために使った私が言うのも何だが、私も春を迎える菩薩花が見とうなりました。お力添えさせて下さい」

深雪は自らが言い出したことと再三断ったらしい。しかし曙山は銭の蓄《たくわ》えはあるが、自ら手を掛けてやる暇がない。故に深雪が面倒をみてくれるならば、金銭面での協力は惜しまないと言ってくれたらしい。

「知らぬ間に人と繋がっていくな」

源吾は朗《ほが》らかに笑った。我が妻には人を惹《ひ》きつけ、変えていく不思議な魅力がある。己も間違いなくその一人である。そんな深雪だからこそ、人が人を呼ぶように繋がっていくのだろう。

「そうそう。今度、曙山さんはこの菩薩花を譲られた方とも引き合わせて下さると」

「ふむ。こうして広がっていくのだな。どのような御方だ」

人脈拡大の一端《いったん》を垣間《かいま》見て、源吾は感心して頷いた。

「曙山さんいわく、かなりの蘭癖《らんぺき》とか」

ある。

蘭癖とは南蛮《なんばん》文化に傾倒《けいとう》している者を指し、昨今《さっこん》になって流行《はや》り始めた言葉である。

「変わり者ということかな」

「確か『しまづ 某《なにがし》』とか……曙山さんは自分と同じで、町をほっつき歩く変な男だと」

真っ先に思い浮かぶのは外様《とざま》の雄《ゆう》、薩摩《さつま》の島津《しまづ》氏であるが、まさかそんなことはあるまい。嶋津という信濃《しなの》の豪族で、神君家康《しんくんいえやす》公が甲州《こうしゅう》入りした時に馳《は》せ参じ、今も旗本として勤仕《きんし》している一族も多い。

――人も花も同じか……。

先ほどの深雪の言葉が頭から離れずにいた。八重洲河岸の火消たちは内記を信《しん》奉《ぽう》している。彼らは八重洲河岸こそ最適の地と思っており、そこから離れることなど考えもつかないだろう。むしろ離れることを恐れているからこそ、命を捨ててでも奉公しようとしているに違いない。このような狂気に似た執《しゅう》着《ちゃく》を持つ者は、概《がい》して厄介《やっかい》である。これからさらに八重洲河岸について調べるとなれば、反撃も十分に予想される。

源吾はそのようなことを考えながら、指先で菩薩花の花弁をちょんと押す深雪を眺めていた。

五

翌日の夜、再び源吾の家に集まった。面子《めんつ》は新庄藩火消の頭《かしら》たち、左門、平蔵である。そして折下家で匿っている福助、お七も、もう一度些細《ささい》なことでも思い出すことはないかと呼んでいる。もっともお七の住まう長屋には、これも新庄藩士が二名ずつ交代で詰めており、お七はこの者らに連れられて来たのである。

「お内儀は？」

左門は心配そうに尋ねた。

「体調が優《すぐ》れず、横になっている」

今朝、源吾が目を覚ますと深雪は壁に寄り掛かるように座り込んでいた。慌《あわ》てて駆け寄ると、深雪は大丈夫と言うが、額《ひたい》を濡らす脂汗《あぶらあせ》はどうみても尋常でない。源吾は近くの産婆《さんば》を呼びに走った。

産婆は、出産が近くなればこのようなことが起きるもので、大して心配はいらぬと言うが、源吾としては気が気でない。布団に横臥《おうが》させた後も落ち着かず、呆《ほう》けた猿のように居間をくるくると回っていた。すでに家中でも噂になっているのか、左門も聞き知ったようだ。

皆が揃ったことでようやく冷静さを取り戻したが、それでもまだ不安そうに見えるのか、

「皆の話を擦《す》り合わせよう」

と、左門は進行役を買って出た。

その時、複数の跫音《あしおと》が近づいて来るのを源吾の耳は捉えた。誰なのかは見当《けんとう》はついており、源吾が顎《あご》でしゃくると、真っ先に寅次郎が立ち上がって表に出た。

図体《ずうたい》の割に何事にも腰の軽い男なのだ。

「ちょっとした大名行列です」

寅次郎はふくよかな頬をぱちんと叩いた。

「待たせたな」

入って来たのは牙八、そしてお琳であった。本郷からここまで十数名の侍《さむらい》が護衛を務めてきたらしい。帰りも同様らしく、その者らは外で待つという。

「松永、何か解ったか」

お琳に手を出した者を容赦しないというように、牙八は闘志を剝《む》き出しにして

いる。頃合いとなり、武蔵と寅次郎が顔を見合わせた。

「まず、俺からで」

武蔵が口を開く。仁正寺藩のほうに大きな動きがあったらしい。仁正寺藩では与市の失踪直後から、江戸中に人を配して行方を捜しているが、その足取りは杳《よう》として知れない。

そのような状況の中、今朝《けさ》、一人の小坊主が仁正寺藩上屋敷の門前に立った。聞けば顔立ちが凜《りん》としたお侍に小遣いを渡され、使いを頼まれたのだという。その特徴は与市のものと全く符合した。

「やはり、生きていたか……。その文には何と」

源吾は胡坐《あぐら》を掻きつつ足の親指を絶え間なく動かした。足に痺《しび》れが起きぬようにと、若い頃から身に付いた癖《くせ》の一つである。

「弟、妹、下男、下女に至るまで、仁正寺藩屋敷で匿って頂きたい。今生《こんじょう》の願いでございます……と、いった簡素なものであったらしいです」

寅次郎が帳面を捲《めく》りつつ、一言一句《いちごんいっく》違《たが》わずに報じた。

「この悪事、余程《よほど》根が深いものなのでしょう。かといって見逃す訳にもいかず、柊様は一人で立ち向かうおつもりではないでしょうか」

星十郎の言葉に皆が唾《つば》を飲み下した。仮に全て進藤らの仕業《しわざ》としても、その背後にかなりの大物がいるということである。

次に新之助と彦弥が、福助から聞いた文五郎の隠れ家を洗った結果を報告した。

「結論から申し上げますと、隠れ家に目ぼしいものはありませんでした」

新之助がそう言ったので、皆が肩を落としたが、彦弥が我慢出来ぬ様子で話を横取りした。

「途中、尾《つ》けられました」

「何だと」

「私が囮《おとり》になり、彦弥さんが屋根を越えて撒《ま》いたので、その隠れ家の場所は知られていません」

このようなことを想定し、機動力のある彦弥を配したのは正解であった。

「で、私は声を掛けました」

「馬鹿」

源吾は自身のこめかみを指で数度小突《こづ》いた。尾行者は三人。いずれも浪人風であった。

「それがね、意外な相手だったのですよ」

新之助が何故か平蔵に視線を送りつつ続けた。

「馬場《ばば》次郎三《じろうざ》。長谷川様ならばご存知《ぞんじ》のはず」

「馬場ってえと、あれか」

平蔵には思い当たる節《ふし》があるらしい。

「はい。我らの先達《せんだつ》……ですね」

歳の頃は四十を少し過ぎたところで、一刀流の遣《つか》い手である。素行の悪かったことが影響し、伝位こそ中伝仮字書《ちゅうでんかじしょ》であるが、その実力は皆伝本目録《かいでんほんもくろく》相当と言われていたらしい。本所の道場にも出稽古《でげいこ》にきており、平蔵がまだ銕三郎と呼ばれていた頃、立ち合ったことがあり、その時は歯が立たなかったと言った。

それは新之助も同様で、一刀流芝道場にも時折ふらりと現れ、酒をせびって帰っていくといったことも儘《まま》あったという。

――坊主、筋《すじ》がいい。

と、酒臭い息交《ま》じりに言われたことを、新之助はよく覚えていると言った。

その馬場は、御先手弓組《おさきてゆみぐみ》の同心《どうしん》であったが、上役と諍《いさか》いを起こして五、六年前に家禄《かろく》没収の憂き目にあったと聞いている。

「それで？」

白昼堂々《はくちゅう》斬り結んだというのではあるまいか。左門の声には不安の色が浮かんでいた。

「訊きました。何故、尾けるのですと。向こうは私だとは気付かなかったようです」

「けけ。面白《おもしれ》え」

平蔵は悪戯《いたずら》小僧のように笑った。案外この二人は気が合うのかもしれない。

馬場は気のせいだ、この先の茶屋で女を買うつもりであったと惚《とぼ》け、新之助の脇をすり抜けて通り過ぎて行ったという。

「素性が割れてはまずいと思い、浪人を雇ったのだろうよ。用心深いことだ」

平蔵は懐《ふところ》から煙草《たばこ》入れを取り出した。源吾が咎める。行燈《あんどん》や火鉢《ひばち》は仕方ないとして、夜間は無用な火は使わないというのが源吾の流儀である。何か言い返すかと思いきや、平蔵は存外大人《ぞんがいおとな》しく煙草入れをしまった。

最後に、源吾と星十郎が北紺屋町で聞き込んだこと、よ組の秋仁が語ったことを皆に説明した。

「尻尾《しっぽ》を摑めませんね……」

星十郎が険《けわ》しく言った。これまで幾つかの事件に関わってきたが、今回が最も手掛かりが少ない。おかしなことは多いのだ。恐らく八重洲河岸が下手人ということも推測出来る。しかし決定的な証拠は何一つ摑めない。

下手人は浪人を雇ってでも隠したい秘密がある。与市の足取りから幕府上層部の関与も疑われる。悲観的な要素がより確かになっただけである。

「福助、どんな些細なことでもいい。文五郎は何か言ってなかったか？」

ここでようやく、部屋の隅にちょこんと座る子どもたちへ目を移した。

「やっぱり何も……」

福助は憔悴《しょうすい》しきっていた。父の安否が解らぬまま、自身も危険に晒《さら》されたのだ。当然であろう。

「与市に会えりゃ、何か解るんだがな」

源吾が拳を握りしめた時、福助がはっとした。

「会う……そういえば……」

「何ですか」

星十郎が話に食いつく。

「でも……」

「何でもよいのです。お願いします」

星十郎は福助相手にも丁寧に話した。

「おっ父《とう》が家を出る前日、帳面を捲っていて呟《つぶや》いたんだ。やっぱり数が合わねえって」

「数が合わない……何だそりゃ」

「定火消の頭数ですかね？」

源吾が言い、新之助がすかさず口を挟む。

「見たところ少ないということはなかった。多いのはその家の持ち出しだから、咎められることもないんだが……」

そのようなことを議論していると、ふいに星十郎が何かを閃《ひらめ》いたように呟いた。

「解った……かもしれません」

星十郎がある仮説を口にした時、皆があっと驚愕の声を上げた。

「しかし、これには裏付けが必要です。丹念な聞き込みしかありません。今からでもすぐに……」

「任せておけ」

平蔵は顔を赤くして立ち上がると、佩刀《はいとう》を腰に捻《ね》じ込んだ。

「お前……」

「探索は足。父上のお言葉だと言ったろう。喜八郎や他の与力と共にやる」

「もう時間がねえ……」

「明日のこの刻限までに、出来る限り聞き込む」

平蔵はそう言い残すと、羽織を翻《ひるがえ》して屋敷から飛び出していった。平蔵の探索力は先代も認めるところで、京では地道に六百を超える人々に聞き込んで、解決の糸口を見つけた。

平蔵は悪を憎んでいる。もし星十郎の仮説通りならば、平蔵にとってこれ以上憎むべき悪はあるまい。

「しかし、仮にそうだとしてもしらばっくれられたら……」

新之助は眉《まゆ》を八の字にして、困り顔になった。平蔵がいくら裏付けを得ても、実際の「もの」を見つけぬ限り、八重洲河岸が認めるとは思えない。

「俺が忍び込む」

彦弥もこめかみに青筋を浮かべていた。仮説が当たっているとするならば、彦弥も相当に思うことがあろう。

「いや、見つかったらお前が殺される。皆で踏み込むほかねえ」

源吾は腹を括《くく》った。八重洲河岸定火消の屋敷に殺到し、あとは野となれ山となれという、策ともいえぬ策である。これに左門は血相《けっそう》を変えて宥めた。

「待て、文五郎がいればよい。だがおらぬとなれば……当家もただでは済まぬぞ。大名家が旗本の屋敷に踏み込むなど、赤穂浪士《あこうろうし》の二の舞だ」

そのようなことは源吾も重々承知である。これには武蔵が答えた。

「火消が他家に踏み込み、お咎めを受けぬ条件があります」

源吾は頷き、他の配下は知らぬようで興味を示して凝視《ぎょうし》した。武蔵はつらつらと話す。

「一つ。その家から見舞い火消の要請を受けたる時」

これは当然と言えば当然である。明和の大火の折、古巣の松平隼人家、鵜殿平《うどのへい》左衛門《ざえもん》に請《こ》われて踏み込んだ例がこれに当たる。

「二つ。将軍家より奉書を受けし時」

将軍より直々《じきじき》にどこどこの家を救えという命令書、つまりは奉書を受けた時、問答無用で立ち入ることを許される。これは田沼に頼んでみる価値はある。

「三つ。正門が炎上せし時」

武家にとっての正門とは特別な意味を持つ。たとえ屋敷が灰燼《かいじん》と化そうが、門さえ残れば、

――――自ら食い止めた。

と、判断され、何のお咎めも受けない。故に屋敷をそっちのけで門を守るという、町人から見れば愚かな行動を取らざるを得ない。

反対に正門がすでに炎上、崩れたる時は、その家の指揮権は喪失したものとみなされ、他家の応援に一切を任さなければならない。平たく言えば、現場からの退場である。

「お、おい！　まさか、火付けをするというのではあるまいな！」

左門は慌てるあまり、口角に細かい泡が浮かんだ。

「それはねえさ。二つ目しかないだろうな」

「至急、御老中にご連絡を――」

左門が言いかけたのを遮ったのは、意外にもお琳であった。

「御老中は江戸にはおられません」

「お姫様――」

牙八が止《とど》めようとするのを、お琳は目で制した。この場では構わぬという意味

である。

「実は、御老中は上野《こうずけ》に」

「何故……」

「浅間山《あさまやま》です」

浅間山。関東近郊において、これほど猛威《もうい》を振るった山はあるまい。これまで幾度となく噴火しており、もっとも記憶に新しいところでは今より約二十年前に燃え滾《たぎ》った。この山にまた不穏な兆《きざ》しがあるということで、田沼は自らの目で確かめるため、近くお忍びで出かける予定であったらしい。丁度《ちょうど》、平蔵が田沼を訪ねた翌日、それが出立の日であった。

「何故それをお琳殿が」

「田沼様は先遣《せんけん》として、すでに高名な学者を送っておられます。そして火消も……」

「なるほど。勘九郎は浅間山か！」

声が大きいと、お琳はしっと指を口の前に置いた。

「調べが終わり次第、北國《ほっこく》街道へ出て国元へ戻ります」

一座に重苦しい空気が流れた。一から三までの方策、その全てが望みを絶たれたのである。

「まだ策があります」

皆の視線が一斉に背後に注がれる。そこには寝間着に一枚羽織っただけの深雪が立っていたのだ。

「お内儀、無理は……」

「起きてちゃならねえ」

源吾、左門と止めて、配下の者やお七も口々に案じる。

「四つ目の方法が」

「そんな……深雪さん、お言葉ですが、こちとら十年以上火消ですぜ。他に方法があれば、忘れるはずねえ」

武蔵が心配しながらも、首を振る。

「それは武蔵さんが大人だから」

「大人？」

源吾は鸚鵡返しに投げ返した。

「これには加賀様も頭を悩ませておられていると聞きます」

「えっ……」

お琳より先に、お七が気付いたようで喜色《きしょく》を浮かべた。

「お琳！　大名行列のあれだよ！」

「あっ！　なるほど」

お琳も気付いて手を打つ。続いて福助も察したようで微笑みながら頷いた。子どもたちだけが理解し、大人は皆首を捻る変な恰好となった。

「烏賊《いか》のぼり」

深雪が口元を綻《ほころ》ばせる。

「なるほど！　その手があったか！」

源吾は思わず叫んでしまった。武蔵も一本取られたと月代《さかやき》を叩《たた》く。新之助は解らぬようで、教えてくださいと肩を揺らした。

「烏賊のぼり、すなわち凧《たこ》さ」

今では凧と呼ばれる正月の風物詩は、元来は「烏賊のぼり」と謂《い》った。昔は武士の遊びであったというが、江戸開府《かいふ》以来、町人の子どもたちに瞬《また》く間に広まった。

この烏賊のぼり、子どもたちの中には得手《えて》もいれば、不得手もいる。きりきりと宙で舞い踊り、大名行列のど真ん中に落ちるという事件が後を絶たなかった。

大名としても、相手が子どもでは斬り捨てることも出来ず、これを禁じるように幕府に陳情《ちんじょう》した。幕府はこれを受け、明暦二年（一六五六）に烏賊のぼり禁止令を出すに至る。

しかし江戸の子どもたちは、

——これは烏賊じゃなく、凧。

と、屁理屈《へりくつ》を言い、一向に収まることはなかった。ここで初めて凧という名称が登場したのである。

たかが凧揚げを徹底的に取り締まる訳にもいかず、百年以上経《た》った今でもお目こぼしされているのが現状であった。加賀百万石の大行列ならば、必然的にこれの犠牲になることが多く、悩まされているという訳である。

「それが、踏み込むことと、関係あるんですか？」

「雷さ」

源吾は短く言った。凧が落雷によって炎上、屋敷や長屋の屋根に落ちて火事に発展するという事故が、これまで多々あった。

「まるでベンジャミン・フランクリンですね」

星十郎が言うのは、雷の性質を調べるために自ら凧を揚げた異国の学者らしい。もっとも本題とは関係ないと、星十郎は掌を見せて話を譲った。

「故に、凧が落ちたところを見た火消は、その責において凧が燃えていないことを確かめねばならない。それがたとえ……他家の中であろうともだ」

希望が見えて来た。平蔵の報告を待ち、決行は明後日。もうこれ以上の時は待てない。

六

翌日の夜更《よふ》け、子どもたちを除《のぞ》く面子が再び源吾の家に集まった。

「一両日しかなく厳しかったが、不審の切れ端だけは摑めた」

平蔵はそう言いながら、巻物を畳の上に転がした。そこには丁寧な手で細かく書き込まれている。石川喜八郎が書き留めてくれたものらしい。

「ひい、ふう、み……」

新之助が数えだす間に、平蔵が結論を言う。

「調べ得ただけで二十一件の火事に関わっている」

「本郷や四谷まで……八重洲河岸が出張ったのですか？」

寅次郎が疑問を呈《てい》した。

「いいや。八重洲河岸は火事による孤児を引き取っただけさ。その数、男女合わせて三十三人。一日でこれだ。調べればまだまだ出るぜ」

「で、その孤児は？」

源吾が霞《かす》むような声で言うと、平蔵はちょいと顎を引いた。

「鳶の見習い、屋敷の下女と引き取られた子が十五人。商家や豪農に養子に出されたのが十人。八人の足取りが摑めなかった」

「恐らく……売られたのでしょう」

星十郎が言うと、彦弥が畳を叩き、牙八はああ、と慨嘆《がいたん》の声を上げた。彦弥は父母の顔も知らない。捨て子の面倒を見る優しい和尚《おしょう》に救われ、後に軽業《かるわざ》を見世物とする「山城座《やましろざ》」に養子に出された。

牙八とて似たようなもので、幼い頃に酒乱の父を母が刺殺して家に火を掛けた。父母を失ったところ、駆け付けた大音勘九郎に拾《ひろ》われた経緯を持つ。

「男は盗賊などに売ればそう足はつかねえが、女を遊女にしても露見するんじゃあ……」

市井《しせい》のことをよく知る武蔵は訝しんだ。

「吉原《よしわら》なんて大層なところならばともかく、宿場の飯盛《めしも》り女、牙僧女《すあいおんな》ならば足も付かねえさ」

平蔵は若い頃は放蕩《ほうとう》者だったというから、このあたりのことに関しても詳しい。

各宿場には飯盛り女というものが存在し、その名の通り食事の世話をするが、銭次第で夜の客も取る。幕府非公認の私娼というやつである。

また牙僧女とは、表向きこそ女行商であるが、裏にまわれば春を売る。元禄の頃に発生し、今でも盛んな娼婦の形であった。これの元締めなどは、まさしく如何《いかが》わしい連中で、決して表には出てこない。

「それだけじゃねえぜ」

平蔵は巻紙の端を指差しつつ続けた。

「奴ら、小商いから養子を取ってやがる」

「何のために」

怒りがもう抑えきれなくなってきており、源吾の喉が震えた。

「支度金さ」

平蔵はそう推量した。

江戸の人口は増加の一途を辿っている。宝暦年間に各地で飢饉《ききん》が起きたことが拍車を掛け、土地を捨てて江戸に出て来る者はさらに増えた。これが火事や犯罪が増加する原因の一つにもなっている。

これは江戸で代々小さな商いをしている者の生活にも大きな影響を与えた。各地から出て来た者たちが様々な商いを始めるものだから、競合する江戸在来の商人は悲鳴を上げている。

田沼はこれを重く見て、株仲間を推奨して在来の商人を守りつつ、徐々に新規参入を認めていこうとしている。だが大店《おおだな》の下請けをしているような小商人には関係のないことであった。大店はいつの世も、

――より安い。

ところから仕入れるものなのだ。

そのような商人は自身の生活も儘ならず、長男はともかく、女子や次男三男は熨斗《のし》を付けてでも引き取って貰いたい。二十両、三十両の持参金とともに、貰ってくれる家に子を譲るのだ。親が子を売るといっても過言《かごん》ではない。

「持参金が目的か」

「それだけじゃねえ。転売……いや、引き取った子をまた他に譲っている節《ふし》があ

る」

　人を指して転売というのは気が引けたか、平蔵は言い直した。銭を払ってでも子を譲りたいのは、子に真っ当《とう》な道を歩んでほしい親心であろう。一方で江戸の暗黒街などでは反対に銭を払ってでも人手が欲しい。その仲介に立っているという訳である。もっとも銭を払った親は、子が幸せに暮らしていると信じているのだから、詐欺《さぎ》といってもよかろう。

「それが本当なら、菩薩どころか、えげつない外道《げどう》じゃねえか」

　彦弥は端整《たんせい》な顔立ちを憤怒《ふんぬ》に染めた。星十郎は重々しく話す。

「御曲輪内での『商い』が難しくなり、諸方に取引場所を作る必要があった。あの日、我らや、よ組を踏み込ませたくなかったのは……」

「売られる子がいたのだろう」

　平蔵が続きを引き取った。源吾にもことの全てが見えてきた。

「となると、与市が見たものは……避難が済み、いるはずの無い子ども。あるいはその亡骸《なきがら》」

　与市はここまでの悪事には気付かなかっただろう。恐らく一人で八重洲河岸に行き、

――逃げ遅れた者はいねえのじゃなかったか！

などと、進藤に詰め寄ったのではあるまいか。

これに進藤は知らなかったと惚ける。ならば与市は目付にことの次第を伝えるに違いない。そこでは体《てい》よく、よくぞ報じてくれた、これより取り調べるなどと言われ追い返された。

そして、家に向かう途中、凶刃《きょうじん》に襲われたと見るべきか。そこで与市もこの件の闇の深さを悟ったことだろう。

下手人たちが予想外であったのは、ただの火消侍と思っていた与市が、天武無闘流《てんむむとうりゅう》の達人であったこと。与市は虎口《ここう》を脱し、弟妹を慮《おもんぱか》りそのまま姿を消した。与市が生きていると分かった今、これが最も筋が通る。

「与市は誰が味方で、誰が敵か判らなくなっている。だからといって黙っている奴じゃねえ。主家と家族を守るため、一人でことを起こすつもりだ」

「やはり、明日やるしかねえ……か」

平蔵が鼻筋をすうとなぞった。

「八重洲河岸で騒動が起き、それが俺たちだと分かれば、きっと与市も姿を現す。牙八、あの堅物《かたぶつ》は何と」

牙八を通じ、明日の決起に加賀鳶からも一組参戦して欲しいと頼んであった。それも誰でも良いという訳ではなく、副頭取の詠兵馬の出動を請うている。

源吾も勿論、詠兵馬をよく知っている。よくいえば絵にかいたような武士であり、些か揶揄《やゆ》するならば勘九郎以上に融通《ゆうずう》の利《き》かぬ男である。

「お姫様のことがある。また借りを作れば大頭は激怒する。否応ないと」

綱渡りの作戦に、兵馬の力が必要不可欠であった。

「やれる。明日の風は」

源吾は膝を打って、星十郎を顧《かえり》みる。

「東から西。松平相模守《さがみのかみ》様の屋敷向こう。大名小路《だいみようこうじ》から揚げるほかありません」

これにはお七と福助が出張ることになっている。陪臣とはいえ、流石《さすが》に名のある武家の娘がやる訳にもいかない。子どもたちを巻き込みたくはなかったが、最《も》早《はや》これしか方策がない。幸い、凧揚げに関する事件は年に十数件起きるが、いずれも叱責《しつせき》されて終わりとなっていた。

「左門、よいか?」

最後に左門に確認せねばならない。ここまで多くの推論を重ねてきて、核心に近づいているだろう。しかし一大名家が首を突っ込む案件でないと言われれば、それもまた正論であった。

「私では判断が出来ぬ事柄……」

源吾が落胆しかけた時、左門は眉をきりりと上げて言った。

「御連枝《ごれんし》様に仰《あお》いだ」

家老北条六右衛門は今、出羽の国元を経ち江戸へ向かっている最中であった。今は藩主の一門で、御連枝様と呼ばれる戸沢正親《とざわまさちか》が代行を務めている。

国元の民への思い入れ並々ならず、以前はそのことで源吾とぶつかったのである。しかし互いの真情《しんじょう》を知るに至り、今ではむしろ応援してくれているが、また正親が考えを翻《ひるがえ》さないともいえず、源吾は恐る恐る尋ねた。

「何と……」

「そのやり口ならば、当家も言い逃れ出来よう。子は宝よ。思う存分にやれい。私が責を負う……と」

新庄藩では先の飢饉《ききん》で人口が半分になった。しかしそれは餓死《がし》したことだけが理由ではない。惨状を食い物とする人買いが新庄領内に流れ込み、親は泣く泣く子を売った。どのような形であれ、我が子に生きていて欲しいという親の願いであろう。そしてその汚れた金でもって、親は生き永《なが》らえたのである。

村々を回る正親は、このことに怒りながら、それと同時にやるせなさも感じていたという。

舞台は整った。あとは一か八か仕掛けるのみである。明日に備えて解散となる。

皆を送り出した後、源吾は深雪が眠る部屋に入った。茶の世話などをすると言い張ったのを説得し、いつもより早く床に就かせた。

源吾の耳朶《じだ》は寝息を捉えている。よく眠っているようで、源吾が覗き込んでも、ぴくりとも動かなかった。

——菩薩……か。

その安らかな寝顔を見て思った。

「御本尊《ごほんぞん》がついているのです。きっと上手くいきます」

皆が来る前の昼、深雪が張った腹を摩《さす》りながら微笑んだのを思い出す。

駕籠舁きの話もあながち嘘《うそ》でないような気がする。源吾はこの妻がいなければ、とっくに腐り果て、路傍《ろぼう》で野垂《のた》れ死にしていたかもしれない。

こうして家禄を得ただけでない。心通ずる仲間とも出逢えた。もう一度火消に立ち戻ることも出来たのである。

「深雪、ありがとうよ」

　ここのところは眠る前に深雪の腹を摩るのが習慣になっているが、今日は額をそっと撫でて布団に潜《もぐ》り込んだ。それが余計だったか、間もなく深雪が軽く寝返りを打つ。しかしすぐにまた寝息が聞こえてきた。布団を直してやり、源吾もまた床に戻ると微《かす》かに笑った。

第五章　悪役推参《すいさん》

一

与市はこけた頰《ほお》をつるりと撫《な》でた。進退窮《きわ》まっている。

今の仁正寺藩は常に誰かが不寝《ねず》の番をしており、転太寝《ごろたね》の配下を叩《たた》き起こす。そして枕元に置いた半纏《はんてん》、道具を取り、寝ぼけ眼《まなこ》のまま駆け出すのである。

そうしてあの日、北紺屋町に入った。北紺屋町は蝗《いなご》の秋仁率《ひき》いるよ組の管轄であるが、どうも様子がおかしい。先に物見に走らせた者によると、八重洲河岸が先に出張って占拠しているという。さらにそこに方角火消《ほうがくびけし》新庄藩が出張り、一触即発という状態であるらしい。

「しめた」

思わず口から零《こぼ》れた。火消番付関脇《ばんづけせきわけ》の進藤内記、さらに大関《おおぜき》の松永源吾までいる。まさに一石二鳥である。これを出し抜いて大手柄を挙げれば、一躍《いちやく》仁正寺藩の名が轟《とどろ》く。少し離れたところで手薄な所を探りつつ、両者の諍《いさか》いが最高潮を迎える機を待った。

やがて機は熟し、与市は配下を率《ひき》いて雪崩《なだ》れ込む。

八重洲河岸が町の西側で揉めていることもあり、北側は手薄であった。

「仁正寺藩、見舞い火消に推参《すいさん》」

数少ない見張りにそう告げると、何故だか八重洲河岸の火消侍《ざむらい》は顔面を蒼白《そうはく》にした。

「待て！　ここから先は八重洲河岸が消口《けしぐち》を……」

「逃げ遅れている者は？」

「いない。故《ゆえ》に助けは無用である」

いないと言えば、手伝うまでもないと引き下がると思ったのであろう。だが与市の論理はその逆であった。逃げ遅れた者がいる時ほど、消火は細心の注意を払わねばならない。指揮系統の乱れが、命を奪うことを熟知している。だが、いないとあれば、

――勢い任せさ。

それで十分足る事も知っていた。

「行くぞ！　大物喰いだ！」

止める八重洲河岸定火消を突破し、与市率いる仁正寺藩火消は北紺屋町に入った。

他人の消口を奪う。大半の火消が一度は経験がある。

被災した者の命さえ助かればよく、元来名誉心の少ない与市はこれを好いてはいなかった。だが、仁正寺藩火消百三十名とその家族を思えば、四の五の言ってはいられない。

仁正寺藩の現当主は七代、市橋長璉《ながてる》である。その火消組の基礎を築いたのが、分家の旗本から養子入りし、歴代当主の中で最も市井に通じていたという四代、市橋信直《のぶなお》であった。今の藩士には、永昌院の法号で呼ばれている。信直は、

――仁正寺の名物は火消とする。

といった変わったお触《ふ》れを出した。これには二つの意図があったという。

若い頃の信直は千石取りの旗本の嫡子《ちゃくし》であったため、江戸の町の事情に通じていた。故に火事がもたらす人的被害、経済的な被害の大きさを知り抜いており、火消の強化が唯一の対抗策であると考えたのである。

もう一つの理由は、実に老獪《ろうかい》なものであった。藩領のある近江国はその大部分

が譜代大名により治められており、外様といえば片手ほどしかいない。さらに仁正寺藩は三百諸侯の中でも影の薄い存在で、藩士が名乗っても、申し訳なさげにそれはどこかと尋ねられることも儘あったという。このような背景から、幕府にとっての仁正寺藩は、

——どうでもいい。

存在であった。天下を治める幕府がそのように不真面目《ふまじめ》なはずがない。そう考えたいところであるが、実際は違う。

長州萩《ちょうしゅうはぎ》藩が分家の徳山藩と、国境《くにざかい》にある一本の松の木で争ったことがある。穏便に収めようとする萩藩に対し、徳山藩は矛《ほこ》を収めなかったため、渋々《しぶしぶ》幕府に裁定を仰いだ。報告を受けた幕府は、即日即決で徳山藩の改易《かいえき》と、当主の切腹《せっぷく》を命じた。

この時の幕府は各地での飢饉《ききん》の対策に追われてそれどころではなく、面倒な話を持ち込んで来た程度にしか思っていなかった節がある。さらに徳山藩が何の特徴もなく、幕府に特筆すべき利益ももたらさないため、即刻の改易が決まったと信直は見ていた。

今まで大きな失政も無いが、かといって大きな手柄も無いのは仁正寺藩も同様

であった。これではほんの些細《ささい》な失敗で、徳山藩の二の舞になりかねない。そこで信直は火消の雄藩《ゆうはん》になろうと考えたのである。

仁正寺藩の石高《こくだか》は一万八千石ながら、火消の人員、装備は十万石相当にした。さらに周囲三丁を守ればよいところ、自ら八丁を管轄とすると幕府に申し出た。費《つい》えは藩政を圧迫したが、信直はうろたえることはなかった。

――まずは無名を脱却することが肝要《かんよう》。仙台や加賀と等しく仁正寺を知らしめれば、物の売れ行きまで変わる。

そう断じて、火消藩として大々的に売り出していった。

果たして信直の言う通り、仁正寺藩の火消が優秀と知れ渡ると、江戸の人々の扱いも大きく変わって来た。

この決意表明は効果覿面《てきめん》で、公方《くぼう》様は大いに喜ばれ、享保《きょうほう》年間には膳所《ぜぜ》、丹《たん》波《ば》亀山《かめやま》、淀、大和郡山《やまとこおりやま》の四藩のみが命じられる京都常《じょう》火消に臨時に任命されることなどもあった。

柊家は代々その火消頭を務めて来た。病弱な父は火消としても並《え》といったところで、お役目で失敗して若くして死んだ。温厚なだけが取り柄であった父だが、子だけは多く成した。

与市は祖父古仙に火消のいろはを叩きこまれた。古仙は怪老と呼ぶに相応《ふさわ》しい男で、明和三年に病没する間際《まぎわ》まで現場に立ち続けた。

「与市、あいつらを頼む」

祖父の最期の言葉も、配下を慮《おもんぱか》ったものであった。仁正寺藩火消は互いに心を許し、まるで実《まこと》の家族のようであったことが、祖父にそう言わしめたのだろう。そして与市はその家族を守るべく、「大物喰い」という黴《かび》の生えたような離れ業を試みたのである。

北紺屋町で消火に当たっていた与市は鼻を小刻みに動かした。特有の嫌な臭いを嗅《か》いだ気がしたのである。

「ここを任す!」

与市は配下に告げて駆け出した。臭いも気のせいかもしれない。この時はもう祈るような心持ちである。燃え盛る一軒の家、与市の勘がここだと告げている。熱が頬を針の如く突き刺す。火煙《ひけむり》は生を拒み、死を象《かたど》っているように見えた。中に踏み込んだ時、最早手遅れだと悟った。家の中は焰《ほのお》に浸食されており、赤以外の色を失っている。与市は羽織の袖で口を覆いながら目を凝《こ》らした。

「まさか……」

奥に火に巻かれる人を見た。いや、人らしきもの。大きさから察するに子どもである。三人ばかりが寄り添っており、すでに息絶えていることは明らかであった。梁《はり》が唸りを上げて燃えており、間もなく崩れ落ちることを察知する。与市は後ろ髪を引かれながら家から飛び出て、仲間の元へと走り戻った。

――どうなっている。

与市は誰にも言うことはなかった。内記に直接ぶつけるつもりでいたのである。

火除け地を作ったところで、進藤内記が現れた。どうやら南側も八重洲河岸が食い止め、もはやすべきことはないという。とにかく早く追い払いたいというのを、ひしひしと感じた。

「進藤殿」

与市は内記の元へ一人近づいた。

「何か」

「子どもの亡骸《なきがら》があった。逃げ遅れた者はいないのではなかったか」

「何ですと」

内記の反応はわざとらしい。知っていたと与市は直感した。

「桶屋《おけ》の隣。誰の家か」

「はて……当方で調べます」

「何を悠長《ゆうちょう》な」

「解《わか》っていますよ。三人も死んだのですから」

「三人と言ったか？」

内記は目を細めて首を傾《かし》げた。家まで特定されたのが動揺の原因らしく、思わず口を滑らせたとみえる。

——これはただごとじゃあない。

これ以上突《つつ》いても何も出てくるまい。配下と共に引き上げた。が、十町（約一〇〇メートル）ほどいったところで、

「先に帰ってくれ。行くところがある」

そう言い残して、目付の邸宅を目指した。内記は何かを隠している。それは途方もないことではないか。子どもが三人だけで死んでいた。親はいなかったのか。親がおらずとも逃げ出せたのではないか。まさか縛《しば》られていたということはないか。与市は反芻《はんすう》しつつ目付《めつけ》に目通りを願った。夜間であったが、緊急のことだからと目付は自《みずか》ら聞いてくれた。

「なるほど。よく分かった。明朝より取り調べる」

聞き終えた目付は、よくぞ報じてくれたと最後まで感謝していた。与市が襲われたのはその直後、八丁堀沿いを歩いていた時のことである。

背後から尾《つ》けて来る者があることには気付いていた。そちらに神経を寄せていると、眼前に顔を覆った四人の男が現れた。振り返った刹那《せつな》、闇夜に白刃が煌《きら》めいた。瞬間、与市は躰《からだ》を捻って横に飛んでいた。

「仁正寺藩火消頭、柊与市と知ってのことか」

男たちは何も答えない。先刻斬り付けてきた者が、ほうと声を上げたのみである。火消侍一人、難なく殺せると踏んでいたのだろう。思わぬ回避に驚いている様子であった。

――八重洲河岸の連中か。

それ以外、身に覚えはない。ずっと尾けられていたのか。いや、目付の邸宅に行くまでは一切の気配を感じなかった。となると目付も八重洲河岸と通じていると考えるほうがよい。

巡る思考を止め、与市は懐《ふところ》に諸手《もろて》を忍ばせた。着物の裏に銑鋧《せんけん》を仕込んでいる。いわゆる棒手裏剣《ぼうしゅりけん》である。

「曳《えい》！」

男たちが同時に斬りかかってくるところ、与市は平泳ぎの恰好で腕を薙《な》ぐ。銑鋧が飛び散り、絶叫が重なった。同時に与市は抜刀して一人の肩口を斬って突破すると、そのまま一目散に逃げた。まだ追ってくるとみるや、上半身を捻って銑鋧を投げ撃った。低い呻《うめ》きと倒れる音が闇夜を這《は》った。

――これは帰られぬ。

配下も勿論《もちろん》であるが、どうしても弟妹だけには害を及ぼしたくなかった。

「兄上のような立派な侍になる！」

意気揚々と言う弟たち。

「私は嫁《とつ》がない。兄上の面倒を見なくちゃいけないから」

そう言って困らせる妹たち。彼らを守るのは己しかない。

それと同時にあの焼け死んだ子どもたちのことも過《よぎ》った。あの子たちにも親がおり、兄弟があったはずなのだ。それが何故あそこにいたのか。そして何故誰の助けもなく死なねばならなかったのか。

与市は岩本町近くの上屋敷を目指さず、深川《ふかがわ》方面へと走った。祖父の代から馴《な》染《じ》みにしている小料理屋がある。そこに一時身を隠すほかない。

辻を折れに折れ、辻番がいるとみるや身を伏せる。誰を信用してよいか見当《けんとう》もつかない。

「一人でやるしかねえ」

与市は下 唇《くちびる》をきゅっと嚙《か》みしめ、遠吠えをする野良犬の脇を風のように駆け抜けていく。

二

空が高かった。季節は秋から冬に移ろいでいる。雲の流れは速くはない。まさしく決行日には適当な風である。

源吾ら新庄藩火消一同は桜田門外から一町下がった、幅二間ほどの小路《こうじ》にてすし詰めで待機している。決行の時まで身を隠すためで、屋敷と屋敷に挟まれた間道のため、滅多《めった》に人も来ない。それでもごく稀《まれ》に人は通る。知らずに辻を曲がってきた者の中には、

「わっ――」

と、声を上げてすかさず土下座《どげざ》をする職人もいた。大人数で、まして脇道だと

いうのに騎馬もいる。しかも今日は平装であるため、火消《ひけし》にはとても見えない。つまり大名行列に見間違えたのであろう。大名行列とあらば道を空けて路傍《ろぼう》に跪《ひざまず》かねばならない。しかし脇に寄るほどの隙間も残されておらず、職人は困り果ててその場に土下座したという訳だ。

「違います。火消です」

少し離れた新之助が馬上から声を掛けるが、にわかには信じられず職人は顔を上げようとしない。寅次郎が命じると、先頭にいた壊し手の組に属する和四郎《わしろう》という鳶《とび》が進み出て、

「鳶なのですよ」

と、躰を引き起こしてやる。

「鳶……何でこんなところに」

「いや、それは……」

和四郎は上役である寅次郎の顔色を窺《うかが》う。寅次郎が口を開く前に、やはり新之助がにこやかに話しかけた。

「散歩ですよ」

「散歩――」

職人は吃驚《びっくり》して、行列を奥まで目で追っている。

府下で徒党《ととう》を組むことは、それだけで謀叛《むほん》の疑いありと咎《とが》められる。市中見回りといえば問題は無いのだが、ここは管轄《かんかつ》でもないし、下手《へた》に動けば目と鼻の先の八重洲河岸に察知される。予定では待機は半刻（約一時間）ほどなのだから、何とか隠れて押し通そうとした。

源吾は新之助の下手な言い訳に苦笑した。これほどの人数で散歩も何もなかろう。それに一同、地に根が生えたかのように動いてはいない。源吾が口を開こうとした時、彦弥が任せてくれと、躰を横にして先頭へ進む。

「散歩ってのは冗談さ」

「と、いうと……？」

職人は恐る恐る尋《たず》ねる。

「皆で吉原にちょっとな」

「吉原――」

職人は絶句し、今度は背伸びして行列を見た。百人以上で吉原に行くなど前代未聞に違いない。

「お主ら、いつもこう行き当たりばったりなのか」

背後から呆《あき》れ声が飛んできた。源吾は自身の馬である碓氷に跨《また が》っている。馬二頭は並べず、先頭付近に新之助、そして源吾のすぐ後ろにもう一頭。その馬上の男が声の主、詠兵馬《ながめ》であった。

「星十郎がいれば上手《うま》くあしらうんだがな」

急いで計画を練ったので、言い訳の口上《こうじょう》まで考えていなかった。源吾が碓氷から降りて説明しにいこうとすると、先《さき》んじて兵馬が横にいる牙八に何かを命じた。この二人だけが加賀鳶から此度《こたび》の策に加わっている。牙八もやはり横になり先頭へ向かう。途中戻ってくる彦弥と、お前がどけ、などと多少口論に及んでいた。

「実は……この先の町《まち》火消がきちんと仕事しているか、お上に監視しろと命じられているんでさ。間《ま》もなく立ち退《の》くので、ご内密に」

牙八は片目を閉じて指を立てた。職人はああと声を上げ、自身もお上の任務の片棒を担《かつ》いだ気になったのか、決意に満ちた顔で了承して去った。

「上手いもんだな」

源吾が首を捻《ひね》り話す。

「散歩だ、吉原だ、お主らがおかしいのだ。それに……あれは上手く吹聴《ふいちょう》してくれる」

「ほう。何故」

「内密にと言われれば黙っておれぬのが人よ」

以前、星十郎もそのようなことを言っていたのを思い出す。兵馬は感情が高ぶるでもなく、低く落ち着き払った声で続けた。

「間もなく人が集まる。が、お上の任務とあれば邪魔立てする訳にはいかず、遠目に覗《のぞ》くだけだろう。その者らが今日の証人となる」

なるほど知恵者である。これから決行しようとしていること、それに証人は多ければ多いほど良い。かといって事前に察知されてはいけない。ひっそりとした野次馬《やじうま》を作るには、あのような秘密を持たせるのがよいだろう。

四半刻後、屋根の上にへばりつく彦弥配下の団扇《うちわ》持ち、信太が報《しら》せた。信太は越前から来た、「ぼろ鳶組」結成以来の鳶である。先刻の和四郎は当初より新庄藩にいた鳶である。その間には今では境がなく、一枚岩で協力してことに当たっていた。

「御頭《おかしら》、揚がりました。二枚とも」

「よし」

福助とお七が揚げた凧《たこ》である。二人は御曲輪内《おくるわうち》に入っている。私も力を貸したいと、牙八には文句を言ったお琳だが、歳の離れた従兄《いとこ》の兵馬に、

——ならぬものはならぬ。

と、一喝《いっかつ》されて肩を落とし、渋々《しぶしぶ》了承したらしい。

福助とお七以外には星十郎が付いている。風向きを見るということにかけて、この男の右に出る者はいない。星十郎の指南《しなん》の下《もと》、二人は凧を八重洲河岸定火《じょう》消屋敷に落とす。これがなければ全ては始まらない。

「信太、どうだ?」

焦《じ》れて彦弥が顎《あご》を上げた。

「まだです。まだ、まだ……あっ。一つ落ちました。お七ちゃんの分です」

両方とも赤色の凧を使っている。赤に無地は福助、白い丸が描かれているのがお七であった。

「でかした、お七!」

彦弥が喜んだ時、信太は続けて報じた。

「また次が揚がります! 無地も……落ちました!」

落ちれば糸を切り、新たな凧を揚げる。出来るだけ多くの凧を落とすつもりで

見せ、事態を収束させせようとするだろう。八重洲河岸はこれのことでござろうと凧を
ある。そうでなければ駆け付けた時、八重洲河岸はこれのことでござろうと凧を見せ、事態を収束させようとするだろう。

「いくぞ！」

源吾は頃合いと見て叫んだ。先頭が動き出し、やがて源吾も往来《おうらい》へと出て、そこで驚いた。兵馬の予想通り、三、四十名の野次馬が遠巻きにこちらを見ているのである。中にはこの謎《なぞ》の活動の一端を見られると、小さく拳《こぶし》を握る者もいる。江戸の民ほど好奇心の強い者たちはいない。

「あれを御覧《ごろう》じろ」

源吾は指揮用の鳶口《とびぐち》で北東の空を指した。野次馬がざわつく。二つの凧が風に揺れており、赤に白丸がきりきりと回り、低く下がっていく。

「凧は火事の原因となる。ましてや赤となれば、雷により燃えて落ちたとも考えられる。訝《いぶか》しい」

いや、訝しいのはあんたらだ。そう野次馬の顔に書いてある。

「燃えていたか？」

「そもそもこの晴れ空だぜ」

などと野次馬は口々に話している。

「方角《ほうがく》火消新庄藩、これより……」

「あっ――」

源吾が言いかける途中に、野次馬たちは喚声《かんせい》を上げた。続いて、

「ぼろ鳶だ！」

と、喝采《かっさい》を送る子どもたち。

「松永様だと思ったぜ。今日は何の悪だくみだ」

と、不敵《ふてき》に笑う職人連中。

「こんな所に潜んでいる火消。あんたら以外にいないわね」

妙に納得したような茶屋の女将《おかみ》。皆がやんやと騒ぎ立てた。源吾は苦笑しつつ、先ほどの口上を続ける。

「凧が落ちたるは八重洲河岸定火消、本多大学様方と見た。定めに拠《よ》りて、屋敷を改める！」

今度は悲鳴とも歓声ともつかない声が上がった。ぼろ鳶組と八重洲河岸の因縁《いんねん》はすでに周知のことなのだろう。やめとけと制止する者、怖いものみたさで行けと煽《あお》る者、周囲に異様な熱気が漂《ただよ》っている。

「行くぞ！　続け！」

源吾が碓氷を駆《か》り、皆一斉に桜田御門を目指した。この大一番を見届けようと、並走してついて来る野次馬も後を絶たない。凧はもう揚がっていない。頃合いと見れば止《や》めて引き下がれと命じてある。

「お待ち下され！」

門ではやはり止められた。火事は起こっていないのだから当然であろう。ここでも口上を繰り返す。

「新庄藩、火消頭取《とうどり》松永源吾。本多大学様方に不審な凧が落ちるのを見た。推《お》して罷《まか》り通る」

「げえっ」

番士の一人が、講談《こうだん》のような大袈裟《おおげさ》な呻《うめ》き声を出した。なるほど、この男がお七やお琳が入ったことを密告した者に違いない。よく見れば先日、己と押し問答したのもこの番士であった。

「てめえ、進藤から銭でも貰《もら》っているのか」

「い、いや、無礼な！　凧のことは当方で調べた後……」

「燃えていたならば大事、火消は悠長《ゆうちょう》にしてられねえのさ！　いくぜ」

碓氷も源吾の心を代弁するかのように、大きく鼻を鳴らして駆け出す。そこに新庄藩の鳶、続いて野次馬に至るまでどっと押し寄せる。遠目に見れば戦《いくさ》で門を破ったかのようにも見えるだろう。

「御頭！」

星十郎である。脇にお七、福助がぴったりと寄り添っていた。

「どうだ⁉」

「まだ動きはありません」

「銅助《どうすけ》。お七、福助を頼む」

これも越前の産。結成以来の鳶で、源吾の近習《きんじゅ》のような役目を担《にな》っている。銅助は二人の手を引きつつ、最後方へと回っていった。これほどの人数で八重洲河岸に吶喊《とつかん》したのだ。騒ぎにならぬほうがおかしい。

源吾を先頭に八重洲河岸定火消の屋敷に辿《たど》り着くと、そこにはすでに侍《さむらい》火消が二、三名、鳶が十数名、騒ぎを聞きつけたか門の外へと飛び出してきていた。

「何用じゃ！」

「貴邸に凧が落ちたのを見た。改める」

「そうきたか……」

流石《さすが》に火消侍の端《はし》くれである。火消における凧の意味を熟知していた。

「中を改めるぞ」

「当方で！」

「それは出来ねえ相談だ。俺たちも定めは破れねえ！　観念しろ！」

源吾が鳶口を頭上で回す。寅次郎率《ひき》いる壊し手は一斉に門に殺到し、彦弥率いる纏《まとい》番、団扇番、背後番は塀をよじ登りはじめた。寅次郎は邪魔する鳶を摑《つか》んでは投げる。八重洲河岸の侍も流石に刀を抜くわけにいかず、押し止《とど》めようとするが、あっと言う間に吹き飛ばされた。もはや戦《いくさ》の様相《ようそう》を呈《てい》している。

何事かと周囲の武家屋敷から侍、中間《ちゅうげん》、小者、近隣の町から商人、職人たち、そこに源吾らが引き連れて来た野次馬たちも加わり、瞬《また》く間に数百の見物人となった。

「八重洲河岸様に何てことすんだい！」

どこかの女房だろう。罵《ののし》るように叫んだ。それが発端《ほったん》となり、罵詈雑言《ばりぞうごん》が投げつけられる。

状況だけならば、新庄藩が八重洲河岸定火消に討ち入っているように見えるのだから、彼らを贔屓《ひいき》にしている近隣の者は必死に守らんと声を上げる。勇敢にも袖《そで》を引いて止めようとする棒手振《ぼてふ》りもいた。僅《わず》かに反論するのは、外からついてきた野次馬たちのみである。

源吾、新之助らも馬を降り、門から突入しようとする。その背に無数の心無い言葉が投げつけられる。

「私たち敵役《かたき》ですね」

「気にするな」

「誰も気にしていませんよ。慣れっこです」

教練場を兼ねた広大な中庭では、踏み込もうとする新庄藩と、遮《さえぎ》らんとする八重洲河岸とで大乱闘に発展している。しかも相手はわらわらと湧《わ》いて出て、数の上ではこちらが負けているが、両者一歩も引き下がらない。

一等大きな屋敷のほかに、鳶たちが住まう長屋が四棟軒《のき》を連《つら》ね、敷地の隅には講堂らしき建物もある。探索には時間が掛かると見た。彦弥がどこを捜せばよいのかと喚《わめ》いている。

「兵馬」

「待て」

隻眼《せきがん》を閉じていた兵馬であったが、やがて刮《かっ》と見開いた。

「講堂。柱が少なすぎる」

「柱が少ない？」

「あの大きさの広間を作るには柱が些《いささ》か少ない。つまり中に板壁がある。よく見れば増築した跡もある。あれが最も怪《あや》しい」

「講堂だ！『朏』を捜せ！」

源吾が叫ぶと、新庄藩火消はどっと講堂を目指した。明らかに八重洲河岸定火消の顔色が変わり、さらに気勢を上げて行く手を遮《さえぎ》らんとした。武蔵は体当たりをするが、他の鳶に横から押し倒される。その鳶の顔面に彦弥の膝《ひざ》蹴りが突き刺さる。勢い余って転んだ彦弥を踏みつける侍火消、その帯を寅次郎がむんずと摑んで地に叩《たた》きつけた。一進一退の攻防である。

「松永殿」

呼ばれてはっとした。進藤内記である。縁側からこちらを睥睨《へいげい》していた。

「よう」

源吾も少し見上げる形で睨《にら》みつけた。

「加賀殿も御一緒とは」

「そこで鉢《はち》合わせた」

兵馬は隻眼を細める。牙八はお琳の感じたであろう恐怖を思い出してか、顔を真っ赤《まっか》にして眦《まなじり》を釣り上げた。

「見え透いた嘘《うそ》を。凧をお捜しとか」

「ああ」

周りでは怒号《どごう》が飛び交《か》うが、内記は落ち着き払っている。このような状況でも薄ら笑いを浮かべていた。おいと呼びかけると襖《ふすま》が開き、数人の男が現れた。内二人は糸の切れた赤い凧を手にしている。

「しめて三つ。お引き取りを」

「まだある。俺は見た」

嘘である。三つしか落ちていないことは星十郎から報告を受けている。口実さえあれば、もうどうでもよい局面になっていた。

「当家としてはもう示した。堂々と守らせて頂く。無法者を許すな！」

内記も大義名分を掲《かか》げて、配下を督戦《とくせん》した。

野次馬が新庄藩を罵る声、あるいは八重洲河岸定火消への歓声が、絶え間なく塀を越えて来る。まるで吉良《きら》家が反対に赤穂浪士の邸宅に乗り込んだような非難の嵐である。

いつまでもこのようなことを続けてはいられない。四半刻ほどで平蔵が火盗改を誘導して喧《けん》嘩《か》停《ちょう》止《じ》を行う予定である。それまでに文五郎の身柄を確保出来るかということが明暗を分ける。

このような荒事《あらごと》、頼りになるのは何と言っても新之助であった。喧嘩沙汰《ざた》に刀はまずいと木刀を捻じ込んできており、それでもって手練《てだれ》な八重洲河岸の侍どもを次から次へと打ち据えていた。

「講堂まで一気にいきますよ！」

新之助が呼びかけると、皆が応《おう》と返して士気《しき》が上がった。

「ぼろ鳶を調子づかせるな！」

八重洲河岸定火消も誰かが取りに走ったか、木刀や八角棒を手に反撃を始めている。

内記は自ら乱闘に加わりはしないが、内心穏やかではないと見えて目を細めていた。

「松永殿。退《ひ》いてはくれませんかな？」

「嫌だね」

意固地《いこじ》になっているのか、些か子どもっぽくなった。

内記はすっと笑みを浮かべた。それに得体《えたい》の知れない不気味さを感じる。

「ふう。当家を探っているると聞き、手を打っておいてよかった」

「負け惜しみかよ」

源吾はさらに挑発するが、内記はなぜか冷静さを取り戻していた。

「松永殿の地獄耳も鈍《にぶ》ったようで」

「なんだと……」

喧騒が場を支配しており、その他の音に集中していなかった。耳朶《じだ》を爪で挟み片目を瞑《つむ》る。より音に集中する時の癖《くせ》であった。

「半鐘《はんしよう》……」

「流石。火事ですぞ。これは……芝あたりではございませんか」

「てめえ！　火付けを！」

「滅相《めっそう》も無い」

内記は顔の前で手を振り、惚《とぼ》けた顔になって続けた。

「お内儀《ないぎ》はご懐妊《かいにん》中とか」

「殺してやる！」

源吾は聾長綱《つんぼながつな》の鯉口《こいぐち》を切った。

「胤捜しに来て殺しをすれば、新庄藩は改易《かいえき》。松永殿も切腹《せっぷく》は免《まぬが》れませんな」

内記は捩《ね》じるように口元を緩《ゆる》めた。菩薩《ぼさつ》の皮を被《かぶ》った化物を睨み据えながら、半鐘を聞き逃さぬように耳に神経を集めている。半鐘の音はなおも大きくなる。もはや間違いようもない。位置は南、芝飯倉。新庄藩屋敷の近所である。八丁火消が太鼓《たいこ》を打ち、管轄のめ組が半鐘を打ったとみえる。

——こいつを斬って、芝に戻る。

源吾は腹を括《くく》って長綱を半《なか》ばまで抜いた。内記に武芸に心得があるかは分からない。源吾の腕前は中の下といったところで、大凡《おおよそ》の武士に負けることを知っている。それでもこの菩薩もどきを許せなかった。

「お助け下され」

内記が背後に呼びかけると、奥の部屋からまた三名。こちらは粗末な衣服の浪人風である。木刀ではなく、腰に刀を手挟《たばさ》んでいる。こちらが刀を抜くように仕向け、己は身を守っただけという名分《めいぶん》を得たのであろう。何から何まで内記の思うように事が進んでいる。

「御頭……及ばずながら」

冷静沈着な星十郎であるが、この時ばかりは蒼白《そうはく》になって柄《つか》に手を掛けている。星十郎は源吾よりさらに武芸は劣《おと》る。何より重さに堪《た》えかねて普段より腰のものは竹光である。それさえも失念するほど怒っている。出逢った頃の星十郎にはこのような激情は皆無《かいむ》であった。

「落ち着け。思うつぼだ」

掌《てのひら》を差し向けて長綱を鞘《さや》に押し込んだのは兵馬であった。

「加持殿、次の一手を」

兵馬は星十郎に向けて短く言った。

「しかしこの男、許しては――」

「それでは軍師が務まるまい。このような下衆《げす》の口車《くちぐるま》に乗るな」

兵馬の痛烈な言いざまに内記は眉《まゆ》を上げた。

「ごあいさつですな」

兵馬は無視して、眼帯《がんたい》に指を掛けてぱちんと鳴らすと、乱闘の渦中《かちゅう》にある新之助を呼んだ。

「斬《き》っちまいますか」

浪人の一人が伺《うかが》いを立てるが、内記は頭を横に振った。あくまで法度《はっと》に基づいて引かせるというのが内記の方針らしい。加えて薄茶色の着流し浪人が止めた。

「お前に斬れるかよ。運籌流《うんちゆうりゆう》の独眼竜《どくがんりゆう》だぜ」

兵馬は冷たい目で一瞥《いちべつ》したのみで、源吾の柄を注視している。木刀を引っ提げて駆けて来た新之助は、手短《てみじか》に星十郎から事態の説明を受けた。

「松永、落ち着け」

歯噛みする源吾に、兵馬は続けた。

「大頭の認める唯一の火消がこの体《てい》たらくか」

暫し無言の後、源吾はすっと長綱から手を離した。

「わかった」

続けて宣言する。

「戻るぞ！　退《ひ》け！」

源吾の指示に内記はにんまりとした。配下たちは戸惑いながらも、眼前の敵をほっぽり出してこちらに参集する。

「先に行く」

兵馬は散歩でもするかのように歩を進め出した。

「どこへ」

「牙《きば》を中屋敷に走らせた。加賀は芝で合力《ごうりき》する」

言われて牙八の姿が無いことに気が付いた。この切迫した中、先の一手を指す兵馬の知力と胆力《たんりょく》は並ではない。

「何でそこまで……」

「このような下郎《げろう》に踊らされては、加賀の面目《めんもく》が立たぬ」

兵馬は内記を開いた片目で睨んだ。加賀鳶が火消の王に君臨し続ける所以《ゆえん》は、兵馬を始めとする人材の豊富さ、華やかさとは裏腹の過酷な訓練、惜しみなく銭をつぎ込んだ装備、そしてこの揺るぎない誇りではなかろうか。

「早く、早く。お役目ですぞ」

浪人の一人が子どもをあやすかのように、手をぽんぽんと叩いた。内記はこれこれと優しく咎めた。それらの屈辱《くつじょく》に身を震わせたが、源吾は八重洲河岸屋敷からの退却を命じる。

「出てきやがった！」

門から飛び出すと、悪の権化が出てきたかのように野次馬から惜しみなく罵詈雑言が注がれた。八重洲河岸定火消に敗れ、すごすごと退散したように見えるだろう。そしてそれは間違いではなかった。しかし源吾は意に介さず馬丁《ばてい》に任せていた碓氷に跨る。今、源吾の脳裏《のうり》は別の事柄に占められていた。

「御頭、お願いがあります」

新之助がいつになく真剣な面持《おもも》ちで存念を話した。

「駄目だ。また手柄を挙げようって腹……」

源吾は手綱を取りつつ却下した。

「いいえ。今しかない。そして私にしか出来ません」

「駄目だ。もう誰も……」

先代平蔵の背が目に焼き付いて離れずにいた。これまでも多くの者の死に様を見て来た。この太平《たいへい》な世にあって、なおも続いている唯一の戦。それが人と火の戦である。そして多くの人々が焔《ほのお》に抗《あらが》い死んでいった。

平蔵だけでない。狐火《きつねび》こと秀助に屠《ほふ》られた宗助の父「不退《ふたい》」の宗兵衛、「白狼《はくろう》」の金五郎《きんごろう》、よ組の「鈴虫《すずむし》」安次郎。一昔前ならば松代《まつしろ》藩の「水牛《すいぎゅう》」鈴木丹衛《にえ》門《もん》、勘九郎の父で先代大頭「黒虎《くろとら》」大音謙八《けんぱち》。

身近なところでいえば、星十郎の父孫一も、新之助の父蔵之介もそうであった。また何より、己の父も火との闘いの中で散った。平蔵の死がそれらの別れを喚起《かんき》させ、今も源吾の脳裏《のうり》を掻《か》き乱している。

「信じて下さい。私は死にません」

新之助は真っすぐな眼差《まなざ》しを向けて来る。若い頃の己でもそうしたであろう。

今の源吾は信じる心を失うほど擦《す》れておらず、かといって不安が過《よぎ》らぬほど甘くもない。先達《せんだつ》たちも、きっとこのような感情だったのではなかろうか。

「わかった……見張るだけだ。銅助を残す」

源吾近習の鳶である。銅助ならば新之助の無謀も止めうるだろう。

「銅助さんか。こりゃ無茶も出来ないですね」

新之助はへらっと笑い、頼むよと言って碓氷の尻を軽く叩いた。

振り返ればどの者も傷《きず》だらけで砂に汚れている、中には鼻血を流したままの無《ぶ》様《ざま》な顔もある。

そこに八重洲河岸扇肩の野次馬が、

「さっさと行け、ぼろ鳶！」

などと悪態をつく。討ち入って目的を達せずに帰るのだ。ぼろという言葉が妙にしっくりきた。

——ぼろでいいさ。

源吾は久しぶりにそう思った。情けなくてもいい。無様でもいい。恰好悪くてもいい。火消はそれでも命を救う者であるはずではないか。

「誰も死なせるな！」

源吾は猛々《たけだけ》しく吼《ほ》え、新庄藩火消一同が壮健《そうけん》な声でそれに応じ、一目散に自宅を目指した。碓氷にもこちらの焦りが伝わったようで、ぐんぐんと馬脚を速めていき、配下も歯を食い縛《しば》って懸命に追い縋《すが》る。

——深雪。

源吾は心で呼びかけながら向かった。恥ずべきことだが、今はそれしか思い浮かばなかった。碓氷が嘶《いなな》きを発し、さらに疾《はや》く走る。舞い上がる砂塵《さじん》に包まれ、新庄藩火消は自らの庭へと急いだ。

三

車輪のように足を回転させる武蔵が叫んだ。

「御頭！　飯倉二丁目だ！」

「星十郎！」

状況を口に出すことで、対策が自《おの》ずと見えて来る。星十郎の父にして、若き日の源吾を支えた加持孫一の持論であった。故《ゆえ》にそれを星十郎に朗《ろう》じさせるのが常《つね》になっているが、今の星十郎は馬を取りまわすのも四苦八苦《しくはっく》している。そのようなことも考えられなかったのは、己が酷《ひど》く狼狽《ろうばい》しているのか、早く八重洲河岸に戻らなければと焦っているに違いない。

「神無月九日、未《ひつじ》の刻。火元は飯倉二丁目。出火元は未《いま》だ判《わか》らず。煙《けむり》から察するにすでに火は広がりつつあると見て間違いございません。風向きは北から南へ。このまま手を拱《こまぬ》いておれば……新庄藩上屋敷が焰に没します！」

星十郎は馬を御《ぎょ》しきれず、振動に首を上下左右に揺らしながら答えた。

「ぼろ鳶だ！　来たぞ！」

逃げ惑う人々が新庄藩火消を見て、一斉に安堵《あんど》の表情に変わる。八重洲河岸近辺での扱いとは雲泥《うんでい》の差がある。

「行くぞ！　武蔵、竜吐水《りゅうどすい》を回してこい！」

今回は火事に出動したのではない。門の破壊に用いる可能性のある鳶口、掛矢《かけや》など以外、持ってきてすらいないのである。

「ま、松永様！」

ふと見れば、深雪馴染みの魚屋の「魚将《うおまさ》」の将彦《まさひこ》である。深雪が身重《みおも》とあって、ここのところは旬《しゅん》の魚を向こうから納めにきてくれていた。

「どうした？」

「あの、その、火事が生まれて！　お内儀が！　深雪様が！」

「何だって⁉　落ち着いてくれ！」

「子が生まれます！　一人で苦しんでおられます！　この火事で産婆《さんば》を呼びに行くことも出来ず、産婆の婆さんを呼びに行ったけど、逃げちまったみてえで！」

ようやく要領を得た。それと同時に血の気が引いていくのが己でも解《わか》った。

「御頭！　姐《あね》さんを！」

彦弥が眉を上げて吼えた。

「早く、私たちに任せて！」

星十郎は馬上で手を伸ばし、危うく滑り落ちそうになっている。

「お願いです。必ず止めてみせます」

寅次郎も力強く頷《うなず》く。最後は武蔵であった。竜吐水を取ってこいと水番に命じた後、こちらを上目遣《づか》いに見つめ、

「源兄《げんにい》」

と、一言だけ言った。

「すまねえ。頼む」

源吾は碓氷を駆った。道具を取りに戻る配下を抜き去り、濛々《もうもう》たる煙を掻き分

けてゆく。

新庄藩上屋敷はてんやわんやの様子であった。火事を舐《な》めるな。命を第一に家財を置いて逃げる。この源吾の考えは、左門も徹底して家中に浸透させてくれている。火が到達するにはまだ時間があるが、すでに最低限の荷だけ持って避難を始めている。一方、家中の士は水を貯めてある水桶《おけ》を用い、屋敷や長屋を濡らしている。火消以外の者にも避難の訓練をしてきた成果である。

碓氷から飛び降りて自宅へ急ぐ。戸が外れんばかりに勢いよく開け、源吾は泣くように叫んだ。

「深雪！」

「旦那《だんな》……様」

深雪は布団の上に横臥《おうが》しており、腰回りが痛むのか、きりりと身を捻《ひね》っていた。

「将彦から聞いた。産婆を捜してくれている！」

寄り添おうとした源吾に向けて飛んで来たのは、意外な一言であった。

「何故《なぜ》、ここに」

「八重洲河岸の一件は負けちまった……火事があったと聞いて戻って来た」

「ならば……火を……」

深雪は珠《たま》のような汗を額《ひたい》に浮かべている。

「心配ねえ。武蔵や星十郎が……」

己を落ち着かせるためか、深雪の気を紛《まぎ》らわせるためか、源吾はつらつらと今日あったことを語りつつ腰を摩《さす》った。

何故だか涙が溢《あふ》れ出て来る。己の妻が苦しんでいるのに、傍《そば》にいてやることも出来ない。子が生まれてくるのに、近くで迎えてやることも出来ない。若い頃は火消になればその覚悟などと嘯《うそぶ》いていたが、それは恰好を付けて虚勢《きょせい》を張っていただけだと痛感した。

「旦那様」

「ああ……」

苦しいのは深雪だろう。それなのに嗚咽《おえつ》したのは源吾のほうであった。

「旦那様」

「ああ、心配するな」

「行ってください」

きっと睨むように見つめて来て、源吾は目を伏せた。

「いいんだ」

「よくない」

このように厳しく言われたのは久方ぶりであった。何も言わずに俯《うつむ》いたまま畳に涙を落とす源吾に、深雪は片目を瞑って少し呻き、絞《しぼ》るように続けた。

「私は火消の妻です……」

源吾はゆらりと立ち上がった。

それと時を同じくして外から深雪を呼ぶ声が聞こえ、招き入れずとも中に入って来た。

「あなたは……」

「秋代《あきよ》様……」

過日《かじつ》、往来で見た新之助の母である。顔の広い深雪は、同じ家中であって当然知己《ちき》であるらしい。

「深雪さんの姿が見えないのでもしやと思い……産気《さんけ》づいたのですね」

「すみません」

「産婆は？」

「今呼びに」

「晒《さらし》はありますか」

「そこに」

「湯を沸《わ》かします」

源吾そっちのけで女たちは手短に応答していく。秋代はその間も晒を取るとさっと襷《たすき》をかけ、源吾のほうを見て微笑《ほほえ》んだ。

「御頭、お任せ下さい」

目元が新之助に似ている。目元だけでない。通った鼻筋、白い肌、新之助が秋代に似ているのだ。

「はい。深雪を頼みます」

「うちの馬鹿息子をお願いします」

秋代は頭《こうべ》を垂れると、台所に降り立って湯を沸かす支度《したく》を始めた。源吾は衣紋《えもん》掛《か》けから火消羽織を取る。振り返って深雪を見た。深雪は苦しかろうに、精一杯の笑顔を作る。

「旦那様……い、い、私たちは待っています」

「喰ってくる」

源吾は土間に飛び降りると、羽織を回して鳳凰《ほうおう》を背に落とす。飛び出した源吾はもう振り向かなかった。待っていたとばかりに碓氷が嘶く。鐙《あぶみ》に足を掛けて一気に身を上げた。

夫の何たるか、父の何たるか、己には未だ解らない。ただ今すべきことだけは明確に見えていた。逃げ惑う人々を、薄《うっす》らと漂う白煙を掻き分け。皆の元へと急いだ。


秋澄む空を立ち上る熱が歪めている。出火元は半焼を通り越し、炎はいよいよ隣家に喰いつかんとしていた。

すでに竜吐水が並べられ、諸藩の火消も出てきている。新庄藩火消は予備の火消羽織、半纏《はんてん》を着ている者もいた。各家まで取りに戻る余裕はなく、一所《ひとつところ》に纏《まと》めて保管されている予備を持って来たらしい。例の「ぼろ」である。

最前線では武蔵が指揮を執《と》り、後方において星十郎が人員の配置を行っている。彦弥は継ぎはぎだらけの半纏をなびかせて屋根で纏を取りまわし、

「皆、安心してくれ。ぼろ鳶がいる！」

と、連呼している。寅次郎は大鉞《おおまさかり》を振るって民家を取り壊し、配下の壊し手を鼓舞《こぶ》していた。

「ここで死守するぞ！」

「御頭……？」

真っ先に気付いたのは屋根の彦弥であった。

「深雪さんは⁉」

珍しく武蔵は慌《あわ》てたか、走ってくる途中つんのめった。

「俺は邪魔らしいぜ。とっとと消して来いってよ」

皆の顔に一斉に笑みが戻った。眼前の炎に意思があるとすれば、これほどまでに脅《おびや》かしているのに何故笑うと訝しむことだろう。

「ぼろ鳶！　信じているぞ」

声援が心を震わせた。一軒は猛々しく燃え、その両脇を赤に変化させつつある。

「蹴散らせ！」

源吾の叫びに、配下一同躍動する。逃げ遅れた者はおらぬということで、こうなれば新庄藩火消の独擅場《どくせんじょう》であった。竜吐水で牽制《けんせい》しつつ、さらにその両脇の建家の柱を取り払っていく。

このまま押し切って四半刻もすれば、小康《しょうこう》を得ることになろう。その時、漆《しっ》黒《こく》の一団が電撃の如く近づいてくるのが見えた。この界隈《かいわい》に現れるのは珍しいので、野次馬たちもすぐにはそれと気付かなかったようだが、やがて眼を丸くして口々に叫んだ。

「加賀鳶だ！」

数は八十ほど。すぐに集め得た人数で急行してくれたのである。

「松永！」

相変わらず牙八は呼び捨てる。

「助かった」

「お内儀は？」

牙八の懸念はそっちのほうが大きいらしい。

「無事だ。今、産気づいている。早く消してこいってよ」

「だろうな」

牙八はさもありなんと不敵に笑った。その間にすでに加賀鳶は散開して消火に当たり始めている。より早く消し止め得るだろうと胸を撫《な》で下ろしたその時、いるはずの無い男の声が聞こえた。

「御頭!!」

「銅助――何故ここに！　新之助は⁉」

「八重洲河岸定火消屋敷から出火です！」

「太鼓も鐘も鳴ってねえぞ！」

「講堂に火が……奴ら太鼓を叩きません」

何がどうなっているのか。事態はさらに混迷を極めている。

「加持殿」

星十郎に呼びかけたのは兵馬であった。

「はい。証拠を滅する気です。あわよくば踏み込んだ我らに罪を着せるつもりでしょう」

「新之助は？」

源吾にまたしても嫌な予感が走った。

「私がここで成り行きを見る。御頭にこれを伝えろと……」

新之助の母、秋代が「馬鹿息子」と呼んだのを思い出した。過去の新之助の行動も鑑《かんが》みるに、このまま指を咥えて黙っている性質の男ではない。

「松永、加賀が受け持つ。行け」

兵馬はやはり顔色も変えずに凜然《りんぜん》と言い放った。源吾はこくりと頷く。

「もう一度、八重洲河岸だ！」

第六章　嗤《わら》いを凪《な》ぐ者

一

新庄藩火消《ひけし》、ぼろ鳶組と謂《い》う「悪役」はすごすごと尻尾《しっぽ》を巻《ま》いて立ち去ったのだ。野次馬たちはまるで勝鬨《かちどき》のような歓声を上げている。そのような中、新之助は銅助を連れてこっそりと歩いて再び定《じょう》火消屋敷を覗《うかが》う。

「さて」

身を潜めた新之助は佩刀《はいとう》を引いて目釘《めくぎ》を改めた。次いで脇差《わきざし》。どちらもしっかりと収まっている。

――来たな。

予想通り八重洲河岸定火消屋敷の門が開き、進藤内記が現れた。この野次馬を解散させるため、姿を見せるだろうと踏んでいたのである。

皆、内記の元にわっと駆け寄って無事を案じる。中には拝むように手を摺《す》り合わせる嬶《かかあ》、洟《はな》を垂らして異常なまでに喜ぶ職人の姿もある。ぼろ鳶組が受けている信頼とは異なる。新之助の目には信奉《しんぽう》を超えて信仰とすら映った。

内記はそれに一々応えるかのように頷いてみせている。彼も彼なりに安堵したのであろう。菩薩《ぼさつ》の顔がいつにも増して板についていた。

「私も苦手だな」

ちびりと言って二の腕を摩った。肌が粟立《あわだ》つ思いがしたのである。

「え？」

銅助は首を捻った。

「何も。裏に回りますか」

新之助は何食わぬ顔で歩き始めた。未だ内記への惜しみない賛辞は続いている。鼻唄を歌いながら、まるで鳶丸を散歩しているかのような調子で歩を進めた。

八重洲河岸定火消屋敷の塀をぐるりと回り、講堂の裏側に出た。

――私に監視を続けさせて下さい。出てくれば尾行します。

先ほど御頭にはそう言った。八重洲河岸は再度の襲撃に備えて文五郎を移動させるかもしれないのだ。

だが、新之助は別のことを考えていた。この塀を乗り越えて、講堂の傍《そば》に降り立ち、奇襲して中に踏み込むつもりなのである。

「凧捜し」の策が破れ、八重洲河岸定火消が油断しているこの機会しかない。

文五郎の身柄の移動ならばまだよいが、殺害に踏み切る可能性もある。それに守り切ったことの安堵に包まれている今この時ならば、八重洲河岸の面々も肩の力を抜いて油断しているだろう。そういう意味では策の失敗も無駄ではない。

かといって数十人の守りに一人で踏み込むほど無謀ではなかった。ましてや相手は素人《しろうと》ばかりではない。先ほど内記の後ろに立っていた浪人、それが馬場次郎三であることも気付いていた。

――これは、死ぬかもしれない。

銅助をちらりと見た。銅助は御頭に言い含められており、必ず止めようとする。どうしたものかと思案した時、にわかに屋敷内が騒がしくなった。

濛々《もうもう》と白煙が立ち込め、その量はみるみる増えていく。八重洲河岸定火消屋敷から出火したということか。

「銅助さん、御頭に！」

「しかし――」

「文五郎さんが中にいれば、必ず見捨てられる！」

火事が起こり、焼け死んだ亡骸《なきがら》が一つ出てきたところで、配下の一人として処理するのは容易《たやす》い。この火事も自作自演の可能性がある。銅助は弾《はじ》かれるように駆け出した。

――やるしかない。

新之助は刀の下げ紐を解き、塀に立てかけると、鍔《つば》を踏んで塀を上った。講堂は教練場を挟んで屋敷と距離がある。敷地の隅に建っているため、塀とは近い。新之助が上っているところは、講堂の陰になっており、今のところ気付かれていない。

講談も役立つものだ。子どもの頃、辻に立つ講談師の話に心を奪われたものである。その中の忍者もので、このように塀を上るのだと語られていたのを思い出したのである。

するすると紐を引いて刀を手元に戻すと、雀《すずめ》のようにぴょんと飛び降りた。

「これは……」

白煙が立ち込めているが、不思議と火の香りはしない。八重洲河岸の連中は慌てふためいており、火元を探しているが、それも摑めないようである。どういう事態か呑《の》み込めぬが好機であると思った。

白煙は色濃く一寸先も覚束《おぼつか》ない。先ほど中に入ったことで、講堂の位置、そこまでの歩数は脳裏に焼き付いている。噎《む》せ返る声を上手く避けつつ、新之助はそろりと忍び寄った。

「げ」

思わず声が零《こぼ》れた。目の前から口を手で覆った男がにゅっと現れたのである。男は煙が染みるのか、涙を流しつつ瞠目《どうもく》している。

「曲者《くせもの》――」

拳《こぶし》を水月《みぞおち》に打ち込む。

「ぐえ」

男は腹を押さえて頭を垂れるが、僅《わず》かに外れたか気を失うまでには至らない。

「あれ、もう一回」

慌てて肘《ひじ》を突き刺し、男は白目を剝《む》いて倒れかかる。それを避けた時、また別の男が視界に入った。

「まだ仲間がいたか！」

新之助はすかさず木刀を走らせて額を打った。男が叫び声を置き残したことで、二人目、三人目と煙中から湧くように現れる。しまったと思ったが、後の祭りである。煙は徐々に晴れてきてはいるが、敵から逃れるばかりで講堂に近づくことも出来ない。

——まだ仲間が……？

先ほど確かに誰かがそう叫んだ。まだ仲間が、とはいかなることか。新之助は白濁した景色の中、目の端にその答えを捉えた。

進藤内記の首元に刀の鋒《きつさき》を突きつけた男がいる。着物は些《いささ》か薄汚れているが、柊与市である。その与市を取り囲むように配下がおり、今にも振り下ろさんと刀を振りかぶっている。その周りだけが時を忘れたかのように膠着《こうちゃく》していた。

「柊様！」

「新庄藩の……」

与市はほんの僅かに盗み見たが、すぐに視線を内記の喉元《のど》に戻した。

「柊殿、お止めくだされ。心得違いをなさっておられる」

「いいや。間違っちゃいねえさ。お前は人売りをしている」

「誤解でござる。確かに拙者《せつしや》は身よりのない子を養子に出しています。しかし売るなどとは、そのような人道《じんどう》に悖《もと》ること、どうして致しましょうや」

白煙はより一層晴れてきている。火事ではなく、どうやら狼煙《のろし》か煙玉のようなものらしい。新之助の姿も顕《あら》わとなり、じりじりと連中が間合いを詰めていた。

「父上がそのようなことをなさるものか！」

八重洲河岸の火消が口々に与市に反論した。

——おや……もしかして。

新之助は木刀を構えつつ首を捻った。反論した火消の口調は真に迫っている。知っていて隠しているといった素振《そぶ》りはまるで見えない。大半の配下は進藤内記の悪行を知らぬのではないか。その証拠に少数だが明らかに動揺が見られる者もいる。

「まもなく火消や火事場見廻《かじばみまわり》が来る。腹括《くく》れや」

「それで困るのは貴殿《きでん》では？　偽《にせ》火事を起こして乱入し、用人《ようにん》に刀を向ける。これは最早《もはや》常軌《じょうき》を逸《いっ》しているとしか思えぬ所業《しょぎょう》でござる」

「いいさ」

与市は身じろぎ一つしない。内記も笑みを消さず、さらに饒舌《じょうぜつ》になった。

「柊殿、聞きましたぞ。番付を上げねばならぬ訳がおありとか。故《ゆえ》に番付上位の消口を奪う大物喰いをなさっておられる。誤解を認めて下さるならば此度《こたび》は目を瞑《つぶ》りましょう。番付の一件も拙者が口添えを……」

「黙れ。腹ぐらい切ってやる」

新之助は思わず口元を緩めた。御頭に似ている。十年前の御頭はこのような男だったのではないかと思うほどに。

「しかしそれでは、仁正寺藩火消は露《つゆ》と消えますすな」

内記は手を上げようとし、させまいと与市はさらに鉞を近づけた。喉との距離、僅か一寸も無い。

「仁正寺藩火消は終わりさ。だがよ、あいつらも弟たちも解ってくれる。幼子を物のように扱い、露見することを恐れ見殺しにする……そんな外道《げどう》を見逃すくらいなら、俺は火消を止《や》める！」

気炎《きえん》を吐いた与市は、下唇を嚙《か》みしめ天に囁《ささや》くように続けた。八重洲河岸定火消の大半は理解しえないようで、ある者は眉を顰《ひそ》め、またある者は無礼を咎めた。

「あの子らは怖かったろうよ……救ってやれなくて、ごめんな」

顔を引き攣《つ》らせる内記の脇から、ずいと男が進み出た。馬場次郎三である。

「進藤殿、無駄だ。このような男は言葉では退かぬ。斬りますぜ」

「動くなよ。本気だ」

与市は言うが、馬場は意に介さず、仰《の》け反《ぞ》る内記に尋ねた。

「今の銭じゃあ足りませんぜ。五十両……よろしいか？」

内記は暫《しば》し考えたようだが、顎をちょいと引くようにして頷いた。事態が切迫していることで、新之助そっちのけで皆が注視している。

馬場がゆっくりと柄に手を下ろす。同時に与市は四方八方から白刃に囲まれている。馬場を含め、それらが与市を切り裂くか、それとも与市の鉈が内記の喉を貫くか、どちらにせよ刹那《せつな》の出来事になるに違いない。さらに仮に与市がしてのけても、その後、膾《なます》のように切り刻まれるのは火を見るより明らかであった。

与市はどちらにせよ死ぬ。それをどうにかせねばならない。僅かな隙が欲しかった。

「御取込のところ申し訳ございません」

新之助は茶飲み話かのような悠長な調子で話しかけつつ、両の掌を見せて近づいた。新之助の侵入も異常事態には違いないが、それ以上の局面を迎えている今、誰も応じようとはしない。手を上げているからか、それともあまりに自然だからか近づくことを咎《とが》める者はいない。

「ええと、柊様。進藤様にどうしても訊きたいことがあるのです。修羅場の前によろしいですか？」

「新庄の。呑気《のんき》なやつだ」

この状況で話すことに、一種の諧謔《かいぎゃく》を感じたか、与市の口元が緩んだ。新之助はそんな中でも馬場の手が柄に到達したことを見逃しはしない。

「では、お訊きします」

こほんと咳《せき》をして、さりげなくさらに一歩間合いを詰める。

「進藤様は、どうしていつも眉間《みけん》に鼻くそをつけておられるので？」

「なっ――」

怒り、驚き、滑稽《こっけい》さ、理由はそれぞれであろうが、皆が一瞬呆気《あっけ》に取られた。

その時、新之助だけが閃光《せんこう》の如く動く。左手に持ち替えている木刀で内記の腹を殴打した。腰を折った内記が膝を突くまでに、新之助の右手は左手と交差して柄に届いていた。宙に罰点《ばってん》を描くように両手が開く。左手の木刀は放り投げられ、乱立する刃の林に飛んでいく。一方の右手は腰間から刀を奔《はし》らせ、与市の命を奪わんとする馬場の抜き打ちと火花を散らせた。

「くそっ」

　与市は身を翻《ひるがえ》し、放たれた木刀に怯《ひる》む連中に向かった。膠着《こうちゃく》は破られ、あっと言う間に乱戦になる。なるほど与市は強い。腰の十手《じって》を素早く抜き、刀で斬撃を払って的確に急所を突いていく。

「油断した。すげえ奴だ……」

　馬場はぱっと飛び退《の》いて正眼《せいがん》に構えた。奔放《ほんぽう》な性格の割に、基本に忠実な正眼。これもその昔と変わりはない。

「馬場さん、止めませんか?」

　名を呼ばれたことで、馬場は眉間に皺《しわ》を作った。

「俺を知っているのか」

「ええ。あなたは、根は善い人だ」

「知った口を」

　新之助は背後から迫る刃へ躰《からだ》を開いて躱《かわ》すと、肘鉄で顔面を殴打する。馬場は一瞬斬りかかる素振りを見せたが動かなかった。

「動けば斬られていたな。大した腕だ」

　馬場は苦笑しつつ、すり足でやや右に動く。立ち上がろうとする内記を守ろうとしているのだ。

「そんな菩薩もどき、守る必要がありますか」

「銭を貰《もら》っている」

「銭など……」

与市は一所に止《とど》まらず、刀、十手、あるいは銑鋧《せんけん》を駆使《くし》して大立ち回りを見せていた。二人だけが睨み合う恰好である。

「落ちぶれても矜持《きょうじ》はある。餓鬼《がき》には解《わか》らねえかもしれねえが、銭こそ俺の菩薩さ」

「餓鬼ですから」

新之助は細く息を吐き、ぴくりと肘を動かした。それに誘われて馬場の斬撃が来る。

速い。腕力では劣り、まともに受けては圧《お》し斬られる。このような時こそ、腹の底から湧き出る恐怖を抑え込み、一歩踏み出さねばならぬことを己の躰は知っていた。

掻い潜《くぐ》るように身を低くし、鍔元に刀を捻じ込むように受けた。

「飴《あめ》が買えれば満足なのですよ」

新之助は跳び上がるように撥《は》ね除《の》けると、宙で突きを繰り出した。馬場の右肩のつけ根を貫き、着地と同時に抜く。顔を歪《ゆが》めた馬場が再度振りかぶるより速く、飛び込むように左肩のつけ根も穿《うが》った。

「ぐ……」

両肩を壊された馬場が呻きつつ刀を取り落とした。

「もう無理です」

耳元で囁き刀を抜くと、与市の加勢に向かった。馬場は片膝をついて己を抱くように両肩を押さえている。

「外が騒がしいぞ！　火盗改のおでましじゃあねえか？」

与市は両手の得物を左右に向けて吼えた。これが存外《ぞんがい》効いた。内記の悪行を知っている者は戦意を挫《くじ》かれ、また知らぬ者は己たちこそ被害者なのだから公儀《こうぎ》に任せようという心の動きに繋がったらしく、八重洲河岸定火消の動きは目に見えて鈍《にぶ》くなった。

その時である。すっかり晴れていた視界にまた煙が立ち込め出した。馬場を含めた浪人衆、八重洲河岸定火消だけでなく、与市までが怪訝《けげん》そうにしている。

「講堂だ！」

八重洲河岸定火消の一人が指を差す。講堂の壁に炎が這《は》いずり回っている。

「何故だ——」

「貴様らまだ仲間が！」

八重洲河岸の連中が詰め寄ったが、新之助は勿論《もちろん》、与市も心当たりがないらしく首を横に振った。

「父上……」

また別の火消が愕然とする。講堂の裏から歩いてきたのは内記である。立ち上がるところまでは見ていたが、いつの間にか消えていた。しかもその手には燃え盛る松明《たいまつ》が握られていた。よく見ればその足元には甕《かめ》が転がっている。炎の勢いから察するに中には油が入っていたらしい。

内記は子どもが玩具《おもちゃ》に飽きたように松明を投げ捨てると、つかつかと歩んでいく。無機質な、譬《たと》えるならば絡繰《からく》り人形のような歩みである。

「おいおい……」

与市と新之助の声が重なった。もっともそう声を出すのが精一杯、それほど呆気に取られている。二つ持ってきていたのか、置いてあった甕《かめ》を摑むと迷いなく中身を炎に浴びせた。好物を与えられた野獣の如《ごと》く、炎は歓喜して貪《むさぼ》りその身を俄然《がぜん》大きくする。

「ああ。燃やしているのだ。柊が火を付けた。火盗《かとう》にはそう申すことにしよう」

昼でも分かるほどの火明かりが、口を三日月のようにして笑う内記の頬《ほお》を赤く染めている。

「しかし……文五郎が！」

また別の男が内記に縋るように叫ぶ。

「うむ。死ぬなあ。それが何か？」

茶飲み話でもするかのように穏やかに言い、やはり笑った。

「父上！　文五郎は喜六《きろく》の出自《しゅつじ》……河原者の子だということを暴《あば》こうとしたから捕らえたのでは？　殺すほどでは……」

「お主らは私の申す通りにすればよいのだ」

内記がさらに目を細めると、八重洲河岸定火消一同、びくりと肩を強張らせた。内記は残りの油をぶちまけると、甕を転がし、畳みかけるように続けた。

「仔細《しさい》はまた話すが、文五郎を生かしておれば私はちと困る。なに心配するな。新庄や仁正寺など幾らでも後から取り繕《つくろ》える。私には強い御味方がおられる。どうか信じて助けてくれよ」

「何をすれば……」

「大きくしよう。そうだそれがいい。屋敷にも火を放つのだ」

内記は自らを諭《さと》すように呟《つぶや》く。そして恐ろしい言葉を放ちながらも相好《そうごう》を崩す様は、新之助には菩薩とは程遠いものに思えた。

「正気じゃあねえ」

与市は刀と十手を構えたまま零した。流石に内記の指示に従う者はいない。しかし、かといって消火に当たろうとする者もいなかった。

新之助は刻一刻と勢いを増す焔を注視していた。火の回りが速い。

「忠吾《ちゆうご》、貞介《さだすけ》、巻之進《まきのしん》……仔細を知っているお主らこそ頼りだ。ここまで育てた恩を思い出してくれい」

今度は拝むように弱々しく言う。一人が屋敷へ駆け出したのを合図に、もう一人も憑《つ》かれたような奇声を上げて走り出す。

「誰か、止めろ！」

新之助が咆哮する。与市が後を追って駆け出し、八重洲河岸定火消の中にも数名追随する者がいた。

内記に呼ばれた三人の内の一人なのだろう。項垂《うなだ》れる男に向けて内記は冷酷に言った。

「貞介、覚えておけよ」

　新之助は身に湧き上がる殺気を抑えつつ、それを横目に走り出していた。燃える講堂に向けてである。気付いた内記がまた何か喚いたが、もう誰も止めようとしなかった。父と尊敬していた男の醜悪な姿を見せられたからか。いや、講堂はもう紅蓮《ぐれん》に呑まれており、近づくことすら出来ないと、火消ならば皆解る。

「鳶口をよこせ！」

　振り返って叫ぶが、これにも反応は無かった。辰一に畏怖《いふ》して従っていた、に組とも違う。八重洲河岸定火消は揃って魂《たましい》が飛んだような虚《うつ》ろな目でいた。

　屋敷に火を放つことを躊躇《ためら》っている。とはいえ、神よ仏よと信じていた内記の命《めい》を裏切ることは出来ない。思考が止まっているといった表現が相応《ふさわ》しい。

「小僧！」

　馬場である。血塗《まみ》れの腕で茫然自失の火消から鳶口を奪い取り、こちらに向けて放ってくれた。

「馬場……寝返るか」

　内記は唾棄《だき》するが如《ごと》く冷たく言った。

「そもそも俺と貴様を繋ぐは銭だけだ」

馬場が言い終えたその時、新之助は宙の鳶口を摑んだ。すかさず朱《しゅ》に染まった壁に突き込み、梃子《てこ》のように板を剝がす。無我夢中でこれを繰り返して三枚ほど剝がしたところで、三、四歩引き下がった。炎は中が恋しそうに、開いた穴に纏わりついている。

助走を付けて飛ぶ。宙で身を捻って中へと滑り込んだ。身を起こして辺《あた》りを見る。道場のような構造になっており、ここで打ち合わせなどを行うらしい。

火はまだ中に到達してはいない。しかしすでに蒸し風呂のような熱気である。人影はない。だが、どこかにいると確信している。そうでなくては内記が火を放った訳も、侵入を止めようとした訳も説明がつかない。そこで詠兵馬が、この広さの割に柱が少ない、増築の跡があると言ったことを思い出した。

「文五郎さん！」

新之助は繰り返し叫ぶが応答は無い。気を失っているのか、猿轡《さるぐつわ》を嚙まされているのか。最悪の場合も想定できる。

隠し扉があると予想したが、板と板はぴっちりと嚙み合っており、一見《いっけん》しただけでは看破《かんぱ》出来ない。

——御頭ならばどうする。

そう考えた時、閃《ひらめ》くものがあり、壁に飛びついて手を突いた。

「熱い……違う」

部屋の一面ずつ、四方に同じように繰り返す。最後の一つで感触の違いを感じた。一面だけ明らかに温度が低い。つまり燃え猛る講堂の外壁《がいへき》ではないことになり、そこになんらかの空間がある証左《しょうさ》である。

「文五郎さん！　助けに来ました！」

壁の中に呼びかける。僅かに何か聞こえたような気がしたが、御頭のような地獄耳でないため確かではない。己に急げと呼びかけながら、壁に手を滑らせるが仕掛けの位置は解らない。ならばと先ほど同様、鳶口を突きたてた。これで間違っていて外壁ならば、朱土竜《あけもぐら》のように炎が噴き出すことも考えられる。苦い記憶を嚙み殺して新之助は鳶口を持つ手に力を込めた。

穿たれた穴に鳶口を嚙ませて広げる。やはりそこは外ではなく、僅かに光を取り入れる格子戸《こうしど》があるだけの空間で、薄暗い。土蔵のような構造になっている。

「誰かいますか」

儘《まま》よと声を出すと、呻《うめ》き声が返って来た。そこにはえらの張った男が縛られ、猿轡を嚙まされていた。顔中に黒い痣《あざ》をつくっており、頰も猿轡が食い込むほどに腫《は》れている。故にはっきりとはしないが、歳の頃は三十五、六といったところか。聞いていた特徴と符合していた。

「文五郎さんですか？」

文五郎は力なくこくこくと頷いた。新之助は脇差を抜いて縄を断ち、猿轡を外そうとする。

「固いな。爪を切ったから上手くいかない。動かないで下さいね」

猿轡も脇差を間に差し込んで断ち切った。

「福助から聞き、助けにきました」

「あいつは無事ですか」

「ええ。うちで預かっています」

「うち……？」

「ぼろ鳶か！」

「新庄藩です」

「急ぎましょう。火に囲まれています」

文五郎は察していたようで、ふらつきつつも立ち上がった。足元が覚束ない。

新之助は肩を貸しつつ歩み出した。

「あなた様は？」

「十三枚目です」

「ならば鳥越様」

「お見事。次はもう少し上にお願いしますよ」

新之助は苦笑しつつ外に向かう。壁板の隙間から染み出て来るように煙が入り、講堂も霧《きり》が掛かったようになっている。

「身を低く」

文五郎を屈《かが》ませ、己も膝《ひざ》を突いた。煙は白を超えて灰色。早くも黒へと変わりつつあり、悪臭が鼻をつく。まずい兆候である。

炎というものは均等に成長するものではない。ある時点を境に一気に広がりを見せる。そういう意味では疫病《えきびょう》に酷似《こくじ》していた。入って来た穴からは火焔が噴き出しており、とても近づくことは出来ない。

「別の穴を開けます」

文五郎が待てと手を伸ばすより早く、新之助は息を止めて鳶口を打ち込む。瞬間、橙《だいだい》の悪鬼が咆哮《ほうこう》とともに襲い掛かり、頰を焦《こ》がした。

後ろに仰け反った新之助は、思い切り煙を吸い込んで噎せ返る。文五郎は背を摩《さす》りつつ小声で話した。

「この規模の物が燃えれば、四方が朱土竜……炎の牢獄《ろうごく》です」

「そのようですね……しまった」

煙が眼に染みて、止めどなく涙が零れる。まともに息も出来ない。穴から休むことなく焔が入り込み、講堂の内側にも火の手が回り始めている。

「どうすれば逃れられるかご存知ですか……?」

火消が尋ねるというのも変であるが、文五郎は一流の火消読売《よみうり》書きである。

「外からの助けが来るまで耐える……その他はありません」

入ることは比較的容易でも、出ることは困難を極《きわ》める。先ほど文五郎が言ったようにまさしく牢獄である。

「弱った」

新之助は床を舐《な》めるような恰好となり、袖で口元を押さえた。炎に殺される覚悟はしている。火消はその覚悟がなくては務まるものではない。しかし文五郎だけは何とかして助けたかった。諦めた訳ではないが、思案しても未熟な己には打開策は浮かんでこない。

黒い煙が充満しはじめた。焼かれるより先にこれで死ぬのだ。

「文五郎さん……」

文五郎も朦朧《もうろう》としているようで、先刻激しく咳き込んだのを最後に、何も言わずに低く息をしていた。

「諦めては駄目です……きっと来てくれます」

床に落ちた涙もすぐに乾く。今まで火事で死んだ者たちもこのように苦しかったのか。そのようなことを考えたのも束の間、意識が剝《は》がれていくような感覚に襲われ、新之助は口を尖《とが》らせて細く息を続けた。

二

――いかれてやがる。

与市にはそれ以外の表現のしようがなかった。

内記の命を受けた二人の火消は、油を撒《ま》いて屋敷にも火を放つ支度《したく》を始めた。一人の襟《えり》を摑んで引き倒し、水月《みぞおち》に十手《じって》を突き入れる。残る一人は附木《つけぎ》の種火を投じようとする寸前であった。十手を投じて額《ひたい》に当てると、一気に間合いを詰めて背負い投げる。そして手から零れ落ちそうになる附木を奪って、唾《つば》を吐きかけて消した。

慌てて庭に戻ってきた時に見た光景に与市は息を呑んだ。

先ほど新庄藩火消が飛び込んだ講堂は、先刻までとは様相が一変している。講堂そのものが大きな火球のように、猛然と燃え盛っていた。これでは内から逃れられない。それは火消の端くれである八重洲河岸定火消の連中も分かっているはずなのに、誰一人として助けようとしないのである。浪人衆はいつの間にか姿を消しており、馬場と呼ばれた者だけが頗《すこぶ》る悪い顔色で、両肩を抱えて呻いていた。

「柊……忠吾と巻之進は？」

内記は俯き加減で首を捻った。

「中でのびているさ」

「そうか。では皆の者、松明を用意しなさい。それで火を付け、一斉に屋敷に投げ込むのだ」

内記は囂々《ごうごう》と燃える講堂を背景に、にこりと笑う。内記を信じる者には後光が射したかに見えようが、与市には天魔《てんま》が燿《かがよ》う劫火《ごうか》を率《ひき》いているかのように映った。

「それでは忠吾たちが……」

恐る恐るといった様子で、八重洲河岸の鳶が口を開く。

「親の言いつけを守らぬ子は、私の子ではない」

内記の言葉に皆が喉《のど》を大きく動かす。

「耳を貸すな！」

与市が叫ぶが誰も耳に入らぬようで、内記の表情、一挙一動を注視している。完全に心が囚われているといってよい。

これでは講堂の中に踏み込むことは出来ず、仮に踏み込めたとしても自身も含めて中から脱出は望めない。竜吐水、壊し手の巧妙《こうみよう》な連携がなくては手が付けられない状況であった。

「太鼓を打て！」

与市は続けて叫ぶ。火事の折《おり》、定火消が太鼓を打つ。それを待って町火消が半鐘を打って、やっと火消を繰り出すことが出来る。八重洲河岸があてにならぬならば、近隣の火消を集めるほかに方策はなかった。それまで中の者がもつかは賭けである。

た。

「お主ら、止《や》めよ。門を守れ」

内記は与市を一瞥して言った。武家は火事を起こしても門さえ守ればお咎め無し。この場合はそれに加え、援軍が来ても入れるなということだろう。内記は仁正寺藩に全ての罪を着せ、その上で生き残りを図《はか》ろうとしているのは明白であった。

その時、一人の火消が放心したようにふらふらと太鼓に近づいていく。内記は唾を吐き、駆け出して追い抜くと、抜刀して太鼓の革を切り裂いた。

「父上……このままでは庶民にも……」

わなわなと震える火消に、内記は顔を近づけて叫ぶ。

「貞介、つくづく出来の悪い子よ」

八重洲河岸定火消全員がほぼ同時に身震いしたような気がした。そして遂に弾《はじ》かれたように門の守護へ向かう。彼らは皆、父母を失った孤児と聞いている。家族に対する憧憬《どうけい》、そしてそれを失うことにとてつもない恐怖を持っているのだろう。子どもの頃の記憶というものは、大人になっても色濃く影を落とす。そこを内記は上手く利用しているのだと知った。

与市は火の見櫓《みやぐら》に向けて駆け出した。定火消は太鼓で火事を報せるが、何も半鐘が無い訳ではない。太鼓の後に、自らも半鐘を叩く。それが備え付けられた火の見櫓は、定火消、方角火消、八丁火消、町火消ごとに厳密な高さ制限が設けられており、定火消の火の見櫓は方角火消と並んで最高である。太鼓が破壊された今、これを上り詰めて半鐘を叩き、周囲の火消を呼び込まねばならなかった。

「止《と》めろ！」

内記の命により複数の火消が肉迫する。一人、二人までは躱《かわ》したが、三人目に腰へ取りつかれて俯《うつぶ》せに倒れた。そこに折り重なるように火消が乗って来る。

「お前ら……家族ってもんはよ……」

唯一動く口を動かしたが、圧力に堪えかねて声を詰まらせた。

――くそ野郎……。

目の端にまたもやあり得ぬ光景を捉えた。再び取りに行ったのか、内記が甕に入った油を火の見櫓にぶちまけたのである。手には先ほど飽いたように捨てた、勢い未だ衰《おとろ》えぬ松明が握られている。

「これでよいのだ。外の野次馬に気をつけような」

常軌を逸しているとしか言いようがない。この男の顔には笑みが張り付いているのではないか。驚く配下に向けて内記は今日一番の満面の笑みを見せた。

火の見櫓の根本は一瞬のうちに炎に侵《おか》され、さも当然と上に這い上がっていく。外から野次馬の悲鳴が聞こえた。すでに講堂が燃えていることにも気付いていただろう。そこでさらに火の見櫓が炎上したのだ。何が起こっているのか皆目《かいもく》解らないだろうが、自分たちもいよいよ避難を始めねばと悟ったに違いない。

「どけ……」

与市が低く言った時、にわかに門のほうが騒がしくなった。野次馬が中に入ろうとしているのか。いやそれはない。

好き好んで死地に入ろうとする者は火消をおいて他にない。

「与市！」

この声には聞き覚えがある。忘れることは決してない。数多くいる火消の中で、与市が最も憧れ、最も妬《ねた》み、最も認めている火消その人の声である。

「寅《とら》！」

「お任せを！」

低く野太い声が応じるや否や、与市の背に掛かる圧がふっと無くなる。与市が四つん這いになって顔を擡《もた》げると、そこには金剛《こんごう》力士のような鳶が立っている。その両手には帯を摑まれた二人の八重洲河岸定火消が宙でもがいている。そして独楽《こま》の如く身を回し、二人を放り投げた。

「荒神山……寅次郎」

呟いた与市を後ろから他の八重洲河岸定火消が羽交《はが》い絞《じ》めにする。指の関節を取ろうとした時、化鳥《けちょう》の如く大きな影を視野の端に捉えた。

「柊様から手を離しやがれ！」

ぐわんと躰が揺れ、脇に絡まった腕が抜けた。背後の男が矢のような飛び蹴りを受けて地に滑ったのである。

幕府により隠密に参集した火消連合の時から一目置いていた新庄藩の纏番である。

「谺《やまびこ》か。すまねえ」

彦弥の背後に最初の声の主、与市が畏敬《いけい》する火消の姿があった。

「松永の旦那……何でここに」

まさしく「火喰鳥」の松永源吾の姿である。遮ろうとする八重洲河岸定火消を薙《な》ぎ倒し、続々と配下も敷地に流れ込んで来る。内記を詰問《きつもん》するために屋敷の近くで様子を窺っていた与市は、彼らが八重洲河岸定火消屋敷に踏み込み、やがて管轄内で火が出たと引き返したことを見ていた。八重洲河岸が油断した今こそ好機と用意した煙玉を用いて踏み込んだのである。それがどうした訳か早くも立ち戻ってきたのだ。

「お前こそ、どこにいた！　どうなってやがる」

「すみません」

「詫びは後にしろ。消すぞ！」

「お宅の火消が中にいる」

「あの馬鹿野郎が……相当時間が掛かるぞ」

源吾は舌打ちをして講堂と火の見櫓を見比べると、早くも配下を展開させ始めた。

道具の配置、人数割りはこれ以上ない完璧なもので、目が無数にあるのではないかというほど的確で細やかな指示である。同時に風読みに意見を求めて手短に方針を決める。

加えて内記の追及など今は頭に無い。ただ危機に瀕《ひん》している命を救うという一点に集中しているように見えた。

与市が子どもの頃から火喰鳥は憧れの的であった。一時期火消を止めていたが、戻ってからというもの昔以上に躍動している。

苦しむ人を救いたい。火消となった当初は誰もが抱く当然は、手柄や名誉を求め、死への恐怖を知り、いつの間にか薄れていく。あるいは家族を食わせる職と割り切る者もいた。だが眼前のこの男は、誰もが少なからず失う情熱を、愚直《ぐちょく》なまでに守り通しているように思えた。

――この人には勝てねえ。

加賀鳶に先を越されても、辰一に打ちのめされても、次こそはと心を奮《ふる》い立たせた。しかし今回、初めて心から相手を認めざるを得なかった。その感情は畏敬などという大人の感情ではなく、講談《こうだん》話《ばなし》の豪傑《ごうけつ》に憧れるような子どもの心情に似ている。与市は火消として最も純な男の背を暫《しば》し見惚《みほ》れていた。

三

源吾の頭は冴え渡っていた。新之助が飛び込んだのが先刻《さっき》ということなら、火焔に焼かれるまでにはまだ時がある。それよりも厄介なのは煙である。火事場における死者の八割が、焼死する前に濁った煙を吸って絶命する。恐らく講堂の中には、目も開けられぬほどの煙が立ち込めているだろう。

「放っておけ。門にだけは火を移すな」

内記は新庄藩を無視し、門だけを守るように命じた。異常ではあるが一流の火消の実力は持っている。新庄藩のみでは消し止めることが出来ないと看破しているのだ。それは源吾も気付いており、だからこそ焦っている。

「松永、もう遅い」

与市は内記が自ら火を付けたと教えてきた。そのことにもう驚きは無かった。内記は目の前の地獄の光景にも一切顔色を変えない。

「黙れ。気色《きしょく》の悪い顔を向けるな」

源吾は吐き捨てて指示を続けた。

「御頭！　水場が遠い！」

竜吐水を展開した武蔵が悲痛な声で叫んだ。

「外から運べるか？」

「とても間に合わねえ」

あれほどの火勢ならば近づくこともままならず、一面だけでも竜吐水で炎を払わねばならない。源吾は八重洲河岸に向けて吼える。

「水はどこだ⁉」

源吾の呼びかけにも誰も応じない。絡繰《からく》り師の指図を待つ人形のように、無言で門の前に整列している。

講堂は手が付けられず、太鼓は壊され、頼みの綱の火の見櫓も炎に呑まれた。つまり打つ手が何も無いということである。

「水を持ってこい！」

源吾が猛々しく叫ぶが、やはり誰も動こうとはしない。それを内記は喜劇でも見るかのように忍び嗤《わら》った。

「松永の旦那、俺に任せてくれ」

与市はそう言い残すと、落ちた鳶口を拾《ひろ》い上げ、猛然と講堂に向かっていく。

「待て――」

源吾も後を追った。与市は一人でも飛び込む覚悟である。新庄藩の半数は敷地内の井戸を探しており、それを待つ残り半数の脇を駆け抜け、与市は赤い壁に鳶口を打ち込んだ。

「くたばりやがれ！」

三間の距離まで近づけば鼻が焦げるほどの熱波である。それなのに与市は手を休めず鳶口を繰り返し打ち込んだ。炎が与市の顔に喰らいついたところで、源吾は首根っこを摑んで後ろに引き倒した。

「馬鹿野郎、死ぬつもりか!」

与市の頰は赤く染まり、睫毛《まつげ》が焦げている。源吾は身を震わせるほどの怒りが込み上げてきた。身を翻して茫然《ぼうぜん》と成り行きを見守る八重洲河岸定火消に向け、喉が破れんばかりに吼えた。

「てめえら! それでも火消の端くれか‼」

なおも向かおうとする与市を寅次郎が抱きかかえる。これほどまでに怒ったことはいつ振りであろうか。いや、ここまで怒りを抱いたことはない。

「無駄なこと。この者らは皆我が子と同じ。他人の言うことは聞かんよ」

内記は余裕綽《しゃく》々《しゃく》といった態度である。こんな下衆に向けて話すのも惜しい。源吾の視線は他の八重洲河岸定火消に注がれている。

「今日、俺は子が生まれた!」

己でも何を口走っているのだと思ったが、心から湧き出るように口が動く。感情を失くしているかのように見える八重洲河岸の連中も、何を言い出すのかと狼狽《うろた》えている。

「命懸けのこんなお役目だ。俺は自分の子には火消になって欲しくねえ。どこに火の中に飛び込めって親がいる。どこに死んでもいいって親がいる……」

源吾は八重洲河岸の一人と目を合わせた。

「だがよ、それ以上に、どこに人が焼けるのを見捨てろって親がいる！」

源吾は唇を噛みしめた。

八重洲河岸の中には顔を背《そむ》ける者もいる。殆《ほとん》どが火事の遺児である。幼い時の記憶を喚起《かんき》しているように見えた。

「お前らの本当の親もそう願っているはずだろうが！」

力の限り叫んだからか顎が上がり、自然と天に向けて雄叫《おたけ》びを上げた恰好となった。

「無駄。無駄。無駄。何度言わせれば……」

内記の言葉がそこで途切れた。源吾が視線を下ろすと八重洲河岸定火消の列の中から、一歩踏み出した男がいた。ゆらりと歩を進めて近づいてくる。

「貞介……」

寅次郎に抱きかかえられた与市が言った。貞介と呼ばれた鳶は、がちがちと鳴る歯を抑え込み、震える声で叫んだ。

「当家には井戸はありません……代わりに十数の大水甕があります」

「貞介ぇ!!」

内記は眦を釣り上げた。内記が初めて見せた笑顔以外の表情である。

「父上……彼《か》の者らを救わねば……」

「貞介、貞介、貞介……貞介!」

内記は顎を振りつつ念仏《ねんぶつ》の如く繰り返して近づくと、身を縮める貞介の頬桁《ほおげた》を思い切り殴った。

「火消とは命を救う者と教えて下さったのは、父上でございます」

貞介は頬を押さえるでもなく内記を睨み返した。

「ならば――」

「五歳の時、火事で死んだおっ父《とう》を思い出しました。梁《はり》の下敷きになって私に逃げろと……真っ直ぐに生きろと!」

飼い犬に嚙みつかれたような渋い顔になる内記に向け、貞介は一礼した。

「今までお世話になりました。私は火消として真っ直ぐに生きようと思います。

新庄藩の方々、こちらへ!」

貞介が道案内に先立ち、その後を新庄藩の水番が挙《こぞ》って追っていく。

「内記、てめえの負けだ」

「たった一人の阿呆《あほう》よ」

「どうだかな」

源吾は不敵に笑った。己の笑みは菩薩のような穏やかなものとは程遠いだろう。きっと悪童と呼ばれた餓鬼《がき》の頃から変わっていないのではないか。

屋敷に土足で上がった貞介が思いついたように仲間に呼びかける。

「手が足りない！　皆、水甕を運ぶぞ！」

八重洲河岸定火消は苦い顔である。彼らのほとんどは内記が隠そうとしている悪事は知らぬようだが、それでも八重洲河岸定火消の不利益になるということは解っているらしい。

「俺たちが守ってきた町が無くなるぞ！　平作《へいさく》が将棋の相手をしてやっているあの爺《じい》さんも、定吉《じようきち》が心を寄せている与力の娘さんも……皆、死んじまう！」

貞介が講堂や火の見櫓を指差して悲痛に叫ぶ。舞い上がった火の粉が遠くまで飛散しており、いつどこで新たな火種となってもおかしくはない。

貞介は吼え続ける。煙にやられたか声が酷く嗄《か》れていた。

「俺たちの親のような目に遭わせるのはもう御免だ！」

内記は鼻で笑った。源吾はというと貞介のほうを見もせずに配下を招集している。

背後が騒がしくなった。どたばたと土足で屋敷に上がる音、多くの者が駆け巡る音である。

「何故だ……」

内記は細い目を見開いて茫然となった。源吾の予想通りである。源吾が呼びかけていた時、八重洲河岸の者たちの目は、炎を憎む火消の目そのものであった。あとは誰かが口火を切れば、立ち上がると信じていたのである。

「内記、関脇《せきわけ》の割に火消が解ってねえな。火消はみんな親不孝者なのさ」

待つほどもなく大甕が運ばれてきた。大人二人が手を広げてようやく回るほどの大きさである。これに水が張られていれば相当な重さになる。しかもそれが二つ。貞介、その他の八重洲河岸たち、新庄藩火消の水番が協力して庭先にまで運ぶ。

この火勢ならば全ての竜吐水で放水せねば、焼け石に水であると皆が焦れるのを武蔵が制止してきた。大甕を皆で傾け、竜吐水に一気に水が注ぎこまれる。

未だ呆気に取られている内記をよそに、源吾は高らかに声を張った。

「竜吐水すぐに支度をしろ！　寅、火が弱まればすぐに大穴を開けるぞ！　俺と彦弥、武蔵で踏み込む。極蜃舞《きよくしんぶ》を用意しておけ！」

「応《おう》！」

声を合わせて応答をすると、新庄藩火消は持ち場に就く。その間も源吾の指示は止むことは無い。

「星十郎、風向きに気を配れ。櫓からの火の粉は遠くまで飛びそうだ。銅助、信太！　伝令と纏《まとい》、団扇《うちわ》番は全て水番を助けろ。一気に決めるぞ！　あの馬鹿を救って類焼を防ぐ！」

四

講堂の火の勢いは強い。壁の表面は夏場の荒地のようにひび割れ、炭に変じ始めている。放水の支度は着々と進むが、気が急《せ》いて指の付け根を噛みしだいた。

そんな時、背後から星十郎が声を掛けてきた。

「太鼓、半鐘ともに叩かれておらず他家の火消が来ません。鳥越様の救出はともかく、うちだけでこれを消し止めるのは無理があります」

「ああ……風向きは」

何の躊躇《ためら》いもなく指示を出しているように見えるかもしれないが、今この時も源吾の脳裏では鎮火《ちんか》までの方策が立たずに迷っていた。星十郎の進言してきたこともその一つである。

「風は西向きに変わりつつあります……最悪の場合、御城にも被害が」

「御頭、あれは流石に無理だぜ」

源吾と共に突入に向けて待機する彦弥は、炎の塔と化しつつある火の見櫓を見上げて顔を顰めた。

「八重洲河岸に他に火消はねえ。桜田御門外の上杉弾正《うえすぎだんじょう》様に太鼓を打って頂くしかない。櫓が倒れればさらに被害は広がる」

米沢《よねざわ》藩上杉家の上屋敷まで遠くはないが、一刻を争う。星十郎はこくりと頷いて身を翻そうとした。

「松永の旦那、俺が鐘を叩きます」

唐突に言ったのは与市である。

「柊様、あれを上れる奴なんていねえよ！」

彦弥は火の見櫓を指差しながら気色ばんだ。

「いや……ここから叩く」

鼻先を煤《すす》で汚した与市は力強く頷いた。

「出来るのか？」

源吾は与市の意図することに気が付いた。

「爺の口癖を覚えていますか？」

与市の祖父、海鳴の古仙から耳に胼胝《たこ》が出来るほど聞かされた言葉を思い出した。

「火消に出来ねえはねえ。やらねばならぬ。ただ一つよ……だったか？」

「その通り。石を」

源吾は配下に手頃な石を集めさせた。すぐに石が集まり、与市は吟味《ぎんみ》して、赤子の拳ほどの大きさのものを五つ手に取った。ここから投石して火の見櫓の最上部にある半鐘に当てるのである。

「そんなことが出来るのですか……」

星十郎は信じられぬ様子である。与市はそれに答えなかった。揺らめく炎に遮られた半鐘を見つめ、糸のように細く息を吐いた。

「いきます」

言うと与市は両手を頭の上にやる。左足を高々と上げ、天に胸を向けるほど上体を反らせ、踏み込むと同時に鋭く腕を振った。放たれた石は天と地の間を切り裂くように火の見櫓へと向かう。炎に吸い込まれて石を見失った直後、金属音が響き渡った。

「すげえ！」

「まだまだ」

彦弥が手を打つと同時に、与市は早口で言ってすでに振りかぶっている。二投目もまだ響きを失っていない半鐘を揺らした。手を休めることなく三、四と続け様に直撃させた。

「最後だ！」

最後の一投は気持ちが籠ったか、それまでよりも速く飛んでいき、最も大きく、甲高い音を生んだ。澄んだ鐘の音が辺りに響き渡る。炎の音を圧し火消の心を奮い立たせる音色だった。水番の者も水を運びながら感嘆の声を上げる。それは八重洲河岸定火消ですら同じであった。

「与市、よくやった！　これで火消が集まる。武蔵、行けるか？」

「御頭、いける！」

武蔵は額から滝のような汗を流して言った。

「いけぇ！」

武蔵の号令により、一斉に竜吐水から水が放たれる。

「一番はやや上、屋根に掛けろ。三番は右、炎を端に追い込め！」

武蔵は一々的確な指示を与え、炎は予期せぬ逆襲に撤退を始める。

「寅！　ぶっ壊せ！」

「待ちくたびれました。皆の衆、いくぞ！」

寅次郎は特注の大鉞《おおまさかり》、他の壊し手も斧《おの》や鳶口を手に歓声を上げて突撃する。その間も竜吐水は壊し手を守るように水を放ち、与市や八重洲河岸定火消は絶え間なく給水する。

「彦弥、武蔵、いくぞ！」

「武蔵さん、魁《さきがけ》を頂きますぜ」

彦弥はからりと笑って疾風《はやて》の如く走り始める。武蔵も負けじと極蜃舞《きよくしんぶ》を抱えて後を追った。源吾はその後ろを走る。図ったように寅次郎の大鉞が講堂に大穴を開けた。

「ご苦労さん。交代だ」

彦弥は寅次郎の肩をぽんと叩いて穴に吸い込まれた。武蔵も極蜃舞を抱きかかえるように守りつつ中へ入る。

「寅、櫓を内側に倒す支度を。星十郎に諮《はか》れ」

「お任せを」

源吾の指示に対し、寅次郎らしい武骨《ぶこつ》な返事をした。

源吾も講堂の中に入る。茹《ゆだ》るような熱さ、噎せ返るほどの酷い煙で、火消特有の細い呼吸法でもそう長くはもたない。炎は板壁を貪り、中にまで入り込んできており、煙の中を踊る様はどこか幻想的にすら見える。

源吾は腰を低くして、指と手の仕草《しぐさ》で指示を送る。

——武蔵、極蜃舞で炎を抑えろ。彦弥、新之助を捜すぞ。

このような時のため、簡単な意思疎通《そつう》が出来る合図を決めている。二人は頷いてさっと分かれる。

「新之助——」

彦弥が呼びかけようとするが喉を煙に襲われ咳き込んだ。細く息をしなければこうなる。かといって視界が煙に覆われており、どこにいるのか全く見当もつかなかった。

源吾は屈みこむと、拳で床を二度殴打した。そして目を閉じて耳を研ぎ澄ました。

——こん、こん。

音が返って来たが、弱々しい。しかし源吾にはこれで十分であった。彦弥の袖を引っ張り、たった今聞こえた音の方へと歩みを進めた。

そろりそろりと近づくと、爪先に何かが当たる。人の感触である。慌てて手で周囲を探ると人が俯《うつぶ》せに臥《ふ》していることが判った。それも二人である。

「御頭ですね！」

新之助はこの煙の中でも普通に話す。ただその声が常よりも籠って聞こえた。

——なるほど。そういうことか。

鳶口を使ったのだろう。床に拳大の穴が開いており、新之助はそこに顔を突っ込んでいた。煙は上に立ち上る性質がある。床下が煙で充満するのは最も後になる。それに気付いてこのような体勢を取ったのだ。

「文五郎さんもいます。そちらを先に助けて下さい」

もう一人は文五郎らしい。こちらも新之助と同じような恰好で突っ伏していた。了承の意で新之助の背を軽く二度叩いた。

「遅いですよ。死ぬかと思いました」

それだけ文句を言えれば無事に違いない。源吾は新之助の脇腹に肘を入れ、文五郎の方へと寄り添った。触れた背が波打っている。呼吸をしている証拠である。

（俺だ。息を思い切り吸え）

床に唇を寄せて囁《ささや》くと、文五郎の首が動いた。腹に力を込めて引き起こして彦弥に託す。彦弥は文五郎の手を引いて光の零れる穴の元へ戻っていく。

源吾は先ほどまで文五郎が顔を入れていた穴に首を突っ込んだ。

「あ、ご苦労様です」

「ったく……この野郎」

新之助が首を捻って話しかけて来た。頭取《とうどり》、頭取並、共に床下に顔を入れて会話している。よく考えればこれほど滑稽な恰好もあるまい。

「武蔵、退け！」

源吾は目一杯の声で叫んだ。籠っていようが、これならきっと武蔵も聞こえるだろう。現に直後、床を踏み鳴らす音が聞こえて来た。

「歩けるか？」

「煙を吸って朦朧《もうろう》としていましたが、もう心配いりません」

「一、二の三で、俺が立つ。お前は四で俺に続け。出口まで案内する」

「何で二と三の間にだけ『の』を入れるんですかね？」

「黙っていろ。一、二の三！」

源吾は立ち上がった。直後、律儀《りちぎ》に四と言う新之助の声が聞こえる。源吾は穴を目指して猛進する。穴に纏わりつく炎を防ぐため、顔の前で十字に腕を組んで穴から飛び出した。

「御頭！」

彦弥が叫ぶ。脇には顔を煤で真っ黒にした文五郎がいる。

「鳥越様は？」

次に極蜃舞の給水をしていた武蔵である。源吾は新之助の道を空けるために横にずれつつ言った。

「すぐに――」

「うわっ」

穴から飛んで来た新之助が源吾の頭上に降って来たので、二人はもつれて転がってしまった。

「何で斜めに飛ぶんだ……」

「がさつな御頭のことだから、道を空けてくれないだろうなって」

「生意気言いやがって」

源吾は拳骨《げんこつ》を見舞って立ち上がる。新之助も頬を膨《ふく》らませながらそれに倣《なら》った。

「皆様、ご迷惑をお掛けしました。さて消しますか。この鳥越、鳥越新之助にお任せ下さい」

「文五郎がいるからって、いい恰好すんじゃねえ」

源吾は苦笑して、新之助を見た。顔は煤で真っ黒、鬢《びん》のあたりの髪が縮れている。この物言いの明るさ故に見逃しがちだが、相当に苦しかったに違いない。

門に近いところで火の見櫓の対策を講じていた星十郎が叫んだ。

「応援が来ました！　米沢藩上杉家、浜松《はままつ》藩井上《いのうえ》家、越前丸岡《まるおか》藩有馬《ありま》家、佐賀《さが》藩鍋島《なべしま》家……仁正寺藩市橋家です！」

「よおし。一気にかたつけるぞ！」

新庄藩火消一同が盛大に声を上げる。

講堂は中まで火の浸食を受けて不気味な音を立て始めていた。また火の見櫓に渦巻《うずま》く火焰も勢いを増す一方である。

「新之助、上杉家、有馬家と共に櫓を敷地内に引き倒せ」

「わかりました」

「武蔵は井上家、鍋島家と共に講堂に休まず水を掛け続けろ！」

「任せて下せえ」

「屋敷は俺が受け持つ。飛び火する前にぶっ壊す」

そこまでいったところで与市が一歩進み出た。

「解っている。与市、任せていいか？」

「ああ。そのつもりだ」

仁正寺藩の火消たちが流れ込んで来た。与市不在でも、いや不在だからこそ目的を達しようと出動したのであろう。そこに己たちの頭がいたのだから、仁正寺藩火消は驚きと歓喜に沸いて涙を流す者もいた。

「てめえら、うちの持ち場は門だ。絶対に燃やすな！」

驚いたのは八重洲河岸定火消である。もはや誰も助けてくれぬまま門を焼失し、改易も覚悟していたといった様子である。

「八重洲河岸よ。手伝ってやるから、守り切るぞ！」

与市は快活《かいかつ》に笑うと、門に向かって走っていく。八重洲河岸定火消も顔を見合わせて頷き、仁正寺藩火消と共に門へと向かっていった。

源吾はそれを横目で見送って微笑《ほほえ》む。焔に囲まれた決して楽ではない情勢であるが、悲観的な思いは微塵《みじん》もない。配下の新庄藩火消、仁正寺藩を始めとする応援に駆け付けた八丁火消、そして八重洲河岸定火消までが心一つに火に向かっている。このような時、火消は実力以上の力を発揮するものである。

「うちも負けてられねえぞ！」

源吾は乾いた声で鼓舞《こぶ》しつつ、羽織をなびかせて屋敷に向かい駆け出した。方々で飛び交《か》う鳶の声が心地よく鼓膜《こまく》を揺らしていた。

五

飛び交う火の粉の対策にも追われ、八重洲河岸定火消屋敷の火を完全に消し止めるのに、実に二刻の時を要した。いや、二刻で済んだのは火消の八面六臂《はちめんろっぴ》の活躍があったからである。

最も早く片付いたのは講堂であった。屋敷との距離があり燃え移ることがなかったのが幸いで、武蔵が休みなく竜吐水を指揮し続け、半刻後には破壊作業に移ることが出来た。

次は源吾が自ら率いた屋敷の取り壊しである。

「どれだけでけえんだ」

そう零してしまうほど屋敷は大きかった。そもそも定火消屋敷の敷地が広大であることは、元は定火消の源吾も熟知している。とはいえ、八重洲河岸定火消は源吾が仕えていた飯田町定火消のそれよりも一回り大きく骨が折れた。一刻掛かってようやく瓦礫《がれき》へと変じさせる。母屋などの内装、屏風《びょうぶ》一枚に至るまで、その道に造詣《ぞうけい》の深くない源吾でも、壊すのを躊躇うほど立派なものであった。火消としての収入だけで賄《まかな》えるものでないのは一目瞭然《いちもくりょうぜん》である。

そして火の見櫓である。燃え盛るままに倒すことは出来ない。庭を狙ったとしても微妙にずれれば屋敷に直撃して、火事を広げることになる。かといって何もせずに手をこまねいていれば、周囲に火の粉を撒き散らす元凶《げんきょう》となる。火の見櫓の根本に根気よく水を浴びせ続け、屋敷の外にまで人を派して避難の誘導、飛び火対策に乗り出す。屋敷が取り壊された頃でも、火の見櫓は上部だけが未だ炎に包まれていた。まるで江戸の町に立てられた大きな蠟燭《ろうそく》のようである。

これに長い縄を括《くく》りつけ、天から見れば八の字を描くように左右から一斉に皆で引き倒す。

「倒れるぞ！」

源吾の合図で蜘蛛《くも》の子を散らすように逃げ、大砲を打ち込まれたが如き豪《ごう》という地響きと共に、砂と火の粉が天高く舞い上がった。

最後は門である。火の見櫓のすぐ脇に門はある。いや、構造上は門の脇に火の見櫓があるといってよい。つまり火の見櫓から火の粉、燃えながら剝がれ落ちる木材が、雨霰《あられ》と止めどなく降り注いだ。

「死んでも守れ！」

与市は門の瓦屋根の上に立って猛威を振るう櫓を睨み続け、時には源平武者《げんぺいむしゃ》が刀で矢を払うように、鳶口でもって燃える木材を払い続けた。仁正寺藩、八重洲河岸どちらも与市を援《たす》ける。

「御頭、こいつらのせいで……」

あまりに過酷な任務に、仁正寺藩火消の鳶が愚痴《ぐち》を零した。

「誰のせいだって？　門を燃やしたら俺たちの失態と覚悟しろ！」

肩身の狭そうにしていた八重洲河岸定火消は、ここから雄叫びを発してさらに士気を上げげた。与市目掛けて子どもほどの板が落ちて来た時、与市は下に向けて指示を出しており、気付かなかった。火の神が自らに抗《あらが》う者たちの首領を狙ったかのように、正確に与市の元へと落ちて来る。

「御頭！　後ろ！」

仁正寺藩火消が叫んだ時、宙の木材に体当たりした者がいる。八重洲河岸の貞介である。板を跳ね飛ばした貞介は勢いあまって滑り、屋根から落ちそうになった刹那、与市の手が差し伸べられて襟を摑んだ。

「板じゃあなく、俺をどかせばいいだろうが……」

貞介の袖には移った炎が、ちろちろと口惜しそうに揺らいでいる。

「それでは一緒に落ちてしまいます。ここは貴方が頼りです」

与市は気合いを発して両手で貞介を引き上げる。

「ありがとうよ」

貞介は熱っぽく頷き、与市は周囲に火の雨を降らす暴君と化した火の見櫓を睨み据えた。

「間もなくだ！　耐えろ！」

そこから半刻後に火の見櫓が引き倒され、全火消が群がるように火を踏みつぶし、この尋常ならざる消火劇は幕を閉じたのである。

屋敷は全壊、消炭のように燃えた講堂も潰され、黒色と化した火の見櫓も跡形も無い。ぐるりと囲んだ塀にも飛び散った火の見櫓の瓦礫が刺さり無残《むざん》である。ただ門だけは一部の瓦《かわら》が剝がれ落ちたものの、ほぼ無傷といってよかった。これほどの惨状でありながら、門を残せば咎められることはおろかむしろ、

——よくやった。

と、褒められる。奇妙な武家火消の掟《おきて》であるが、門の屋根瓦に大の字に寝そべり、茜《あかね》に染まる空を満足げに眺める与市を見れば、これもまたよい。この時ばかりはそう思わざるを得なかった。

六

消火が成ってもまだ残務がある。火種を確実に潰していくこともそうであるし、火事の検分《けんぶん》、事情聴取を行う火事場見廻《かじばみまわり》にも報告をしなくてはならない。

——どこに行きやがった。

喜びを分かち合う火消たちの中に、いつの間に行方を晦《くら》ましたか、内記の姿は無かった。最後に見たのは八重洲河岸の連中が命を無視し、呆然となっていた姿

である。

　このまま引き下がる男には思えず、一抹《いちまつ》の不安を抱いたが今は火事の後始末に当たらねばならない。

　門を潜《くぐ》ると多くの野次馬が殺到しており、それを整理しつつ解散を命じる火付盗賊改方の島田政弥の姿があった。平蔵がこちらに気付いて近づいてくる。

「だいぶと段取りは狂ったたらしいな」

「そう上手くいかねえな」

　源吾は苦笑して腰に手を伸ばす。ようやく一服と思ったたが、急なことであったため煙草《たばこ》入れを忘れたらしい。平蔵は目敏《めざと》くそれにも気付き、煙草入れから刻みを取り出して自身の煙管《きせる》に詰めた。

「ほれ」

「ありがとよ」

　今度は火が無い。平蔵はちと面倒そうに火打ち袋に手を入れる。上手く火打ち石を打って火口《ほぐち》に火を付け、手で覆いつつ雁首《がんくび》へと近づけてくれた。

「何だなあ……火ってもんは欲しい時には手間暇かけて付けなきゃならねえのに、いらねえって時に溢《あふ》れるほど湧いて出やがる」

平蔵はしみじみと言った。源吾は煙草をくゆらせる。

「人が火を操ろうとした時からの宿命だろうな」

二口目を愉《たの》しんでいた時、島田がこちらに気付いて駆け寄って来た。

「松永！　事情を訊《き》かせろ！」

「はい。何なりと」

「長谷川殿より悪漢がいると報せを受け出動したら、八重洲河岸定火消が炎上しているではないか！　しかも……中にいるのはまたお主らときたものだ。この疫《やく》病神《びょうがみ》め」

早口で捲《まく》し立てるのを、源吾は目を細めて受け流していた。

「島田様は消すのは奴らに任すと仰《おつしや》い、民の避難に奔走《ほんそう》して下された。礼を申せよ」

平蔵は間を取りなすように言った。

「へえ。いいところもあるんですな」

「当然だ！　駆け付けて突っ立っておれば、後で非難を受けて出世に響く」

らしい返答に苦笑した。その島田は声を潜めてさらに続ける。

「おい。先刻、一橋様よりこの件に火盗は関わるのはよろしくない。そうやんわりとお達しがあった。貴様……何か知っておるのか」

　これも居丈高《いたけだか》の割に小心者の島田らしい。

「あいつ。一枚嚙んでやがるか」

「馬鹿者……あいつなどと」

「もし会う機会があるなら言っといてくれねえか。引っ込んでろってよ」

「言えるか！」

　島田の狐目《きつねめ》が開くのが面白く、源吾は思わず噴き出してしまい、平蔵も腹を押さえて笑っている。

「そもそもお目通りなど叶わぬ御人。拙者などにわざわざ文を送られたのも解《げ》せぬこと……」

　島田は何か大きなことに巻き込まれたのではないかと思ったか、恐々とした様子で爪を嚙んでいる。

「さて……後始末がまだある。終われば、火事場見廻、火付盗賊改方と順に報告に行きますぜ」

　その時である。野次馬の中から源吾を呼ばわる声が聞こえた。魚屋「魚将」の主人、将彦である。

「松永様！　深雪様から火事場に出たと聞き来ました」

「深雪に何か⁉」

「お生まれに……お生まれになりました！　珠《たま》のような――」

「言うな。会ってからでいい！」

男か女か。どちらにせよ対面してから知りたかった。

「知らせてくれてありがとうよ。始末を付けたら戻る」

「そんな……情の無いことを……」

将彦は泣き顔になった。

「深雪が戻れって言ったかい？」

「いいえ……私が勝手に」

「分かってくれているさ」

源吾は煙管を平蔵に返し、片笑んで身を翻《ひるがえ》す。敷地の中の火種を再度確かめるつもりである。

何か伺いを立てようと出て来たのであろう。新之助が外に出ており、中に向けて手招きをしている。すると狭い門からどっと配下が溢《あふ》れ出て来た。どの者も顔を煤で真っ黒にし、折角新調してもらったばかりの半纏《はんてん》を焦がした者もいる。他の火消たちとは比べ物にならぬほど砂埃《すなぼこり》を被っているのは、払うこともなく消火に当たり続けた証拠である。まさしく「ぼろ鳶」の名がよく似合う。先刻までは皆疲れ果てた顔をしていたのに、どの顔にも喜色《きしょく》が溢れかえっていた。

「生まれたんですよね？」

新之助は目を輝かせた。

「ああ、生まれたらしい」

まだ実感が無く、そのような愛想《あいそ》の無い返事になった。

「お帰り下さい。後は私たちでやっておきます」

「いいさ。深雪に叱《しか》られちまう」

「私が帰れって命じたことに。私が怒られておきますから」

「何でお前が命じるんだよ」

そのようなやり取りをしていると、横から武蔵が進み出た。

「俺もいるし心配ねえさ」

次は星十郎が微笑みつつ言った。

「お役人は私が応対します」

彦弥と寅次郎は、ばちんと手と手を合わせる。

「気丈《きじょう》な方だけど、心細かったでしょうよ。会いたいんじゃあねえかなあ……」

彦弥は惚《とぼ》けたように空を見て言った。

「お子様にも早く会ってさし上げて下さい」

寅次郎は巨軀《きょく》に似合わぬ優しげな声で話しかけた。再び新之助が語り出す。

「さ、さ、早く。新太郎《しんたろう》君か、お新《しん》ちゃんか解らないですけど、会いにいきましょうよ」

「何でお前の名に引っ張られてんだよ」

源吾は頭を搔きむしりながら苦々しく笑った。すぐ横の平蔵も眉を開いて頷き、島田でさえも聞かぬふりでその場を立ち去った。三年前、浪人をしていた時、このような日を迎えること、再び現場に立っていること、目一杯馬鹿だけど誰よりも優しい奴らに囲まれていること、どれも想像すら出来ていなかった。人の一生とは出逢いによってこうも変わるものらしい。そして新たな出逢いがすぐそこに待っている。

「悪《わり》いな。任せるぞ」

新之助がどうぞといったように、宙で手を滑らせる。源吾は駆け出した。二町か三町いったところで、碓氷を残してきたことに気付いた。今から戻っても碓氷に頼ったほうが早く着く。

　ただ今日だけは、この時だけは己の脚で駆け付けようと、すぐに考えを改めた。一歩一歩、大地を踏み締めるように走る。父になれば見え方が変わるのかもしれない。そんなことを考えながら、脇を流れていく風景を目に焼き付けていた。

七

　新之助は庭の木にもたれ掛かる馬場の元へと歩を進めた。火事を消し止めた時、他の浪人はすでに逃げ去っていたが、馬場がじっと動かずにいたことに驚いた。慌てて晒《さらし》を持ってこさせて手当をしたのである。その後も馬場はこの場を去ることはなかった。

「本当に逃げなくていいのですか？　今ならまだ……」

「面倒になったのさ」

　馬場は興味なさげに言う。

「でも馬場さんは人買いに関わった訳ではないのでしょう？」

馬場の話によると、お七やお琳を追いかけたのは、内記に言いくるめられた八重洲河岸の連中であるらしく、それにも馬場は関与していなかった。馬場が担当していたのは柊与市の襲撃である。

馬場はその問いには答えず、深呼吸をして話を転じた。

「俺は妻子を共に流行り病で亡くした。薬を買える金があれば救えたかもしれないが、当時の俺の禄《ろく》ではとても無理なことだ。それで荒《すさ》んで酒浸《びた》りになり、上役を殴り飛ばして馘《くび》になったのよ」

「そうですか……」

「今更《いまさら》遅いと知りつつ、せめて立派な墓でもと汚い仕事を……な」

妻を、子を亡くした時点で馬場はもう生きるあてを失っていたのだろう。

「死罪にはならぬでしょう。罪に服し、お二人を弔《とむら》って下さい」

馬場は歯の間から息を漏らし、上目遣いに見つめてくる。

「飴の餓鬼が偉《えら》くなったもんだ」

「お気付きでしたか」

新之助は微笑んだ。実は新之助がまだ前髪も取れぬ頃、この馬場次郎三に連れられて飴細工の店にいったことがある。

「俺が遊び半分で三本の内、一本でも取れたら好きなものを買ってやると言い、お前は見事一本取った」

「ええ、籠手《こて》でしたね」

「お前が仲見世《なかみせ》の飴細工が欲しいってなあ」

「はいはい。連れて行ってもらいました」

十二支を象《かたど》った飴細工があり、その中から選べと馬場が言ったのをまざまざと思い出した。

「確か……兎《うさぎ》だったな。普通、男は虎か龍を選ぶが、変わった餓鬼だと笑ったもんさ」

「だって兎って可愛《かわい》らしいじゃないですか」

新之助が言うと、馬場はあの日のように豪快に笑った。

「変わらねえな」

「馬場さんも変わっていませんよ」

「でも、お前は強くなった」

「ありがとうございます」

新之助は、頭をちょこんと下げた。

「ああ……兎だったな」

馬場は遠くを見つめている。新之助は思い出している。馬場が娘への土産《みやげ》にと、もう一本兎の飴細工を買っていたことを。御頭にとってのお内儀、生まれてくる子のような存在が馬場にもあったのである。

「馬場さんが作った飴細工を見てみたいな」

「無茶言うな」

馬場はどこか照れ臭そうに苦笑した。あの日の仲見世の賑《にぎ》わいに想いを馳《は》せ、新之助はつるりと頬を撫でた。

第七章　父へ翅《はばた》く

一

　息を弾《はず》ませながら家に着くと、源吾は勢いよく戸を開け放ち、履物を慌てて脱いで土間から転げるように上がった。寝間の襖《ふすま》を開けると産婆《さんば》と思《おぼ》しき年増女《としま》、そして新之助の母である秋代が一斉にこちらを振り向く。

「深雪は……」

　秋代がにこりと微笑《ほほえ》んで布団へと視線を落とした。布団の傍《そば》まで駆け寄り、四つん這《ば》いになって上から覗《のぞ》き込む。

「お帰りなさいませ」

　深雪は長い睫毛《まつげ》を横に動かし、口元に笑みを浮かべた。横には白布にくるまれた赤子《あかご》がいる。泣きはせぬものの、宙そのものが気に喰わぬかのように手を動かしていた。

「ご苦労だった……頑張ったな。どっちだ？」

「男の子です」

「男か」

鸚鵡返《おうむがえ》しに言った。胸のあたりが苦しく、動悸が激しい。一体これは何という感情なのか己でも理解出来ずに動揺している。

「誰だか教えてあげて下さい」

「そうだな。松永源吾と謂《い》う」

深雪がくすりと笑い、秋代や産婆も顔を見合わせて噴き出した。

「我が子に名乗ってどうするのです」

やはりどこか落ち着かず、己でもどうかしていると思う。

「ああ、そうか……父だぞ」

呼びかけたものの反応は変わらない。それも当然のことだろう。

「手を握ってやって下さい」

「ちょっと待て……煤《すす》で汚れている」

水で洗い流そうと立ち上がりかけた源吾の裾を、深雪はぎゅっと摑《つか》んだ。

「初めはその手で」

再び膝《ひざ》を突き、薄汚れた人差し指を恐る恐る手元に持っていく。

「小さな手だ……」

まだ名も無い我が子は触《ふ》れた指をぎゅっと握ってくれた。それが思いの外《ほか》力強い。

「すごい力だ……すごいぞ」

「お帰りなさいと言っているのです」

「ああ……ただいま」

「旦那《だんな》様」

深雪が意味ありげに微笑んで初めて気が付いた。己の頰《ほお》に涙が伝っている。慌てて汚れた羽織で拭《ぬぐ》った。

「頰が真っ黒です」

涙で溶けた煤が伸びてどうやら酷い顔であるらしい。

「男か……長谷川様は何でもお見通しだったな」

「一字を頂けますね」

「そうだな。考えていたあれで良いか？」

「ええ」

「松永平志郎《へいしろう》……」

平蔵が今わの際に挙げた名も考えた。だがそれよりも平蔵の志《こころざし》を継いで欲しい。そう願ってこの名を考えたのである。

指を抜くのが惜しくなるほどの温もりであった。命を守ることを一義に掲げてきたが、それもどこか恰好を付けた持論だったのかもしれない。ようやく実感として間違っていなかったと思える瞬間であった。

「平志郎」

もう一度呼んでみると、平志郎は煩《わずら》わしそうに残る手を振る。はや嫌われたかと慌てる源吾に、女三人が一斉に笑い出す。火事場から何度苦笑したであろうか。源吾はちょいと首を捻ってこめかみを掻《か》いた。

「深雪、ありがとう」

「ご苦労様です」

深雪は今日一番の笑みを見せてくれた。今までも美しいと思ったが、今日はどこか違う。慈愛《じあい》に満ち溢れているような気がする。女は母となればこうも変わるものかと息を呑んだ。

「母の顔だ。より優しくなった」

深雪は暫《しば》し間を空け、少し考えた素振りを見せる。

「火消菩薩《ひけしぼさつ》ですもの」

深雪は悪戯《いたずら》っぽく笑った。こちらはよく見慣れた顔である。新しい母の顔もいいが、こちらの顔も捨てがたい。そのような愚《ぐ》にもつかぬことを考え、源吾は平志郎が握る指を軽く揺らしていた。

二

五日後の昼下がり、源吾は岩本町近くの仁正寺藩上屋敷を訪ねた。柊与市に会うためである。

小者に促され、一室に案内された。襖を開けるとそこには居住まいを正《ただ》した与市の姿があった。障子が開け放たれ、そこから見える庭を借景《しやつけい》にしているように収まりが良かった。

「よう」

「ご足労《そくろう》頂き、申し訳ありませんな」

背筋を伸ばしてお辞儀《じぎ》をする割に、話し振りはこれまでと変わらぬ調子である。

「開け放って寒くねえのか？」

「今日はまだ暖かいでしょうよ。ずっと籠《こも》っていて鬱々《うつうつ》としているんでさ」

八重洲河岸の出火において、与市は下手人の可能性があると公儀に疑われている。故に今は不要な外出を避けていた。

「で、どうだった？」

源吾は腰を下ろして尋ねた。八重洲河岸定火消、新庄藩、仁正寺藩と事件の関係者は取り調べを受けた。最後が仁正寺藩の予定で、昨日終わったと報告を受けている。

「ちいとややこしそうです」

火事の途中に姿を晦《くら》ました進藤内記は、その脚で目付《めつけ》の元に駆け込んだ。そして仁正寺藩の柊与市こそ火付けの下手人であると訴えたのである。内記は他にも凧《たこ》揚げの名目で、新庄藩に討ち入り同然の仕打ちを受けた。これも八重洲河岸を陥《おとしい》れようと、与市と示し合わせたものであると付け加えたのである。

目付は旗本、御家人の監察を行い、大名家の調べは大目付が行う。即刻、目付より大目付に繋がれ、すぐさま幕閣の知るところになった。

全てが嘘《うそ》に塗り固められた報告であるが、これには手を焼くと直感した。

まず内記には有力な後ろ盾《だて》がいる。島田に文を送ったという流れから一橋か、少なくともその息の掛かった者であろう。一橋は目付程度ならば簡単に動かせる存在である。外様《とざま》の小大名が二家雁首《がんくび》並べたところで、また文五郎のような町人が証言したところで、握りつぶされてしまうのが落ちである。

「最悪の事態を免《まぬが》れたのは、あいつらのおかげだな」

「ええ、あれが無ければ詮議《せんぎ》の前に、俺たちも腹を切らされていたかもしれない」

現場を検分《けんぶん》する火事場見廻に説明している時、ある者が震えながら声を上げた。八重洲河岸定火消の鳶、貞介である。

「それは嘘です！」

八重洲河岸の火消である貞介が、火事場見廻にそう訴え出たのである。多くの八重洲河岸の士分、鳶たちがそれに続き、内記の証言と真《ま》っ向《こう》から食い違う事態となった。

これには火事場見廻も困惑してしまい、各家事情聴取をした後、上に判断を仰《あお》ぐというようなことになった。各々がそれぞれの立場で報告したことになる。仁正寺、新庄の両藩、そして八重洲河岸の半数の証言は凡《およ》そ同じ。

しかし内記とそれに従う数人の意見とは異なってくる。全く嚙《か》み合わぬ両者を誰がどうまとめ上げるのか。

源吾ら軽輩《けいはい》に出来ることといえば、ひたすらに待つことだけである。

「なあ、与市」

「何ですか」

「見たんだろ。子どもの……」

与市が目付に報じるきっかけは聞いていた。

「何故《なぜ》、言わなかったんだ」

「目付も一味だとすれば、奉行所や火盗に息が掛かっていてもおかしくない。これは慎重にやらなければならねえと思ったのですよ」

与市は煙草盆を用意してくれており、手でそっと前へ押した。吸うかと尋ねたが、与市はやらぬという。刻みを摘《つま》み丁寧に丸める。冬になれば乾きから刻みが上手くまとまらないのだ。

「お上じゃなく、配下にさ。信頼してないって訳じゃあねえだろう?」

仁正寺藩は与市を中心に一枚岩に見える。内記が作り上げた偽物《にせもの》の家族より、よっぽど家族らしい。

「俺は……進藤内記と謂う火消を信じていたのさ。あいつも誰か大物に弱みを握られ、踊らされているんじゃねえかってさ。それをどうしても確かめたかった」

与市はどうにかして二人で会おうと、日付と時刻、場所を書いた文を八重洲河岸定火消屋敷に投じたらしい。

「わんさか来たんだろう？」

ようやく詰め終わり、熾《おこ》った炭《すみ》を火箸《ひばし》で掬《すく》う。

「ええ。離れて隠れていたが、十数人いたな」

「それで諦めちまえよ」

「甘《あめ》えよな……」

与市は単身突入してでも、内記と話したいと思っていた。当人がいうように、まさしく最後の手段として煙玉を用意していたという。

「死んでいてもおかしくねえぞ。そこまでするか」

「なあ、旦那。火消ってのは、どいつもこいつも馬鹿だけど外道《げどう》じゃねえ。そんな先達《せんだつ》を見て育ったろう。旦那の……」

与市が誰を想像しているのかは予想が付いた。千眼の卯之助、白狼の金五郎、水牛の鈴木丹衛門、黒虎こと大音謙八。与市の祖父、海鳴の柊古仙。そして源吾の父、「鉄鯢《てつけい》」の松永重内《じゆうない》であろう。この内、卯之助を除いて全員が鬼籍《きせき》に入っている。

「哀しいかな時代が違うのさ」

一昔前ならば火消といえば呑む、打つ、買うの三拍子が揃ったならず者が多く、その代わり表裏のない好漢《こうかん》ばかりであった。その悪行といえば多くは喧嘩《けんか》、博打《ばくち》での破産、女遊びが過ぎて家を追い出されたなど、どれも後になれば笑い話になるような、いわばどこか心地よく乾いた悪行であった。

昨今ではそのような灰汁《あく》の強い火消は減り、源吾から見れば大人《おとな》しく真面目《まじめ》な火消が増えた。火消番付の流行により、火消が役者のように持て囃され、悪行や醜態を見せまいという意識が働くのであろう。

では悪行が無いかといえばそうではない。捻じ曲がって地に潜むような陰湿なものが増えている。彦弥の幼馴染である甚助が手を染めた、高額での銭緡《ぜにさし》の押し売りなども大流行した。それならばまだ可愛いもので、裏で高利貸しをして娘を借金のかたに取る者、女を女郎《じよろう》に落として上前《うわまえ》を取って酒場に入り浸る火消なども噂に聞く。火消の質はこの十数年で大きく様変わりしている。

「えらい時代に火消になったもんだな……」

与市はまだ若い。子どもの頃に見た火消への羨望《せんぼう》を消し切れないのだろう。

「まあ……勘九郎に辰一、宗助に秋仁、馬鹿もまだまだ残っているさ」

「忘れちゃいけねえ。忠蔵《ちゅうぞう》なんてのもいるぜ？」

「鉄鉢《てっぱち》忠蔵か。あいつは馬鹿だからなあ」

源吾は雁首を叩いて火を掌に落とすと、ころころと転がして火鉢に入れた。

「なら旦那はさしずめ馬鹿の大関だ」

「違いねえ」

ことの次第によっては多少なりともお咎めを受けるかもしれない。しかしそのようなことは頭に無かった。果報《かほう》は寝て待てといった程度のお気楽なものである。

火を食い止め、命を救う。あとのことは全て余事《よじ》。そのような昔気質《かたぎ》の火消どうしの会話に、庭木に降り立った雀も呆れかえっているかのように、一向に囀《さえず》ることなく首を回している。

「帰るとするか」

庭にやっていた視線を戻すと、源吾は腰を浮かせた。

「見送りますよ」

屋敷の門まで与市は見送ってくれた。そこでふと思い出した。

「番付……三役は厳しいだろうな」

「ええ。躍起《やっき》になって暴れ回った挙句《あげく》、何も得るところはなかった。さらにこの様《ざま》とは、柄《がら》にもねえことをしたから、罰が当たったたんでしょうよ」

「どうするんだ。このままじゃあ……」

「もう一度、ご家老に頼んでみますよ。次第によっては、柊家の家禄を返上してでも守ってみせます」

与市の目は死んではいない。己もかなり諦めの悪いほうだが、この若者もなかなかのものである。

その時、三人の子どもたちが走って辻を折れて来た。一人は大事そうに凧《たこ》を抱えている。これからどこかで揚げようというのだろう。

「おい、お前ら」

与市が呼びかけると、子どもたちの顔が一斉に笑顔に変わる。

「柊様！」

「久しぶりだな」

どうやらこの界隈の子どもたちで、与市とは顔馴染みらしい。

「聞いたよ！　加賀鳶に挑んだんだって？」

「おう。敵《かな》わなかったがな。やっぱあいつらは凄《すげ》えよ」

与市は項《うなじ》を掻きながら照れ臭そうにした。

「あの化物《ばけもの》辰一とも喧嘩したんだろう？」

今度は別の子どもが眼を輝かせた。辰一の怪物振りは子どもたちにも知れ渡っているとみえ、源吾は噴き出してしまった。

「そっちもこっぴどくやられたさ。ありゃ人じゃねえ」

与市は怪談話でもするように怖い顔を作ると、子どもたちは今にも泣き出しそうに身を震わせた。

「でもさ……柊様は恰好良いよ」

これは凧を抱えている子である。

「そうか？」

「うん。どんな火事でも、どんな相手でも向かっていくんだから。だから俺たちは大人になったら、仁正寺藩の鳶になりたいって、いつも話しているんだ」

残る二人も顔を見合わせて頷いた。

「へえ……ありがとうな。うちの訓練は厳しいぞ？」

「分かっているよ。俺たちがいれば、柊様も三役になれるかもしれないよ？」

最初に話した子が悪戯っぽく笑った。

「そりゃ楽しみだ」

与市は一本取られたと、頬をぴしりと叩いた。

「じゃあね！」

「あ、凧は町中じゃあ厄介だ。河原へ行くんだぞ！」

「はあい」

可愛らしい長い返事を残し、子どもたちは走り去っていった。与市はそれを好まし気《げ》に見送っている。

「与市」

源吾も子どもたちの背を目で追いながら呼んだ。

「何だい？」

「こうして新しい火消が生まれ、江戸の町は守られてきたってことさ」

「俺も旦那もそうだったように……か」

「得るものはあったんじゃねえか？」

源吾はようやく与市を見た。鬢から零れた髪が風に揺れている。その横顔は清々《すがすが》しく満ち足りたものであった。子どもたちがまた辻を折れたのであろう。与市はゆっくりと空を見上げ、天に語り掛けるようにぽつりと言った。

「そうだといいな」

三

上野国で知らせを受けたことで視察を切り上げ、老中田沼意次が江戸に戻ったのは、寒さが老軀《ろうく》に応《こた》え始める霜月（十一月）の初旬のことであった。

「仔細は聞いた。すぐに登城する」

詳細を改めて説明しようとする家臣にそう告げ、裃《かみしも》に着替え始める。

「お帰りなさいませ」

妻の於彩《おあや》が襖をそっと開ける。於彩は伊丹直賢《いたみなおかた》の娘で、田沼より七つ下の当年四十八。長年寄り添ってきた正室である。軽輩の頃ならまだしも老中となった今、小姓《こしょう》が身支度を手伝うものである。しかし於彩は今でも手伝ってくれるし、田沼も於彩に整えてもらうのが最もしっくりくる。

「また松永様とか」

於彩は帯を回しながらくすりと笑った。

「困った奴だ」

田沼は渋面《じゆうめん》を作ってみせたが、於彩にはそれが作り物だとお見通しのようである。

「よくやったと顔に書いてあります」

「八重洲河岸が胡乱《うろん》な動きをしていることは耳にしていた」

「お坊ちゃまの差し金？」

「これ、民部卿《みんぶきよう》じゃぞ」

於彩は二人でいる時、彼《か》の方をそのように呼ぶ。聞かれてはならぬと毎回咎めるのであるが、一向《いつこう》に止めようとはしない。田沼は咳払いをして続けた。

「直接の関係はないようじゃ。ただ御方の一派の資金源であったらしいな」

「どうなさいます……ので？」

ぎゅっと強く帯を締められたので、田沼は呻きを発した。

「昔ほど肉が無い。苦しいぞ」

「気合いを入れて差し上げようと」

於彩は軽輩であった頃から何も変わらない。この天真爛漫《てんしんらんまん》な妻が田沼の活力の一つには違いない。

「潰してやる」

「まあ、悪いお顔をなさっています」

「人買いなぞ……商いとは認めぬ」

於彩はにこりと笑い、そこからは何も言わず支度に没頭していた。


登城すると老中、若年寄《わかどしより》が勢揃いしている。このうちの殆どに一橋の息が掛かっているといってよい。

「帰参《きさん》するのが遅れたこと、皆々様を待たせたことお許しあれ」

田沼の口上が終わると、若年寄の一人がさっそく本題に触れた。

「此度のこと、元来このような場で論じる内容ではござらぬ。が……市井ではこの裁決がどう出るかと持ち切りとか。加えて両者の申し分が真っ二つ。故に集まった次第」

田沼は何も語らず動かない。厳密にはえらく冷えるので、足の親指だけは小さく揺らしていた。

「本多大学、用人の進藤内記ともに人の売り買いなど身に覚えはないと申す」

内記の主君、本多大学は凡庸《ぼんよう》な男である。事実何も知らぬのであろう。内記が牛耳《ぎゅうじ》っていたことと目算《もくさん》を立てていた。

「八重洲河岸の出火においても、仁正寺藩火消頭取の柊某《なにがし》が付けたという証言、あるいは進藤が火を放ったという証言……いずれも定まらぬもの」

この男たちは、いや、一橋の存念はどうなのか。それを聞くのをただ静かに待った。

「これでは沙汰は下せませぬ。八重洲河岸は幸い門も残しました。また新庄藩が凧を見て乗り込んだのも事実。故に我らはこれらを全て不問《ふもん》と致したい」

意外な結論を出してきたと田沼は厚い唇を尖らせた。

「ほう。失火の訳はどうなさるおつもりじゃ」

これには同輩の老中が答える。

「冬のことでござる。行燈《あんどん》からの飛火。そこらでいかがかと」

「八重洲河岸の岡田《おかだ》巻之進なる者が、独断で火付けをしたと自供したことは？」

「沙汰を下せぬ以上、これも隠すほかない。代わりに公金に手を付けたということにし、島流しを考えています。いかが？」

「ふむ」

もう少し新庄藩、仁正寺藩に不利な条件を持ってくると思ったが、些か拍子抜けする思いである。それとも田沼寄りの二家を「攻める」ことよりも、八重洲河岸定火消を「守る」ことを優先したのかもしれない。八重洲河岸は手放すのが惜しいほどの収益を上げていたのだろう。

本多家を八重洲河岸定火消から剝がしたところで、次の主《あるじ》を籠絡《ろうらく》するだけである。耳目《じもく》が集まる今、同じような悪行は出来まい。ならばこのまま牽制に留めたほうがよいと判断した。

「よいでしょう。その筋で」

田沼が認めたことで、あまりにも呆気《あっけ》なく議論は片付いた。田沼が早くも立ち上がろうとした時、一人が諸手《もろて》を上げて押し止《とど》める。

「まだ案件がござる」

「何でしょう？」

皆が宙で交わらせた視線が、一斉にこちらに向いた。

「方角火消から新庄藩戸沢家を免じることを、ご提案致します」

——そう来たか。

田沼は鼻を鳴らしつつ腰を下ろした。

「何故《なにゆえ》」

「新庄藩は現在、桜田組に属す方角火消。これが組の名の元になっている桜田御門で悶着《もんちゃく》を起こしまして、苦情が訴えられているのです」

聞けば番士に乱暴を働いたというものであるらしい。別の者が息もつかせずに続けて来る。

「桜田組の新庄藩が通るのは構いませぬ。ただ番士は骨が折れたとのこと。ちとやりすぎですな」

骨折したというのも嘘であろう。今回の一連の事件は痛み分けにしておいて、他のことを針小棒大《しんしょうぼうだい》に取り上げ、力業で押し切る。これが一橋の描いた絵図である。

「弱りましたな。儂《わし》は戸沢の者どもを高く買っているのだが……」

「何と言うか戸沢は荒くれ者が多いとか……」

「ぼろ鳶と呼ばれるくらいじゃからな」

田沼は口辺に刻まれた皺をなぞりつつ笑った。

「何も免じるだけとは申しません。別のお役目に付けるがよろしかろうと申すまで」

「ふむ。それもよいかもしれぬな」

これに老中、若年寄一同驚きの顔を見せた。この点に関してだけは頑強な抵抗を受ける覚悟をしていたらしい。

「田沼殿にご異存がないならば祝着《しゅうちゃく》でござる」

「ただし……一つだけ」

田沼がそう言ったので皆の顔に緊張が走った。

「何でござろう」

「明和の大火の折、新庄藩が獅子奮迅《ししふんじん》の働きを見せたことは、紛れもない事実。まさかこれに異論を唱える方はおられませぬな」

田沼は穏やかな顔で衆を見渡した。

「それは……そうでござるな」

恐る恐るであるが、銘々《めいめい》が頷く。

「せめて儂が任免を告げてやりたい。いかが」

「なるほど……それは結構でござる。各々方《おのおのがた》どうですかな?」

これ以上は波風を立てたくないらしく、その程度ならばと同意した。

「老中、若年寄の総意……でござるな」

田沼はにこりと微笑む。なるほど明和の大火からの復興、田沼肝煎《きもい》りの鳳丸《おおとりまる》の座礁《ざしょう》、果ては浅間山の不穏な動静、それらに追われ、田沼も面倒を避けたい、新庄藩どころではないのか。皆がそう思っている様子である。一座は思いのほか円満に落着したことで、他愛もない雑談にも華が咲く。田沼が老中に任じられてより初めてのことである。

四

師走に入り、より寒さも厳しくなってきたが、その日は幾らか暖かかった。陽が早くも隠れ始めた申《さる》の刻、源吾の自宅を訪ねてきた者があった。

深雪は平志郎の面倒を見ながら、夕飯の支度の佳境《かきょう》に入っている。戸を叩く音がしたが、名は名乗らない。少しばかり警戒しつつ源吾は戸を開けた。

「げ」

「げ、とはなんじゃ」

「田沼様……何故」

老中田沼意次その人であった。幕府の最有力者でありながら、市井を知るためとこのように気軽に外を出歩く。源吾の家に訪ねて来たことも今までにあった。

「しっ。山本《やまもと》じゃ」

田沼は深雪には田沼家の家臣、山本茂兵衛《もへえ》と名乗っているのだ。

「よいか」

「は……」

田沼を招き入れると、深雪の明るい声が飛んで来た。

「まあ、山本のお爺《じじ》様。お久しぶりでございます」

「深雪殿、お子が生まれたとか。祝着なことだ」

「平志郎と申します。抱いてやって下さいませ」

深雪は鍋を竈から外して奥へと招き入れた。この二人、奇妙なほどにうまが合うのである。深雪は大の田沼通《つう》である。目の前の山本が田沼とは知らぬでいるが、うちとけるのも納得がゆく。

「おうおう。平志郎か。山本の爺様じゃ」

田沼が我が子を抱いてあやしてくれ、それを深雪が微笑ましそうに見ている。いつまで経ってもこのような光景には慣れず、額に変な汗が浮かんでくる。

深雪には身寄りは誰も残っていない。実の父や祖父が生きていればこのようではないかと思った。

「山本様、お食事は？」

「ああ、よいよい。妻が待っているのでな」

「まあ、そうやっていつも逃げてばかり。口に合わぬと思っておられるのでしょう？」

深雪は頰を膨らませて流し見た。

「すまぬな。次は必ず。腕によりをかけて頼みますぞ」

田沼はそう言うと平志郎を深雪に託した。そして縁側に行こうと源吾を誘う。内密の話なのであろう。

夕闇が迫りくる庭を二人暫し眺め、田沼が口を開いた。

「例の件だ」

「はい……」

田沼が浅間山から急遽《きゆうきよ》江戸に戻ったことは、左門から聞き及んでいた。その訳が恐らく己たちの一件であることも見当《けんとう》が付いている。

「手打ちとなった」

田沼はまずそう前置きし、裁決に至る成り行きを説明した。

田沼も独自に調べてくれたようで、内記が行っていた悪行は詳《つまび》らかになってきていた。平蔵の調べはそう間違っていない。

火事で焼け出された孤児を引き取り、見込みのある者は鳶として育てる。中には士分に取り立てられた者もいるらしい。

一方でひ弱な見込みのない者は全て売り飛ばされていた。その先は暗黒街の香具師《やし》の元締めや、やくざ者。他には江戸では足がつくとみて、大坂商人の丁稚《でっち》などである。女も宿場の飯盛《めしも》り女、牙儈《すあい》女《おんな》など私娼《ししょう》に売られていたようである。また積極的に養子を取って持参金を受け取り、人を物のように転売していたことも明らかとなった。

他に二、三の火付けも行ったようである。これは田沼が見廻りを強化したため、御曲輪内《おくるわうち》で「商い」が出来ず、外に拠点を作るためである。自作自演で火事を消し止めて、庶民の人気を集め、向こうから出城を作って欲しいと言わせるのが目的であった。

「ひでえ話だ……」

源吾は思わず呟いた。

「江戸にこの手の事件は多い」

田沼は苦虫《にがむし》を嚙み潰したような顔になる。

貧富の差が激しいことで、人手が足りぬ業種がある一方、子どもを食わせていけぬほどの貧困に喘《あえ》いでいる者もいる。故に人の売買が罷り通っている。

これを利用して持参金と共に子を引き取り、傷跡が残らぬように尻の穴に針を入れて病死に見せかける事件も過去にあった。

また子を布団で簀巻《すま》きにして囲炉裏《いろり》の近くに寝かせ、熱さで殺そうとした夫婦もいる。これは苦しんだ子が転がって布団に火が移り、周囲の家に類焼するほどの火事になって露見した。ともかくこれに類する事件が多発しているのである。

「人の所業とは思えません」

「今のお主は特にそう感じるであろうな」

「いつからこんな世になっちまったんでしょう」

田沼は暫し考えて答えた。

「それは違うぞ。今も昔もそのような者は後を絶たぬ。これから先もそうであろう。誰しも人は心に鬼を飼っている」

「それでも私は……」

「信じたいのであろう。長谷川もよく申しておった」

田沼は寂しげに空へと目をやった。一番星がすでに出ている。

田沼の言う長谷川とは当代ではなく、先の夏に世を去った先代のことである。田沼と先代は歳も同じ。出逢いの話も源吾は耳にしていた。

「して内記は？」

「期限無しの蟄居《ちっきょ》となる」

「火付けをした者は？」

「大っぴろげに出来ぬでな。公金に手を付けたことにして島流しとなった」

「蜥蜴《とかげ》の尻尾《しっぽ》切りか……他の者は？」

「今回、内記に反旗を翻《ひるがえ》した火消は皆、八重洲河岸定火消を出ることとなった」

「放逐《ほうちく》されたということで⁉」

源吾は身を乗り出して声を荒らげた。田沼はちらりと振り返り、そっと指を口に当てる。平志郎を気遣ってくれているのである。

「自ら退いたのよ」

貞介を始め数十の火消が八重洲河岸定火消を辞したという。火消の矜持《きょうじ》に従ったとはいえ、育ての親を裏切ったのだ。その胸中は複雑なものであろう。

「連中の行き先は……」

「いずれも腕の良い火消だ。春には引く手あまたであろう」

鳶の多くは一年雇《やと》いである。春先にもう一年雇うかどうか、各火消で検討がされる。その時に召《め》し放たれる者もあり、反対に殉職《じゆんしよく》した鳶の穴埋めのために新規の鳶を求める火消もある。

故にその季節は、各家で優秀な鳶の争奪戦になる。三年前、源吾が新庄藩火消の立て直しを頼まれたのは初秋の頃であり、優《すぐ》れた鳶はすでにどこかに雇われた後であった。故に火消とは縁のない素人ばかりを集めることになったのである。

他にも鳶自らが雇い先を辞し、より名の通った火消組織に応募する場合もある。そのような者の大半の目当ては、火消の王たる加賀鳶であった。こうしたことで優秀な鳶が一極に集中するという問題も起きている。

「来年は色々と改善され、面白いことになるだろう。加賀も快く受けてくれたでな」

田沼は意味深《いみしん》な笑みを浮かべて付け加えた。源吾は意味が解らず首を捻る。とはいえ確かに八重洲河岸定火消の鳶を務めたほどの者たちならば、またどこかでも食っていけるだろう。

「内記は蟄居、鳶の大半が流出。八重洲河岸定火消はほぼ壊滅《かいめつ》ですね……」

「暫くは大人《おとな》しいだろうが、聞くところこれで終わる男ではなさそうだ。かの御方も力添えするであろうしな」

となるとこの一連の事件はどこに収まるのか。源吾は声低く尋ねた。

「では……火事の一件はどうなるので？」

「失火ということになる。内記と共に残った火消は不問。ただし……もう一人だけ島流しとなった」

源吾には見当もつかず、黙して次の言葉を待った。

「馬場次郎三を知っておるか」

「内記が雇った浪人の……」

「うむ。他の二人は姿を晦ましたが、やつは居残って罪を白状した。罪があると言い張る者を放ってはおけず、島流しの処分と相成《あいな》った。清々しい表情で、島から戻れたら飴細工師にでもなると笑っておったらしい」

馬場を戦闘不能に追い込んだのは新之助であると聞いていた。また面識があるとも言っていた。新之助が何か言ったのではないか。そんな気がしてならなかった。あの飄々《ひょうひょう》とした若い補佐役にも、深雪のように人を変える何かがあると、源吾は感じている。

「では、まずは一件落着と」

「まだある」

田沼の表情が急に険しくなり、源吾は得体の知れぬ不安を感じた。田沼は重々しく言った。

「新庄藩の方角火消桜田組を免じる」

「え……」

吃驚《びっくり》する源吾に、田沼は老中と若年寄で話し合われたことを順に説明した。聞けば聞くほど言いがかりとしか思えない内容に、怒りを通り越して情けなくなってくる。ようは田沼も一杯食わされたという訳だ。

「まんまと嵌《は》められた」

「そうですか……」

ここまで新庄藩のために尽力《じんりょく》してくれた田沼である。感謝こそすれども、そのことを責める訳にはいかなかった。

「だがな、儂も嵌めてやったわ」

田沼は意味深な眼差しを向けて来る。源吾の耳に口を寄せて囁いた。己でも顔の強張りが取れて来るのを実感する。

「まことに」

「まあ、見ておれ」

田沼が膝を叩いて笑う姿は、仕掛けた悪戯の行方を楽しむ悪童のようであった。

五

緊急の参集の知らせを受け、田沼が登城したのは、松永源吾の家を訪ねた翌日のことであった。すでに田沼以外の面々は集まっており、どの顔も怒気に染まっている。

「皆様、どうかされましたかな?」

何食わぬ顔で席に着くと、同格の老中の一人が声を荒らげた。

「田沼殿！　一体、いかなるおつもりか！」

「はて、何か怒らせることをしましたかな?」

今度は若年寄の一人が泣くように訴える。

「御老中……話が違うではありませんか」

「むう、そうでござったかな」

田沼は鼻を指で掻いて惚けてみせる。

「単独で将軍の裁可《さいか》を取るとは、いかに田沼殿といえども出過ぎたことでござるぞ!」

「単独……総意ではなかったかな?」

「総意は新庄藩の方角火消を免じるということ――」

言いかける途中、田沼は掌を見せて制した。

「勘違いをなさっておる。儂ははきと申したはず。新庄藩の『任免』を任せてもらいたいと。それに皆々様が同意して下されたのです」

「なっ……」

「おい、そうだったの」

田沼は部屋の隅に座る小姓組に呼びかけた。交代で議事録を取っている者たちである。

「はい。確かに田沼御老中はそう申されました」

田沼の派閥《はばつ》には次世代を担《にな》う者が多い。彼もその一人であるが、そうでなくとも同様の返事が返って来たであろう。

「それで……かのような人事を」

歯噛みする者、謀《たばか》られたと頭を抱える者、それらを見渡しつつ田沼は鋭く言い放った。

「新庄藩は方角火消桜田組を免じ、改めて方角火消大手《おおて》組に任じる。これ、皆々様の総意と奏上《そうじよう》致した」

「田沼殿……恐ろしくはないのか」

口惜しそうに老中が低く尋ねた。一橋の派閥は急速に広がっており、ここにいる者もすべてがその一派といってよい。これに歯向かうということは、折角老中に上り詰めたのに失脚もありうる。そう言いたいのだろう。

「人並みに恐ろしさも感じますが……約束がありますのでな」

「約束……？」

「鬼との約束でござるよ」

今、己の後ろで不敵に笑っているのではないか。そのような気がして、田沼は想像の中の彼を真似るように片方の口角《こうかく》を持ち上げた。

六

振り返れば様々なことがあった安永《あんえい》二年（一七七三）が暮れた。

お琳やお七が勾引《かどわか》され勘九郎が窮地《きゅうち》に陥《おちい》ったのも、千羽一家の凶行と辰一の暴走も、そして京での平蔵との別れも、全てこの安永二年の出来事であった。多くの涙、哀しみに塗られていたが、年の終わりに我が子、平志郎に出逢えたことが救いであったともいえる。

平志郎はすくすく育っている。流石《さすが》の深雪も初めての経験で困惑することも多いようだが、日々その顔には喜びが満ち溢《あふ》れていた。

平志郎は「人気者」であった。日を空けずに入れ代わり立ち代わり、誰かが様子伺《うかが》いに来る。

まずは左門。彼は律儀《りちぎ》に出産の祝いを持って現れ、深雪を労《ねぎら》ってくれた。平志郎にも産着《うぶぎ》を拵《こしら》えて来てくれ、深雪がそれを着せると、

「良い男振りだ」

と、大真面目に頷《うなず》いている。

潰してしまわぬか珠《たま》を扱うように抱く寅次郎には、夫婦二人で思わず笑ってしまった。平志郎も大きな手が安心するのか、穏やかに顔を綻《ほころ》ばせる。

彦弥は風 車《かざぐるま》を買ってきてくれて、舌を出して可笑《おか》しな顔を作って笑わそうとする。

「女好きがうつる」

と、深雪に揶揄《からか》われながらも、めげることも飽きることも無くあやし続けた。

星十郎はというと、変な師匠につくくらいならば、私が教えますと、気の早いことを言っている。他にもお七、お琳と牙八、配下の鳶、毎日誰かが訪ねて来る有様《ありさま》であった。

中でも新之助である。

三日にあげずに姿を見せる。当然まだ言葉を話せぬ平志郎に対し、

「春になったら桜を見に行きましょう」

などと、大人に対するようにずっと話しかけていた。時に泣かせてしまって慌て、時に眠る平志郎の横に寝転がり顔を覗《のぞ》き込んでいるが、己も眠りこけてしまう。

「秋代様も大変。赤子が二人になったよう」

と、深雪は呆《あき》れながらも好ましそうに笑っていた。そんな新之助は大晦日《おおみそか》の昼にまで顔を見せるのだから、源吾も些《いささ》か辟易《へきえき》としたが、新之助に手厳しい深雪は、これに関して小言一つ零《こぼ》さなかった。

「ありがたいことではないですか。こんなに多くの方に迎えられて」

なるほどそうかもしれない。世には生まれてきたのに、望まれずに捨てられる子もいる。過日《かじつ》の事件でそれを痛感した。それを思えば多くの者に祝福される平志郎の境遇は、何と幸せなことであろうか。

そのような日々が続いて年を越した安永三年睦月《むつき》（一月）六日、新庄藩火消は教練所で訓練に勤《いそ》しんでいた。そもそも火消にまともな正月は無い。大晦日も元《がん》旦《たん》も当番に当たれば警戒を続けねばならぬし、火事が広がれば出動する。しかも年に一度の火消の晴れ舞台である、出初式《でぞめしき》がまもなくであるため、どこの火消もその支度に追われている。

教練所に来客があった。読売《よみうり》書きの文五郎と息子の福助である。

新之助に助け出された後、文五郎は八重洲河岸定火消の門を飛び出した。誰もが逃げ去ったものと思ったが、

「誰か、紙と筆をお譲り下さい！　後日かならずやお代を！」

と、野次馬《やじうま》に呼びかけて目的のものを手に入れると、火焔渦巻《かえんうずま》く屋敷に戻って来た。そして憔悴《しょうすい》しきっていたはずが、竜吐水《りゅうどすい》の横に胡坐《あぐら》を掻《か》いて火事の様子を克明《こくめい》に記し始めた。

「文五郎！」

配下に指示を出していた源吾は横目でそれを見ており、吼《ほ》えるように呼びかけた。

「あんたらのお役目が火を消すことなら、あっしはそれを伝えることです。お解《わか》りでしょう」

「折角《せっかく》助かったのに、死んでもしらねえぞ」

「火喰鳥らしくもねえ。覚悟は出来ていますぜ」

文五郎の表情には鬼気《きき》迫るものがあった。たとえ火に巻かれて死のうとも記し続ける。読売書きとしての矜持は昔から何一つ変わっていない。止めるのも無駄と悟ってそのままにし、後は源吾も慌《あわ》ただしくその後は話していなかった。翌日の昼には早くも、

――八重洲河岸定火消屋敷炎上。

という見出しの読売が市中を賑《にぎ》わした。進藤内記の悪行については触れられていない。真実だけを記すことを旗幟《きし》にしている文五郎は、調べが途中の今、載せる訳にはいかなかったのだろう。

ただ文五郎の読売で、この火事に市井《しせい》の耳目《じもく》が集まったことは事実で、幕閣《ばっかく》が慎重な沙汰を下したことにも少なからず影響を与えたように思う。

「今日は何だ。礼ならいらないぜ」

源吾が片笑《かたえ》みつつ言うと、文五郎もけろりと答える。

「火消は炎を消し、命を救うのがお役目。いわば当然のことです。礼は申しませんぜ」

文五郎がそのような考えであることを知っている。もし礼に現れるならば、昨年のうちに姿を見せるはずであろう。

「じゃあ何だ」

「あっしのお役目でさ」

懐《ふところ》から一枚の読売を取り出した。

「お、番付《ばんづけ》か」

「番付？」

新之助が耳聡《ざと》く反応し、訓練に勤しんでいた鳶《とび》たちも一斉に手を止める。役者以上に市井で人気を博す鳶たちの一番の関心事《かんしんじ》といえば、年に一度発刊される火消番付である。

源吾が苦笑しつつ手招きをすると、一斉にどっと押し寄せた。興味津々な配下にはまだ見せず、源吾は文五郎に向き直った。

「福助も同行とはどういうことだ？」

「正式に福助を二代目として育てます」

福助は事件の後、無事に帰って来た文五郎に縋《すが》って泣いたと言う。そして翌日、何を思ったか父の後を継ぎたい。弟子入りさせてくれと懇願したらしい。

源吾は福助を見下ろして言った。

「福助、火事読売書きは生半可《なまはんか》じゃあ出来ないぞ。死と隣り合わせだからな」

「はい。その覚悟です」

福助は凜《りん》と背を伸ばした。その顔は以前の福助よりも少しばかり大人びて見える。躰《からだ》はともかく、子どもの心というものは徐々に育つのではなく、ある時点で急激に成長を見せるものなのかもしれない。平志郎にもそのような時が来るのだろうか。大分早いが、そのようなことが頭を過《よぎ》った。

「火事読売書きの端くれともなれば、日々はともかく、火事場でのご挨拶《あいさつ》も出来かねます。そうなる前に……」

文五郎は福助の背をそっと押した。

「松永様、皆々様、この度は父をお救い頂き、ありがとうございました」

福助は頭を深々と下げ、皆目を合わせて微笑《ほほえ》んだ。

「あっしからも礼を申し上げます。福助をお助け下さりありがとうございます」

文五郎が頭を下げたので、源吾は悪戯っぽく言った。

「文五郎、礼は言わねえんじゃなかったのかい？」

「これは父として……と、笑って納めて下せえ」

文五郎は視線を外してはにかんだ。

「あっ、そうだ」

文五郎は忘れていたかのように一通の文を取り出した。

「これは？」

「この後、恐らく文句を言う方がいらっしゃると思います。その時にこれを」

文五郎は珍しく惚《とぼ》けた顔を作り、福助と共に帰っていった。

皆がそわそわして源吾を取り囲む。新之助にいたっては先ほどからずっと、源吾の手に視線が釘《くぎ》付けであった。

「見るか？」

「はい！」

新之助は奪うように取り、皆がぎゅっと集まって覗き込む。

「皆さんお好きですね」

星十郎はそもそもあまり興味が無いらしく横で微笑んでいる。

「気にならねえっていえば嘘《うそ》になるからなあ」

武蔵は立場を慮《おもんぱか》って輪に入らぬが、やはり少し気に掛かっているようだ。

「私が手で隠します。少しずつ番付順に楽しみましょう」

新之助は読売を巻物のように巻き、上から見ていくつもりらしい。配下も笑顔で頷く。この若者はどんなことでも遊びにしてしまう天性の明るさがある。

「御頭《おかしら》！」

勢いよく頭を上げた新之助であるが、すぐに憐《あわ》れむような顔つきになった。

「おう」

「お察しします」

――東の大関《おおぜき》、大音勘九郎厚盛《あつもり》。西の大関、松永源吾久哥《ひさうた》。

つまり大関の位に変動は無いということである。

「上等さ」

不思議なもので、新之助くらいの年頃には一喜一憂《いっきいちゆう》していた番付も、今ではさして気にならなくなっている。恐らく勘九郎も内心ではそうではないか。

「さあ、次は誰かな……順当にいけば武蔵さん。いやここで私ってことも……」

再び皆が紙面に集中する。

「組頭、東の小結《こむすび》です。先生もそのまま東の前頭筆頭《まえがしらひっとう》」

「へえ」

武蔵は落ちると思っていたらしく胸を撫で下ろした。

「どうも、ありがとうございます」

星十郎は笑顔で新之助に応じる。

「あっ……柊様……足りてない」

新之助は我が事のように肩を落とした。

――東前頭三枚目、柊与市公成《きみなり》。

一つ上がって蝗《いなご》の秋仁と入れ替わった形である。

「大丈夫だ。あいつは諦めやしねえ」

与市と仲良さげに話していた子どもを思い出した。与市はあの子たちのためにも、決して諦めることはしないだろう。家老の日野伝兵衛も、今回のことは言い過ぎたと後悔していると聞いた。

それを伝えると、新之助も力強く頷いた。

「さてさて……次こそ私でしょう。何たって文五郎さんを助けたんですからね」

少しずつ手を除けていくが、暫く名が出ないらしく間が空《あ》いた。次に声を上げたのは彦弥であった。

「よし！　あ、くそ！」

彦弥は喜んで拳《こぶし》を握ったかと思うと、すぐに悔しそうに頭を抱えた。何とも忙しい。

「どうした？」

源吾が訊いてやると、彦弥は渋い顔で答えた。

「東の前頭七枚目でさ」

「一つ上がっているだろうよ」

「いやね、馬鹿犬も一つ上がってやがるんですよ」

牙八も西の前頭六枚目に位が上がり、今年も一つ負けたまま番付が隣り合わせということらしい。お琳はさぞかし喜んでいるだろう。同時に悔しがるお七の姿も想像出来た。

「儂《わし》もありました」

寅次郎も目を細めてにんまりと笑った。彦弥と同様、一つ位が上がっており西の前頭七枚目となっている。

「あれ……見落としていませんよね？」

新之助は手を除け、もう隠そうとはしなかった。暫《しば》しの間無言が続き、一人がえっと声を上げる。声の主は新之助ではない。彦弥の配下で団扇《うちわ》番を務め、時に副纏師でもある信太であった。

「信太、よかったな！」

彦弥が肩を何度も叩く。西の前頭十六枚目に「武生《たけふ》」の信太とある。

「でも……何で武生って」

番付に異名を記すのは庶民の歓心を買うために始まったが、初めての番付入りの時には聞き取りに来るのが常《つね》である。昨年の番付の折、新庄藩火消の主だった頭が大躍進したが、その時も読売書きが聞き取りに来た。

信太は越前の武生という地の産である。それを読売書きはどうやって知ったかということである。

「彦弥のところに読売が来ていた。こいつは信太を驚かそうと黙っていたのだよ」

寅次郎が朗《ほが》らかに言うと、信太は感極《かんきわ》まったか涙を零した。

「生まれた地が異名なら、嫁《とつ》ぐ妹も鼻が高《たけ》えだろう？」

彦弥はからりと笑った。信太の妹は近く駿河《するが》の米問屋に嫁ぐことになっている。駿河にも毎年番付を送れば、故郷《ふるさと》の名を冠《かん》した兄を自慢出来るだろうという彦弥の計《はか》らいである。

信太は袖《そで》で顔を覆《おお》い、隠すこともなく声を上げて泣いた。この感動の一幕で終わると思いきや、小刻みに手を震わせていた新之助が悲痛に叫んだ。

「何故《なぜ》ですか！　私、変わらないんですけど！」

つまり東の前頭十三枚目ということである。

「しかも刷り間違っていますよ！　襤褸《ぼろ》鳶でなく、これじゃあ……何て読むんですか⁉」

新之助は博識な星十郎に番付を見せる。

「うーん……読めませんね。敢えて読むとすれば檻褸鳶《おりつづ》ですかね」

「何ですかそれは！　ちょっと文五郎さんに文句を言ってきます」

新之助はひょっとこの面《めん》のような顔になり、文五郎を追いかけようとした。そこで源吾は、文五郎が言っていたことがこれだとようやく気が付いた。

「新之助、待て。文五郎からの文だ」

「え？　ちょっと貸して下さい」

新之助はひったくるようにして受け取り、慌ただしく文を広げる。それを源吾も横から覗き込んだ。文に書かれていることを要約するとこうである。

鳥越新之助様
この度はお助け頂き、まことにありがとうございます。単身踏み込んで大立ち回りをなさった後、燃え盛る講堂《こうどう》に踏み込まれたと聞きました。その勇気たるや筆に尽くしがたきもの。感服《かんぷく》致しました。
しかしながら、今まで数千の火消を見て来た火事読売の書き手として苦言《くげん》を呈《てい》させて頂きます。

まず一つ目。踏み込んだ時、水を被《かぶ》っておられませんでした。自《みずか》らの身を守るためにも勿論《もちろん》でございますが、救い出した者に己の濡れた羽織《はおり》を着せるのは火消の基本です。

二つ目に講堂の北側を壊して侵入したこと。当時の風向きは北から南に流れていたとのこと。つまり北側に穴を開ければ炎が吹き込むのは当然。もっとも風向きは変わるもの。その先まで読むとなれば風読みの領域なれど、いくら慌てていてもまずは南側に穿《うが》つべきでした。退路を考えるのはこれも火消として当然です。

三つ目に煙への対策。今回はもうあれしか残る方策《ほうさく》がなく、床に穴を開けて床下に息を求めました。確かに煙は上に昇る性質があります。しかしながら火事場では目に見えぬ毒が蔓延《まんえん》することがあります。それらは下に溜まるものもあるのです。まずは床下の空気が吸えるものか確かめた後、顔を入れるべきです。ものに依《よ》れば即死する凶悪なものもあります。

最後に、火の見櫓の消火を拝見しましたが、他家に指示を出すにあたり、遠慮があるのでしょう。手並みは悪くないので、今少し自信を持たれたほうがよいかと思います。

以上の点から鳥越様の番付は維持と考えます。武蔵さんは一手の頭、水番としては申し分なく、加持様も火消としての日は浅かれど、風読みとしてこれほど優《すぐ》れた御方は終《つい》ぞ見たことはございません。また寅次郎さんは壊し手として、彦弥さんは纏師として一流の腕がございます。

鳥越様の火消の指揮。一朝一夕《いっちょういっせき》で育つ才ではございません。まだまだ上に特筆すべき御方がおられます。けれども歴代の火消番付、大関は皆が一手の大将。素晴らしき働きをすれば、ごぼう抜きも珍しいことではない。鳥越様には良き師匠がおられます。その一挙一動《いっきょいちどう》をよく見て学び、己のものにして欲しいと思っております。

数年後、大関鳥越新之助と記すことを楽しみに、この文五郎、火事読売書きを続けて参ります。

「ここまで言わすとは、お前相当期待されているんだよ」

源吾が言うと、新之助は複雑な笑みを見せた。

文五郎が何故新之助を同じ位に留めるように読売書き仲間に進言したか、源吾には朧《おぼろげ》気ながら解るような気がした。指揮を執《と》る者は、他の役目と違い火事場の全責任を負うことになる。少しの油断があれば、多くの者を死なせ、その名声は一気に地に落ちる。そのような火消を数多く見て来た。名声はともかく、己の未熟さで死なせたことを一生悔い、人が変わったようになる者もいた。かつての己もその一歩手前まで陥《おちい》ったのである。

「まあ……ぐうの音も出ないですね。文五郎さんの言い分は的確です。来年、一気にごぼう抜きしますよ」

もうやる気を取り戻しているところ、この切り替えの早さも新之助の良いところに違いない。

「もう一枚あるぜ」

文の後ろに同じく番付のようなものが重なっている。新之助は同じ火消番付と思っていたようだが、どうやら形式がややことなる。

「頭取並、これは……」

反対の横から覗く武蔵が眼を瞠《みは》った。

「府内剣客十傑《けんかくじっけつ》……」

源吾も驚いてしまった。

江戸の剣客の名がずらりと並んでいる。百傑、三十六傑、十傑と絞り込まれて

いくほど文字が大きい。その十傑の中に、

――新庄藩士　林崎新夢想流《はやしざきしんむそう》、一刀流、鳥越新之助。

と、名があるのである。

「新之助、すげえぞ。こりゃ」

上役とはいえ呼び捨てる彦弥だが、言葉の中に畏敬《いけい》の念が感じられた。

「なかなかここに入れるもんじゃねえ」

源吾も褒《ほ》め称《たた》えるが、何故だか新之助はあまり嬉しそうではない。

「こっちは別にいいんですよ。私は火消ですから」

源吾は一瞬呆気《あっけ》に取られた。そして天を見上げて大きく息を吐く。今日は雲一つない晴天。まるで次の世代を表しているかのように、どこまでも青い空が続いている。

「新之助、今日は呑《の》みに連れてってやる」

「本当ですか！」

「おう。どこでも好きなとこを言え」

「じゃあ、楢山《ならやま》がいいです」

「う……楢山かよ」

日本橋にある高級料亭である。かなりの支払いを覚悟せねばならず、今の懐具合では不安が残る。丁度その時、戸口から左門が飛び込んで来た。

「番付が出たぞ！」

「悪いがもう見たぜ」

源吾が言うと左門は少し残念そうにしたが、すぐに気を取り直して番付に載った者を一人ずつ労い、載っていない者も元気づけて励ましてくれた。そんな人の好い左門を巻き込むのは申し訳ない気がしたが、背に腹は代えられず手招きする。

「左門、ちょっと……」

「よいではないか。私も同席しよう」

左門は笑顔で了承してくれる。料亭楢山に誘ったのである。

「やった！　よろしくお願いします」

新之助は諸手を上げて喜んでいる。これが府内剣客十傑かと思われるほど無邪気な姿に、皆が微笑みながら見守る。

暦《こよみ》はまだ睦月。まだ春は遠い。だが鼻孔《びこう》の奥にほんの僅《わず》か、春の香りがしたような気がして、それを追うように源吾は胸を膨《ふく》らませた。

終章

昨夜の料亭榴山では散々《さんざん》であった。新之助は遠慮というものを持ち合わせていないらしい。左門はたまの贅沢《ぜいたく》だと新之助を煽《あお》るので、左門と勘定を分けても二人で来たほうが安くついたのではないかというほどである。それも左門を引き入れた己の浅ましさと思うほかない。

「深雪……少し相談がある」

「お小遣いのことならばお断りします」

いきなり出鼻を挫《くじ》かれ、源吾は深い溜息をついた。深雪は平志郎の御襁褓《おむつ》をしながら続ける。

「榴山なんかに行くからです」

「はい」

素直に謝るほかない。それが可笑しかったか、深雪は柔らかな息を漏らした。

「少しですよ。へそくりから出します」

「利子はいかほどだ？」

夫婦間であっても利子を取る。それは過日に判明したことである。

「結構です。あげます」

「本当か？」

深雪は穏やかな笑みを浮かべたまま訊《き》き返した。

「新之助さん、元気を出しましたか？」

「元気も元気。これ以上食べたら腹が裂けて死ぬとまで言ってやがった」

「ならようございました」

世話を終えると手をぱんと叩く。それが面白かったらしく、平志郎が喉《のど》を鳴らしたように笑った。深雪も意外な発見と思ったか、何度も手を叩き、その度に平志郎は無邪気な声を上げた。

「火消菩薩《ひけしぼさつ》か……俺が無事で帰ることが出来ているのも、お前のご加護かもしれねえな」

「え？　今頃気付きましたか？　旦那様は私がいなければ、とっくに燃えています」

真面目に言うから、源吾も空笑《そら》いで取り繕《つくろ》う。深雪はじっと見つめてきて、言葉を重ねた。

「ずっと傍《そば》にいますので、ご加護もずっと。無事で帰って来て下さい」

「ありがとよ」

ふと部屋の隅にある例の赤い花が目に入った。土間では寒いということで、鉢ごと畳の上に陣取っているのだ。

「この花も確か菩薩……だったたな?」

うろ覚えであったが、今の話でその名が喚起《かんき》された。

「ええ。菩薩花《ばな》です」

「冬を越せるといいな」

貞介ら元八重洲河岸定火消の者たちは、これから新たな仕官先を見つけねばならない。いくら彼らが優秀とはいえ、苦労することもあろうと思う。そのことを考えていたからか、初めは奇妙な形と思っていたこの花にも、不思議と愛着が湧いてきている。

「きっと大丈夫です」

深雪も事の顚末《てんまつ》は知っている。己が何に重ねているか察しがついているだろう。

「ああ……」

「皆さんにとって、今までが江戸で、これからが琉球かもしれません」

八重洲河岸定火消たちの真の居場所はあそこではなく、新天地と思っている場所こそ、ずっと焦《こ》がれ続けた故郷のような地かもしれない。源吾にとって松平家がそうでなく、新庄藩がそうであったように。

「きっとそうだな」

「さ、夕餉《ゆうげ》にしましょう。お座りください」

促されて膳《ぜん》の前に座り、深雪は台所へ向かった。

「晩酌《ばんしゃく》は当分の間一本ですよ」

「へいへい」

「へいは一回。いえ……はいは一回」

「はいよ」

そのようなやり取りをして暫く、深雪が温められた酒と肴《さかな》を運んできてくれた。先に酒を呑み、後に飯。独り身の頃からの源吾の趣向を、深雪は忙しくなった今も疎《おろそ》かにせずにいてくれている。

気が早いことだが、いつか平志郎と酒を酌《く》み交《か》わしたいと考えた。先程まで笑っていた平志郎は、早くも微睡《まどろ》んでいるようだ。

「深雪、一緒に食おう」

源吾は共に食べねば気が済まない性分である。

「はいはい。少しお待ちを」

「はいは?」

「一回ですね」

一本取られたと、声だけでも深雪が悔しがっているのが解った。銚子《ちょうし》を摑《つか》んで、手酌で猪口《ちょこ》に注ごうとしたところで源吾は手を止めた。そして深淵に届きそうなほどの深い溜息をつく。

「深雪!」

「支度《したく》します!」

源吾の耳朶《じだ》は太鼓《たいこ》の音を捉えていた。すでに半鐘《はんしょう》も追随《ついずい》している。飛ぶように立ち上がって深雪と合流し、手伝って貰《もら》いながら支度《したく》に入る。

「間《ま》の悪いことだ」

折角、家族水入らずであったのが台無しになり、思わず愚痴《ぐち》が口を衝《つ》いて出た。

「仕方ないことです」

深雪は帯を締めながら答えた。指揮用の鳶口《とびぐち》を腰に捻《ね》じ込み、あとは火消羽織のみといったところで、急に平志郎が火がついた如《ごと》く泣き始めた。

「自分でやる。見てやってくれ」

源吾は衣紋《えもん》掛《か》けから羽織を取り、土間に足を下ろして草鞋《わらじ》を締める。

「きっと、お見送りをしたいのです」

深雪が抱きかかえると、平志郎は嘘のように泣き止《や》む。源吾が振り返ると、涙に濡れた円《つぶ》らな瞳で、じっとこちらを見つめていた。

「見送ってくれるのか？」

返事は無い。それでもそう目で訴えかけているような気がして、思わず笑みが零れた。

「悪いな、平志郎。お前の親父は火消なんだ」

深雪は平志郎の手を取り左右に振って見せた。源吾は平志郎の頭をそっと撫でると、火消羽織を翻《ひるがえ》して鳳凰《ほうおう》を背に宿した。平志郎は初めて見るそれに、小さな口をぽかんと開けている。

「行ってくる」

そう言い残すと、戸を開けて外へと躍《おど》り出た。今日はいつもより足が軽いような気がする。半鐘の音は先ほどよりも大きくなっており、町々に火急を告げている。それを助けるかのように、あちこちの番犬がけたたましく吠えている。

顔が痒《かゆ》くなって頬《ほお》を掻《か》き、爪が伸びていることを知った。そういえば今日の昼、深雪がまだそれほど伸びるはずもない平志郎の爪を切っていたことを思い出した。いや果たしてあれは本当に切っていたのか。そのような音はしていなかったように思う。

――ああ、七草爪《ななくさづめ》か。

正月七日、七草の日に新年になって初めて爪を切ると、悪い病に罹《かか》らないという言い伝えがあるのだ。

もう立派な母に見える深雪と異なり、まだ父として半人前である。それでもそんな己をどこか楽しむ心地になっていた。あの親子のように共に悩み、共に歩んでいく男になりたいと願っている。

向かう先に月が浮かんでいる。今宵《こよい》は鉈《なた》で割ったような半月である。

「お前もか」

珍しく独り言を漏《も》らして自嘲《じちょう》気味に笑った。寒風が頬を撫《な》で、弾《はず》む息が白く浮かぶ。静寂《しじま》を破る喧《かまびす》しい音とは対照的に、仄《ほの》かな明かりが落ちる江戸の町を、源吾は疾《はや》く疾く疾く駆け抜けていく。

解説――斬新なアイディアを持つ著者が見つけた巨大な〝鉱脈〟

文芸評論家　末國善己《すえくによしみ》

〝火事と喧嘩《けんか》は江戸の華《はな》〟といわれるほど、江戸は火事が頻発《ひんぱつ》した都市だった。その原因は、人口密集地なので失火や放火も多く、木造住宅が建ち並び、冬になると空気が乾燥し強風が吹く気象条件であったことなどが挙げられている。

それだけに幕府も早くから防火体制に力を入れ、寛永《かんえい》六年（一六二九）には、老中《ろうじゅう》が諸大名に奉書《ほうしょ》を送り、消火にあたらせる奉書火消《びけし》の制度ができている。

その後、幕府の重要拠点を守る専門の火消・所々《しょしょ》火消や、六万石以下の大名一六家を四組に編成し、持ち場を決めて消防活動を担当させる大名火消が組織されるが、江戸城天守閣を含む広大な武家地と町人地が焼失し、多数の死者（三万人から一〇万人まで諸説ある）を出した明暦《めいれき》三年（一六五七）の大火（明暦の大火）には対処できなかった。そこで幕府は、一二の大名を三隊にわけ防火を命じたことに始まる方角《ほうがく》火消、万治《まんじ》元年（一六五八）には、四千石以上の旗本四人を任命したことに始まる幕府直属の定《じょう》火消を創設することになる。

町人地の防火については、幕府が慶安《けいあん》元年（一六四八）に、各町に火消人足《にんそく》を一〇人ずつ揃《そろ》えるよう通達を出し、明暦の大火後は南《みなみ》伝《てん》馬町《まちよう》など二三町が火消人足を集めて共同で消火にあたる組合を作ることもあったが、あくまで町人の自主性に任されていた。享保《きようほう》二年（一七一七）に南町奉行になった大岡忠相《おおおかただすけ》は、町人の火消の再編に着手し、約二年をかけて、隅田川《すみだがわ》から西を担当するいろは四七組と、東側の本所《ほんじよ》、深川《ふかがわ》を守る一六組からなる町火消を発足させている。

これ以降、定火消、大名火消、町火消が江戸の消防を担当するが、複雑な体制ゆえに、火消同士が現場で大喧嘩を繰り広げる功名《こうみよう》争いもよく起こったようだ。

火事になれば命の危険も顧《かえり》みず消火にあたり、平時は家の修繕や門松《かどまつ》の飾り付けなどの力仕事をしてくれる鳶《とび》でもある火消は、江戸庶民にとって身近なヒーローだった。それなのに火消を題材にした時代小説は少ない。山本一力《やまもといちりき》『まとい大名』、宇江佐真理《うえざまり》『無事、これ名馬』、幡大介《ばんだいすけ》〈大江戸三男事件帖《さんおとこ》〉シリーズなどは珍しい火消ものだが、いずれも主人公は町火消である。その中にあって、今村翔吾のデビュー作にして、〈羽州《うしゆう》ぼろ鳶組〉シリーズの第一弾でもある『火喰《ひく》鳥《どり》』は、これまで時代小説の空白地だった大名火消をクローズアップした画期的な作品なのである。ほかに大名火消を描いたのは、風野真知雄《かぜのまちお》の〈大名やくざ〉シリーズの第二巻『火事と妓が江戸の華』くらいではないだろうか。

『火喰鳥』の主人公は、旗本の松平家《まつだいら》に仕《つか》え、「火喰鳥」の異名を持つ凄腕の定火消だったものの、ある事件を切っ掛けに同家を辞した松永源吾《まつながげんご》。妻の深雪《みゆき》と浪人生活を送ること五年、源吾に出羽新庄藩《でわしんじよう》から、火消方頭取になり壊滅状態の新庄藩火消を再建して欲しいという仕官の誘いが舞い込む。源吾は、元相撲《すもう》取りで怪力の寅次郎《とらじろう》、「新庄の麒麟児《きりんじ》」と呼ばれる剣士で並外れた記憶力を持つ鳥越《とりごえ》新之助《しんのすけ》、風を読むのが巧《うま》い加持星十郎《かじせいじゆうろう》、軽業師《かるわざし》の彦弥《ひこや》ら、一芸に秀《ひい》でているが一癖《ひとくせ》も二癖《ふた》もある男たちをスカウトしていく。だが貧しい新庄藩には火消を再建する十分な予算がなく、同じ刺子（火事装束）が揃えられず、ぼろをまとって消火へ行ったことから、江戸庶民から「ぼろ鳶組」と揶揄《やゆ》されてしまう。源吾たちはそんな批判をものともせず、「狐火《きつねび》」の連続放火事件と、明暦の大火、文化《ぶんか》の大火に並ぶ〝江戸三大大火〟の一つ、明和《めいわ》の大火に立ち向かうことになる。

江戸の中期から後期は社会が安定し文化が爛熟《らんじゆく》していたので、時代小説のジャンルも剣豪、捕物、人情、怪談など多岐《たき》にわたる。その一方で、武士も乱世を知らない太平の世になっていたので当然だが、何人もが入り乱れる戦闘を描くのは難しくなっていた。ところが、リーダーの指揮のもと配下の人間が整然と動いて火事に挑んだり、功名争いで割り込んでくる他の組と戦ったりする火消を主人公にすれば、戦国時代の合戦に勝るとも劣らないスペクタクルが描ける。

さらに放火事件も、チームが一丸となって捜査にあたるので、同心《どうしん》や岡《おか》っ引《ぴき》が名探偵になる捕物帳とは異なり、警察小説のような面白さが出せるのだ。また源吾と深雪の夫婦愛、「ぼろ鳶組」の人間関係を掘り下げるところは深い感動がある人情ものになっているなど、大名火消を取り上げた著者の斬新なアイディアは、娯楽時代小説のあらゆる要素が詰め込める巨大な鉱脈だったのである。

〈羽州ぼろ鳶組〉シリーズは、卑劣《ひれつ》な罠《わな》に落ちた加賀鳶《かがとび》の大音勘九郎《おおとかんくろう》を救う第二巻『夜哭烏《よなきがらす》』、火事を起こし押し込みを働く盗賊・千羽《せんば》一家を追う第三巻『九紋龍《くもんりゅう》』、「ぼろ鳶組」が、よき理解者だった長谷川平蔵《はせがわへいぞう》（宣雄《のぶお》。いわゆる鬼平の父）に呼ばれ京へ行き、平蔵の息子・銕三郎《てつさぶろう》（宣以《のぶため》。後の鬼平）と捜査にあたる第四巻『鬼煙管《おにきせる》』が刊行されている。第五巻の本書『菩薩花《ぼさつばな》』は、「ぼろ鳶組」が前作ラストの衝撃を引きずる安永《あんえい》二年（一七七三）を舞台にしている。

物語は、仁正寺藩《にしょうじ》一万八千石の大名火消を率いる柊《ひいらぎ》与市《よいち》が、家老から鳶の大幅削減を迫られる場面から始まる。財政難の仁正寺藩は、利益をもたらさない火消の縮小を決めたのである。家老は、次の火消番付で三役に入れれば火消を存続させるという。与市は、加賀鳶の大頭「八咫烏《やたがらす》」こと大音勘九郎、最強の町火消と謳《うた》われる「九紋龍」ことに組の頭・辰一《たついち》、八重洲河岸《やえすがし》の定火消で「菩薩」こと進《しん》藤内記《どうないき》、そして「火喰鳥」こと源吾を「大物喰い」で倒す決意を固める。

江戸時代に入ると、大坂、京、江戸に多くの版元（出版社）が生まれ、学術書や小説などの書物のほかにも、木版一枚で摺《す》る引札《ひきふだ》（広告）や読売（瓦版）なども大量に出回るようになる。一枚摺りの中でも特に人気が高かったのは、相撲、芝居、祭礼の行列などをランク付けする番付だった。番付は宝暦《ほうれき》（一七五一年～六四年）の頃に誕生し、一八世紀後半には、各地の名物、花見の名所、人気の職業などを相撲番付の大関《おおぜき》、関脇《せきわけ》、小結《こむすび》などに見立てる見立番付も作られていた。見立番付の全盛期は町人文化が華やかだった文化・文政《ぶんせい》（一八〇四年～三〇年）で、この頃になると番付は〝粋な遊び〟との見方も一般的になるが、本書は見立番付が広まり、庶民の価値判断に影響を及ぼし始めた時期なので、与市はもちろん、「ぼろ鳶組」のメンバーも次の番付を気にするのは仕方なかったのである。

与市が腹をくくった直後から、仁正寺藩の快進撃が始まる。与市たちは縄張りから遠く離れた火事場にも真っ先に駆け付けるようになったのだ。そのため、仁正寺藩が手柄のため放火をしていると疑う火消しも出てきた。同じ頃、火事専門の読売書きで、火消番付の選定にもかかわる文五郎《ぶんごろう》が姿を消し、仁正寺藩が放火をしている事実を摑《つか》んだため、消されたのではないかとの疑惑も濃くなる。

連続放火事件と文五郎の行方を追う源吾は、定火消の内記との確執を深めていた。内記は、火事で焼け出された孤児を引き取っては養子に出し、貰い手がない子供は私財をなげうって育てていることから、江戸庶民に人気が高く「生き仏」「菩薩」と崇《あが》める者もいた。内記の手元で育った男の子は火消になる者も多かったが、源吾は、我が子も同然の若者に、人助けのためなら命を投げ出すよう平然と命じる内記に薄気味悪さを感じていた。

本書は〈羽州ぼろ鳶組〉シリーズの中でも、最もミステリとしての完成度が高い。冒頭から読者の推理を誤らせる偽《にせ》の手掛かりが巧《たく》みに配置され、何気ない描写が後に重要な役割を果たすこともあるので、終盤に明かされる真相には衝撃を受けるだろう。だが本書が秀逸《しゅういつ》なのは、ミステリの仕掛けが卓越しているだけでなく、どんでん返しがそのまま読者の価値観を揺さぶるところにある。

人間は、出世のために汲々《きゅうきゅう》としていたり、貪欲《どんよく》に金を貯めたりしている人を見れば卑《いや》しいと思いがちだ。反対に、捨てられた動物の世話をしていたり、ボランティア活動に熱心だと善人と思いやすい。だが世の中はそれほど単純ではなく、ケチに見えた人が実は蓄えた金を募金に回しているかもしれないし、何匹もの動物を引き取った人は、多頭飼育崩壊を起こして近隣に迷惑をかけている可能性もある。著者は意外な結末をロジカルに導き出すことで、反射的、もしくは情に流されていると、物事の本質を見誤る危険があることを示して見せたのである。

この問題提起は、事件の中心に置かれた番付と共鳴することで、より深められている。番付——現代風にいい換えればランキングは今も人気が高い。しかも少人数の趣味人や通人が作っていた江戸の番付とは違い、現代のランキングは売り上げや統計データに基づいているので信頼性が高くなり、何かを探す時に拠《よ》り所にしている人も多いだろう。ただ住みたい街にしても、面白い本や映画にしても、美味しい料理店にしても、ランキングの上位にあるから間違いないと思うのは、単なる思考停止に過ぎない。本当に自分に合うかどうかは、幾つものランキングを比較してみたり、実際に足を運んで試してみたりしなければ分からないのだ。著者が番付は「遊び」に過ぎないと繰り返しているのも、情報に流されるのではなく、情報を使いこなして欲しいとのメッセージに思えてならない。

その番付について源吾は、火消を奮《ふる》い立たせるモチベーションになる反面、番付を上げるため危険に飛び込み命を落とす火消もいることから「明暗」があると考えている。組織に属していれば、与市のように上司に命じられ無理矢理にでも成績を上げなければならないこともあれば、「ぼろ鳶組」のメンバーのように功名心や名誉のために上を目指すこともある。その意味では、いつの時代も人は番付からは逃れられないといえる。だが番付の暗部を知る源吾は、番付の上がり下りなどは眼中になく、ただ江戸の人たちを救うために職務に邁進《まいしん》する。ここには、人は何のために働くのかを問う視点がある。近年は、部下に苛酷《かこく》な仕事を課す八重洲河岸定火消のような企業もあるだけに、本書のテーマは重く響いてくるはずだ。

本書のラストでは、源吾の私生活に喜ばしい変化がある一方、新庄藩の火消は老中・田沼意次《たぬまおきつぐ》の裁定で微妙な立場に置かれる。新たな展開に突入した〈羽州ぼろ鳶組〉シリーズが、これからどうなるか。今から楽しみでならない。

一〇〇字書評

菩薩花

切・り・取・り・線

購買動機（新聞、雑誌名を記入するか、あるいは○をつけてください）

□（　　　　　　　　　　　　）	の広告を見て
□（　　　　　　　　　　　　）	の書評を見て
□ 知人のすすめで	□ タイトルに惹かれて
□ カバーが良かったから	□ 内容が面白そうだから
□ 好きな作家だから	□ 好きな分野の本だから

・最近、最も感銘を受けた作品名をお書き下さい

・あなたのお好きな作家名をお書き下さい

・その他、ご要望がありましたらお書き下さい

住所	〒				
氏名		職業		年齢	
Eメール	※携帯には配信できません	新刊情報等のメール配信を 希望する・しない			

この本の感想を、編集部までお寄せいただけたらありがたく存じます。今後の企画の参考にさせていただきます。Eメールでも結構です。

いただいた「一〇〇字書評」は、新聞・雑誌等に紹介させていただくことがあります。その場合はお礼として特製図書カードを差し上げます。

前ページの原稿用紙に書評をお書きの上、切り取り、左記までお送り下さい。宛先の住所は不要です。

なお、ご記入いただいたお名前、ご住所等は、書評紹介の事前了解、謝礼のお届けのためだけに利用し、そのほかの目的のために利用することはありません。

〒一〇一－八七〇一
祥伝社文庫編集長　清水寿明
電話　〇三（三二六五）二〇八〇

祥伝社ホームページの「ブックレビュー」からも、書き込めます。
www.shodensha.co.jp/bookreview

祥伝社文庫

菩薩花《ぼさつばな》　羽州《うしゆう》ぼろ鳶組《とびぐみ》

平成30年5月20日　初版第1刷発行
令和7年6月15日　第13刷発行

著　者　今村翔吾《いまむらしょうご》
発行者　辻　浩明
発行所　祥伝社《しょうでんしゃ》
東京都千代田区神田神保町3-3
〒101-8701
電話　03（3265）2081（販売）
電話　03（3265）2080（編集）
電話　03（3265）3622（製作）
www.shodensha.co.jp

印刷所　堀内印刷
製本所　ナショナル製本
カバーフォーマットデザイン　中原達治

 ISBN978-4-396-34423-8 C0193

祥伝社文庫の好評既刊